# 血親

# save yourself

凱莉・布雷菲——著
Kelly Braffet

王瑞徽——譯

獻給我的母親，與琳達

人談論著天堂——此處即天堂；
人談論著地獄——此處即地獄……

——奧瑪珈音《魯拜集》

我或將沉淪。

——齊柏林飛船樂團《前往加州》

# ONE · 1

派崔克每個月都會有一個週三在佐奈的GoMart便利商店值日班：窩在便利商店髒兮兮的玻璃板櫥窗後方，那片眞空包一般陰涼的空間裡，呆站在那裡，望著高速公路上來回馳騁的車輛。他平常值夜班的時候，外面的世界是那麼陰暗、寧靜、平和，讓他的內心也是一片陰暗、寧靜、平和。每次值日班，永遠覺得像被困住。

這晚當他好不容易熬到下班，慶幸終於解脫了。他累得眼睛泛紅，店裡的氣味還黏附在衣服上——發酸的洋芋片，陳年糖果，汽水飲料機的甜膩味道——但是九月的暖風舒服極了。繞過大樓轉角，朝著他停車的垃圾收集點走去，瀝青地面已幾乎裂成碎石，茂密的野草從周邊圍牆探出頭來，握在手中的車鑰匙十分冰涼，因爲剛離開冷氣房的關係吧。他邊走邊胡亂想著。

就在這時他看見那個倚在車上，裝扮成哥德風格的暗黑少女。

他見過她。這天稍早她到過店裡，當時比爾正好過來領他的薪水。派崔克特別留意她，一方面因爲他沒別的事做，也因爲她待得有點久，拿著咖啡要喝不喝的，眼睛一直盯著飲料櫃。倒不是說派崔克眞的在意她偷了什麼或偷了多値錢的東西，而是既然她在店裡，他覺得自己就有責任至少關注一下保全監視器。後來比爾叫她吸血鬼新娘，還對她說了猥褻的話，她罵他死變態然後衝出店門，派崔克猜想她大概是氣瘋了。他和比爾還把它當笑話嘲弄了一陣，之後他就沒再想起她的事了。

可是這會兒她在那裡，理直氣壯靠在他車上，用那雙有如相機鏡片一般大而無情的眼睛注視著他。在漸暗的天光下，她染黑的頭髮和深得發黑的唇膏把她蒼白的皮膚烘托得近乎藍色。儘管看來頂多十六歲，手裡卻夾著根褐色香煙，一副混雜著無所謂和些微好玩的老練神情。她一眼看見他，嘴角立刻微笑似的上揚。

「哈囉。」她說。

派崔克在她面前停下。她的耳環十分小巧，輪廓分明的人骨造型。他試著回想自己是否認識她，也許之前有小過節，也許是他的鄰居，或者曾在她十歲時見過面的某個朋友的小妹。不可能。「如果妳想找大麻，」他對她說：「恐怕弄錯時間了。那傢伙週一才會出來。」

「你是說上午在你店裡那個下流鬼？」她大笑。好萊塢式的笑法，和他剛離開的便利商店裡的空氣一樣沉悶。「算了吧。」

「隨便啦。」派崔克累得沒心情扯淡。他指了指他的車門，她退後，但還是很礙事，他上車時免不了碰觸到她。他把車鑰匙插入點火器，扣上安全帶，搖下車窗，一邊強烈感覺到女孩那雙蜘蛛似的大眼睛透過污穢的窗玻璃直勾勾盯著他瞧。他發動引擎。

她注視著他，等著。

他猶豫起來。

「我認識妳嗎？」他忍不住問。

「不認識。」她彎身靠在車窗上。「但我認識你。」她手上戴著一枚棺材形狀的戒指，派崔克心想她的骷髏耳墜會不會恰好可以放進去。她身上有股甜香，帶著類似焚燒的焦味。令派崔克惶恐的是，她的緊身背心領口低垂的程度剛好露出裡頭的紫色蕾絲胸罩，讓人想不看都難。要命。他抬頭再度看著她的臉。她眨著塗得濃黑的眼睫毛，說：「你是派崔克・庫希馬諾，你老爸是害死萊恩・澤帕克的兇手。」

派崔克愣住。

「萊恩的家人加入我父親的禮拜團體，」暗黑少女說，越過他好奇窺探後座。「我以前常替他們家看小孩。」接著她瞥見派崔克的表情，血紅的嘴唇張開。

「喂——」她才開口，派崔克聽見自己怒吼一聲。「把妳的大奶移開。」接著車輪在碎石地上激烈打轉，她便消失了，落在車子後方，和他拉開了距離。他的心跳猛烈得耳朵都痛了起來。

一年前，在一個暖和的六月天，派崔克的父親下班後遲了兩小時才回家，淚流滿面，身上帶著Southern Comfort甜酒味。他抖著雙手，襯衫前襟和長褲上沾有嘔吐穢物的痕跡。他坐在沙發上，臉色慘白，眼神矇矓，怎麼也不肯看他的兒子們一眼。**天啊**，他不斷唸著，**我終於碰上了，主耶穌，真的讓我給碰上了**。派崔克努力想讓他說出究竟怎麼回事，但他父親就是不肯或者沒辦法回答。派崔克的哥哥邁可拿來一杯水和一件乾淨襯衫（把髒的那件丟進洗衣機，想也不想就開始清洗），可是老先生連碰都不肯碰一下，只是不停前後搖晃，用長了硬繭的雙手緊抓著腦袋，反覆唸著同一句話：**老天，媽的真要命！**

最後還是派崔克，再也受不了，跑進車庫，發現撞凹的汽車保險槓；是派崔克聞到空氣中刺鼻的汽油和銅味；是派崔克久久盯著那些疑似鮮血的滴狀液體，最後伸手一摸，證實了，沒錯，的確是血。是派崔克，認出了卡在散熱器護柵上面的細小白色物體，不是碎石子，而是一顆牙，小得不可能屬於成人所有的牙齒。派崔克明白有人被撞死了。

到了這地步，派崔克確定兩件事：老先生喝醉了，還有老先生闖禍了。派崔克認爲首要之務是盡力彌補。他在倉庫値早班那天，你得比他早起，煮咖啡然後送他出門。當他昏睡在沙發上，是你把他鬆垂手指間的香煙拿開。當他大聲咒罵——罵政府搶他的錢，罵中國人想搶走他的工作，罵避孕藥害派崔克的母親得了癌症死掉——你必須保持冷靜，獨自喝點啤酒然後把所有能扔的東西偷偷藏起來，這樣到隔天早上才會有玻璃杯可用，有一台螢幕沒被靴子砸破的電視機可看。你採取規避行動，你阻止災難發生，你讓事情好轉，你收拾殘局。

派崔克盯著染血的車子，厭倦地想著，這我可沒辦法收拾。

進了屋內，邁可驚慌地睜大眼睛，說，**不，老弟，別喪氣，咱們總會想出法子來的，等著吧**。儘管事實上根本沒法子可想。過了一整晚，直到灰濛的天光亮起，直到正午的陽光抹去所有暗影，父子三人依然只能蹲在起居室裡乾著急，老人不停抽泣，結巴說著，**老天，真希望我的槍還在，我真該一槍把自己斃了……**之類的話，至於邁可——連車庫都不肯進去，直截了當拒絕——則拼命想淡化眼前的可怕事態。他們坐得越久，越像是在討論，也許最好的辦法就是一起去臥軌。派崔克似乎是唯一明白這事不可能有退路的人。跳下去就是了，就這麼簡單，跳吧。

因此，到了下午一點，派崔克報了警。從父親回家到派崔克打電話之間虛耗了整整十九個小時。他仔細想過了：他們請不起辯護律師，而老先生得等到被起訴之後，法院才會指派公設辯護律師給他。警方抵達後，警探帶著一臉冷酷得意的表情從車庫走出來。**我們找你很久了**，他對老人說，而老人也只能點頭。

接下來的事派崔克記得的不多，只知道邁可說，**天啊，小派**——從派崔克十歲以後就沒人這麼叫他了——**他是咱們的老爸啊**。

事情差不多這樣了，派崔克這麼回答。

他錯了，事情才剛開始。派崔克的朋友沒有一個明確地告訴他，他們不想再跟他廝混；每晚到佐奈店裡的那名警員也從沒說過，**我是來監視你的，庫希馬諾，有其父必有其子**。倉庫管理人——庫希馬諾家有三個人在這倉庫工作——也從不曾暗示要留下來的兩兄弟另謀高就（事實上，到現在邁可仍然是那兒的員工）。可是果不其然，打從一開始他便察覺周遭有種警戒的氣氛，彷彿厄運會傳染，而他是帶原者。別人不經意的一瞥，在談話中停頓得久了點；警方巡邏車經過他們位在邊界街的房子的次數頻繁了些，或者在屋後街區停留的時間久得有點反常；還有當收銀員、服務生和銀行櫃員看見他信用卡或薪資支票上的名字，目光變得閃爍時，那種疏離、不踏實的怪異感覺。就好像他是鐵氟龍不沾鍋，他們不知該把目光往哪擺。

一切都不明顯，沒辦法具體指出來，只是一種感覺。要是他不曾到SuperSpeedy商場買報紙，感覺或許還不至於那麼強烈。他大可以像邁可那樣從通道硬擠過去，把煩惱丟給別人。他一直盡可能避開這樁車禍的新聞報導。他不忍看見路邊祭位——擺滿令人發毛的塑膠花，還有男孩再也玩不到的裹著玻璃紙的泰迪熊——的照片；不忍看見男孩哀痛的母親握著她死去兒子照片的場面，照片是在他再也回不去的臥房中拍的。那天他去買報紙，因爲倉庫的工作就快不保了，但是他只從貨架上拿了分類廣告。他沒想到訃聞也在同一個版面。就算他知道，他也絕不會想到那孩子的訃告竟然在他死後一個月還沒撤掉。

他翻了一頁，一眼看見照片，超大尺寸，在那則哀傷沉默、字體級數和新聞稿相同的死亡告示的中央。在這之前他從沒看過那名遇害小孩的照片。看著它，看著那孩子滿嘴缺牙的一年級生笑容，他感覺——不是難過，這陣子難過是常態。此刻他感覺更難過了。他原本以爲自己的心情已經壞到了谷底。

訃聞列出一個紀念網站，你可以在那裡捐錢給這一家人。他花了幾天才有勇氣進入這網站，最後還暗示邁可他們應該捐一點錢。當然，是匿名捐贈。不是出於罪惡感，雖然這是一定會有的，但主要是感覺自己至少有一件事可做，儘管只是小事。可是邁可——從車禍發生後就經常一個人喝悶酒，邊看喜劇頻道——只乾瞪著派崔克。一時間派崔克幾乎以爲哥哥要揍他。

邁可反問他，他們幹嘛這麼做，老先生又不是故意害死那孩子，再說他們也沒多餘的錢可花用——父親原本領有一份全額工會保障工資，失去這份收入對他們不啻爲一大打擊——況且他們的錢都是自己辛苦掙來的，不是嗎？「去他的死小孩，去他的這家人，去你的。」邁可說。「這下老爸恐怕得吃十五年牢飯，可是他們什麼代價也不必付。」

下了決心還是要捐錢，派崔克爲了不讓邁可發現，特地跑到公共圖書館的電腦終端機前，輸入網址，然後準備用他幾乎快刷爆的信用卡進行轉帳。他向下捲動網頁，越過那孩子的照片，強忍著對那些濫情的插圖和押韻低劣的詩句（**我破碎的心只剩悲哀，祈求上天給我一個交代**）的訕笑，尋找捐款的相關連結，卻先找到另一個連結。

**點擊此處看更多關於約翰．庫希馬諾及其兒子的背景資料。**

地心引力突然亂了。派崔克只覺自己的四肢彷彿要飄離身體，但他還是點了進去。

這個網頁沒有搖曳的燭光，沒有輕舞著電子翅膀的天使。沒有詩篇，沒有鮮花，當然更沒有笑嘻嘻的一年級生的照片。他闖入的這個網頁有著慘白的背景，紅、黑色字體：加了雙底線、怒氣沖沖的斗大斜體字。內容和老先生無關，而是衝著他和邁可來的。

約翰・庫希馬諾的兩名成年兒子，邁可和派崔克，在他們父親害死萊恩之後和他獨處了將近十九個小時！那輛奪走我們小寶貝生命的車子就停在他們車庫裡，上頭沾滿他的血，而他們竟然連報警都不肯！他們清洗了他們父親的衣服，試圖消滅證據！請大家打電話到詹斯維爾市地方檢察官辦公室，要求把這兩人列為事後共犯！千萬別讓這兩個殺人魔逍遙法外！！！

裡頭有張照片，派崔克在本地報紙上看過，是他和哥哥接受傳訊後走出法院時的情景。網頁上還設了留言板。派崔克知道他不該看。

邁可和派崔克・庫希馬諾，你們兩人將會墮入地獄永不得翻身！

這對兄弟最好別在暗巷子裡遇見我。遲早有人會被吊死。

再過二十年這國家就會交到這些怪物手裡了。學校停止讓學生禱告就會發生這種結果。

只有一則留言（匿名）表達了勉強算正面的意見——我高中就認識邁可和派崔克，當時我以為他們是好人。我很同情萊恩的家人，但是邁可和派崔克一定也很難過——而回應的留言也不太友善。

你顯然沒有子女，你最好絕子絕孫！

如果你認為他們是好人，那你大概跟他們一樣惡劣。我注意到你用的是假名。

他們說得好像父親把染血的車子開進車庫，說，**喂，兒子們，瞧我幹的好事**，接著三人互相擊掌慶賀，開了桶啤酒，爆了一堆玉米花……這當中的錯亂讓他看得腦袋發暈。派崔克花了將近一小時瀏覽這些留言，都是關於他如何邪惡之類的，結果他沒捐款。他也曉得這很不公平，為了這家人用了醜陋的方式來悼念死去的小兒子，而遷怒讓他們得不到善款。問題是他們的孩子死了，別人的孩子可還活著。派崔克的老爸是酒鬼、殺人犯，而其他人的老爸不是保險業務員、牙齒矯正醫師就是空調維修技師。公平似乎和這件事扯不上關係。

他始終認為這次車禍對所有人——澤帕克和庫希馬諾兩家人——都是一樁悲劇。他也一直希望倉庫那些傢伙只是心裡彆扭，就像他十一歲那年母親過世時他的老師們的態度。可是看了這網站，他嚇住了。他感到心寒，開始留意別人的注視或無視，不經意的回頭和似有若無的耳語。事發當時他還有幾個朋友，高中死黨和職場同事，可是過了三個月他們全跑光了，只草草留下一通語音訊息，說什麼**咱們哪天再聚，盡快哦**之類的，但不是今晚，不是本週，或許下週也不行，但快了。等到他父親被定罪判刑並且移往威克斯巴爾市（位於賓夕法尼亞州）的州立監獄之後，連語音訊息也沒了。這倒讓他鬆了口氣，反正他誰也不想理。

接著家中就只剩邁可和派崔克兩個人，直到邁可遇見凱洛，兩人接收了他們雙親的臥房：把裡頭的東西清光，重新佈置，讓房間飄散著肥皂、性愛和凱洛香水的味道。派崔克辭掉在倉庫的工作，開始到佐奈的 GoMart 便利商店值大夜班（加上他討厭的每月一次的日班）。邁可在倉庫努力加班，凱洛則在雷契斯柏格鎮[1]鬧區一家海鮮餐廳擔任服務生。派崔克感覺他們三人就彷彿三顆一週交會一次的星球，在一塊兒喝幾杯啤酒、啃幾根辣雞翅，然後便又回到各自的軌道。另一個世界——在老爸走出「幸運球」酒吧，自認沒喝醉，開車沒問題的那天下午之前，他所歸屬的世界——那個世界應該還在繼續運轉著吧，只是派崔克已不在那裡頭了。他墜入一種類似麻木的靜止狀態，一陣子之後，他再也分不清他獨自守著超商的那些個漫漫長夜，以及他下班後用睡覺打發的那些寂靜漫長的白天之間，到底有什麼差別。感覺都一樣。始終是空空洞洞的。

**你是派崔克・庫希馬諾。你老爸害死了萊恩・澤帕克。**

這晚下班開車回家的路上，他撞上一頭鹿。他繞叉路回家，車沿著鑄造廠路行駛，這條路在大白天就猶如一條穿越樹林的濃綠隧道，一切變得模糊，車頭燈也派不上用場，你唯一能做的就是瞇起眼睛仔細看然後祈求好運。派崔克已將近二十個小時沒睡。那個暗黑少女被他遠遠甩在車後，籠罩在大片塵埃中，可是她的聲音還在他耳際迴盪。他有些恍惚，兩手發抖，整個世界有如一部電影在他車窗外快速捲動。這時，一抹茶褐色影子在他的右車燈前一閃，接著：**砰！**

他的膝蓋和手肘僵住。他用力踩煞車，咬緊牙準備承受輪子輾過鹿的身體時的巨大彈跳。沒有動靜。當他把車子開到路邊停靠，只覺胸口發緊，呼吸困難。有那麼片刻，他只能怔怔看著自己放在方向盤的雙

1 雷契斯柏格鎮：Ratchetsburg，本書故事背景地，位於賓夕法尼亞州。

手不斷鬆開又握緊。最後他強迫自己下車。

高速公路主幹道的車流聲隱隱傳來，可是鑄造廠路卻靜悄悄的。他站在車頭燈的微弱光暈中，呆看著保險槓上的四吋長裂痕。沒看見血跡，這點讓他很慶幸。他心想要是上頭有血，他大概會關掉車子引擎，然後在幾小時後被人發現倒在路邊的毒葛樹叢裡抽搐、流口水。

他兩腿發軟，但還是硬撐著朝車尾走過去，停下來，低頭打量著路面，仔細聽著。他也不確定能聽見什麼，也許是垂死野獸的蹄子在瀝青路面的痙攣掙扎之類的。他的鼻子在汽油和橡膠焦味中搜尋著鮮猛刺鼻的血腥味。可是什麼聲音都沒有，什麼氣味都沒聞到。他只是撞了牠一下，他想，然後牠就跑掉了。或者一跛一跛進了這一帶的樹林，由於驚嚇、恐懼或者內出血而慢慢死去。無論是哪種情況，他又能怎麼做呢？那又不是一隻科卡犬，他沒辦法用外套把牠包起來然後跑去向最近一家獸醫院求助。就算牠躺在他面前的柏油路上，他也根本無能為力，頂多只能把牠拖離路面，免得牠在斷氣前又被撞一次。這麼一來牠的死亡將是漫長又痛苦，而非快速猛烈。只是一種假慈悲罷了。

他的胸口益發緊縮。那不過是頭鹿罷了，他告訴自己，不是慢跑的人，不是行人，也不是追球的小孩。

空氣溫熱濕潤，有股蠢蠢欲動的味道。周遭樹木的葉叢沙沙作響，一種聽來幾乎像是嘲弄的細微呢喃。汗滴從他的腋窩溜下肋骨。突然間他覺得好累，累得兩腿發麻。他轉身，回到車上，用僵硬、顫抖的手指轉動鑰匙，然後開車離去，留下那隻不知去向的鹿。

抵達家門，他發現邁可的車停在車道上，凱洛的車停在路邊，因此派崔克只好把車停在隔壁鄰居門口。他抓起中央扶手上的手機和置物盒裡救急的二十元紙鈔，瞥見車地板上有幾片ＣＤ，順手撿了起來。

他沒意識到自己正把車內他看重的所有東西清光，直到他在家門口轉身，回頭一看。

那輛車就像路邊的垃圾那樣蹲在那裡，就像經常可以看見孤伶伶躺在泥窪裡的舊鞋子、手套或內衣，時間一久被車煙燻成了灰黑色。這輛車從他十六歲開到現在，已經十年了。即使在昏黃的街燈下，都能看出他的車實在髒得可以。引擎蓋底下，儘管看不見，他知道汽油箱是半滿的，雨刷噴水桶是空的。他也看不見保險槓上的裂痕，但他感覺得到它正像一道瘀傷那樣隱隱抽痛。

進了屋內，他把鑰匙串往門邊的小桌子一丟。不管有沒有死鹿，他再也不想開那輛車了。

這晚是所謂的星球會合之夜，四小時後，他情緒平穩了點，喝著啤酒，和邁可、凱洛一起看電視。她坐在他哥哥大腿上，身上仍穿著白上衣搭配黑裙子的餐廳制服，邁可也是連工作靴都沒脫。他的一隻手藏在凱洛膝蓋之間。派崔克不必靠近他們都知道凱洛身上沾了魚和熱奶油的味道，邁可則帶有倉庫後面那張野餐桌混合了汗水、泥巴和香煙的氣味。派崔克正在看一部恐怖片，不是什麼經典名片。螢幕上，一隻變種熊扯下一名登山客的手臂，血花濺上攝影機鏡頭。就是這類濫片。「拜託，老弟，」邁可說：「正常人不看這種東西的，太噁心了。」「你可以轉台。」派崔克無所謂地把遙控器丟過去。

凱洛接住，換了一個加了罐頭笑聲的情境喜劇頻道。「你今天心情不太好，工作不太順心是嗎，親愛的？」

**你老爸是害死萊恩・澤帕克的兇手。**「老樣子，又過了一天，」他說：「我在回家路上撞了一頭鹿。」

「再替我拿罐啤酒好嗎，寶貝？」邁可對凱洛說。

她伸手從他們背後的冰桶拿出一罐啤酒，甩掉上頭的碎冰然後遞給邁可。「牠死了嗎？」

「我也不曉得，牠跑掉了。」

「只不過是頭鹿，有什麼大不了的？」邁可打開啤酒罐。

「問題是，弄死了東西感覺就是不舒服。」凱洛說。

「死鹿只會讓我想到肉乾。」邁可說。

她輕咬他的耳朵。「那是因爲你沒心肝。」

「我是妳的小心肝。」邁可說著親吻她。派崔克把頭別開。他很喜歡凱洛，而且哥哥跟她在一起也很開心，但這並不表示他和這兩個打得火熱的愛侶共處一室的時候可以變成隱形人。這會兒螢幕上的虛構家庭正捲入一場由一盤義大利千層麵引起的可笑誤會，讓他不禁懷念起變種熊來。

「那，派崔克，你的車撞壞了嗎？」邁可終於開口。

「看來是這樣。路上到處都是污痕。」

邁可會意地點頭。「好兄弟，要不要我幫你看一下？」

凱洛甩一下他的臂膀。「你說過要幫我的車買一個新電瓶。」

「我的車動不了，必須載著我的臭皮囊到處跑的人可是你喲。」

「會的，會的，別急。」

「我愛死妳的臭皮囊了。」邁可說著又吻她。

「必要的話我可以離開，」派崔克說：「沒關係的。」

「派崔克，你需要一個女友，」凱洛嚴肅地說：「我從沒見過像你這麼孤單的傢伙。」

「是啊，只要我多多上床，所有問題都會消失不見。」

「我沒說上床，我是說女友。」

「妳或許不相信，」邁可對她說：「以前我老弟對女人可是很有一套呢。他常帶她們到墓園約會，在哪裡來著——克蘭貝里鎮？」

派崔克緊咬牙關。他強迫自己放鬆。「伊凡斯市。而且這種事我也只做過那麼一、兩次。」

「那裡有片子可看。」邁可對凱洛說。

「那部電影叫《惡夜殭屍》（*Night of the Living Dead*），被你說得好像是什麼隨隨便便的片子。就好像把一九六八年份的雪佛蘭Camaro說成『某某車』。」派崔克說。

「車子的事你懂個屁。」

「你也不懂殭屍電影。」

「好啦，兩位，」凱洛伸手環住邁可的肩膀。「我不知道匹茲堡附近也有電影可看。還有嗎？我們能不能去看？」

邁可搖頭。「我才不要大老遠開車到那兒。要是妳想逛墳場，我可以帶妳去聖克萊。」

「那裡也放映電影嗎？」

「沒有，不過我母親葬在那裡。」

「如果你想去當然可以，不過我還是想去看看有電影可看的墳場。」

「其實也不怎麼刺激有趣，」派崔克說：「只不過是座墓園。」

「刺不刺激不重要，重點是我們幾乎從不出門，也幾乎沒什麼娛樂，而到那裡只要花汽油錢。」

「汽油很貴的。」邁可說。凱洛拉下臉，他趕緊把她摟緊了。「開心點，寶貝。咱們明天晚上就出去，找點樂子。」

「是啊。」她說，衝著他懶懶一笑。

這晚派崔克醉得相當厲害。醉得很不應該，醉得很不正當，因爲才週三，他竟然在起居室喝醉了，而明天還得上班（雖說是大夜班）。邁可和凱洛也醉了，最後派崔克發覺邁可藏在凱洛大腿間的那隻手越來越放肆，於是搖搖晃晃地上樓回臥房。不久他便聽見邁可抱她上樓回房間的腳步聲和咯咯笑聲，接著是用腳砰砰踹上房門的聲音。凱洛說了句什麼，他聽不太清楚，邁可回說「噢，老天。」不過聽來比較像是呻吟。

派崔克摸索著找CD，結果是一張重金屬，房內頓時充滿水似的流瀉著音樂聲。他醉了，他溺水了，沉入大片黑暗。他快活地往下墜。

次晨，他好幾次隱約聽見邁可或凱洛在屋子裡活動：關門聲，樓下電視機的聲音。有一度，他在昏睡中斷斷續續夢見茶褐色的獸皮在車燈下閃過，矇矓中聽見砰一聲，猛地驚醒過來，心悸不已。但是幾分鐘後又沉沉睡去。

等他眞正清醒，他們已經出門上班去了。他洗了衣服，用一片美式乳酪煎了份三明治。宿醉得厲害，前晚的事感覺好遙遠，他也無意再去回想。吃完三明治，他突然想喝可樂，渴望到抓起車鑰匙，出了屋外。在正午的陽光下瞇起眼睛，他看見車子還在原處，停靠在隔壁住宅前的路邊，擋風玻璃上蒙著層穢物。昨天的可怕經歷一下子湧上腦際，他看著車子，心想，不，算了，他其實也沒那麼想喝可樂。

這一整天，他不斷懷疑自己是否真有魄力走路去上夜班。然而，當他十一點半走出屋外，一眼看見那部車子就渾身發毛，加上夜氣相當暖和，因此他決定徒步出發。一路上倒也還算愉快。在夜裡，邊界街住宅的剝漆狀況變得較不顯眼。當他走上高速公路，遠離住宅區的街燈，彎月的光將速限標誌映照得猶如殘影般模糊不清。他的頭髮差不多該剪了，微風輕拂髮尾，像是手指輕搔脖子的感覺，他幾乎想乾脆留長髮算了。在深夜出門，在別人都休息才上路去工作，有種夢幻般的不眞實感：就像時間靜止了，所有規則也停止了運作。

午夜時分，當他踏入佐奈店裡，那份如夢似幻的美好感覺立刻在藍白色的螢光燈照下化爲烏有。他那件鮮豔條紋工作襯衫的背部浸滿汗水，一頭濕髮黏在頸背。和他交接的傢伙完成帳目清點之後就簽名離開了，派崔克算了收銀機裡的錢，然後關上，將櫃台擦乾淨。感覺他好像才離開這商店幾分鐘，好像他剛踉踉蹌蹌地穿過某種現實的洞眼，進入一個自始至終專屬於佐奈的時空。

等到那個每晚都會進來買一張刮刮樂彩券和一條Snickers巧克力棒的警察離開，派崔克已經灌下兩盒可可牛奶，那種在死亡邊緣徘徊的感覺也消失了。倘若是週末，剛過午夜便會有許多醉鬼陸續進店裡來，四點左右酒吧打烊後則有另一波高峰，接著直到天亮就幾乎沒什麼顧客了。但是在週四，即使是那些提早花辛苦錢喝酒的上班族，都會在凌晨兩點前趕回家睡覺，以便次日還能混過一天，熬到眞正的週末。外頭的高速公路一片空曠，就算躺在路中央小睡一下也沒問題。店裡播放的古典搖滾電台是，全是音樂和保險套廣告。他剛來這裡上班時，店裡有一台CD播放器，他經常邊工作邊聽「黑色安息日」（Black Sabbath）樂團的音樂。吵鬧、憤怒是對抗安靜、亮光的妙方，讓他感覺比較像他，彷彿這麼一來，無論有沒穿條紋衫制服，他都能鼓起勇氣面對任何一個在凌晨三點走進店裡來買Red Bull提神飲料的可憐蟲。它能吸引客人的注意，提醒他們這是眞實、活生生的世界。可是有天早上，他忘了把那片CD帶回家。等到那晚他來上班，那台CD播放器已被收走，原處只見經理留下的一張字條，說什麼工作音樂應該要合宜等等。就這樣。他這人的存在又被剝去一部份，他能得到的只有最低工資和完美得幾乎媲美老鷹合唱團歌詞的指令。你隨時都可以結帳，但你無論如何不能走人。說點人話吧，老兄，拜託說點人話。

六點左右生意開始熱絡起來，到了七點他已陷入一種夾雜著硬幣鏗鏗聲和收銀機叮噹聲的半昏迷狀態。直到一個聲音在他面前說：「我給你送咖啡來了。」他才不情願地驚醒。

櫃台那頭站著那個暗黑少女，向他遞出紙杯。今天她穿了件紫色裙裝，五、六條腰帶鬆垮地繫在腰際。她的靴子很大而且印滿卡通圖案，也許是她專程開車到匹茲堡買的。掛在她肩上的背袋看來像是廉價商店的貨色。

她笑著說：「算是向你賠罪，可以嗎？」

派崔克面無表情。他看著排在她後面那個穿著絲襪和運動鞋、一臉不耐煩的女人，說：「過來吧。」他替那女人的Slim-Fast減肥代餐結帳，又拿了包Capri香煙給她，在這同時暗黑少女一直站在那裡，幾乎像在研究人類學那樣好奇地看著。

「越減越肥，最佳案例。」女人走後，她說。

「滾開。」

女孩翻了個白眼。「別緊張。你的咖啡要不要加奶精和糖？我沒替你加，因爲我不清楚你的習慣。是好咖啡，星巴克買的。」看他遲遲不肯接杯子，她露出鬼臉。「你誤會我了，我不是來鬧你的。萊恩的死不是你的錯，你沒害死他。」

眞是見鬼了。站在這滿屋子覆盆子椰子口味Zingers點心蛋糕和一群呆瓜當中，薪水低得不能算低，還得要聽她說些有的沒的。「下一位。」他說著把大杯咖啡和一份巧克力奶油甜甜圈賣給一個不該再吃甜甜圈的胖傢伙。

「咱們重新來過。」她說著順了順她那頭已經零缺點的黑髮。「我叫蕾拉。你知道，就那首歌，**我甘心拜倒在妳裙下**（*You got me on my knees.*）[2]。」

眼前的女孩穿著蠢馬靴和阿達一族般的戲服，膚色粉白柔軟得讓他想起還沒烘烤的麵糰。初出茅廬，白得像麵粉的暗黑少女。他只希望她去自殘、吸Ritalin（興奮劑）或者暗黑少女常做的隨便什麼事都好，只要她別在這兒霸佔他的櫃台，對著他說，**萊恩的死不是你的錯，你沒害死他……**之類的廢話。

他賣了五塊錢汽油給一個穿著印有Slayer（殺手）字樣T恤的孩子，之後店裡就只剩下他們兩個了。女孩把手肘靠在櫃台上，說：「我到學校圖書館看了你在年鑑上的照片，你那時候剪的髮型眞土。」

派崔克清點收銀機裡的現金，然後拿起放在找零托盤後面的貯藏櫃鑰匙。他打開櫃子，拿出一大盒像是低焦油薄荷煙還是別的什麼東西，撕開包裝，把一包包香煙塞進頭頂的貨架。「爲啥？」他說。

「我想看看你私底下的樣子。而且，我常被冷酷無情的怪胎吸引。你喝不喝你的咖啡？」

帶有星巴克標誌的紙杯還在她剛才隨手擱著的櫃台上。「我不喝咖啡。」

「噢。」她有點沉下臉來。「那你要不要喝點別的？琴湯尼？」

2 Layla：由Eric Clapton、Jim Gordon創作於1970的抒情歌曲。

派崔克補完貨，把櫃子門砰地關上。「我要妳少來煩我。」

「別人也當我是怪胎，什麼殭屍女，畸型女，吸血鬼新娘——知道嗎？昨天你朋友並不是頭一個對我不禮貌的。」她聳聳肩。「我才不甩呢。他們要不叫我殭屍女，不然就是天兵女，或者口交女什麼的。信不信由你，以前還有人叫我基督女呢。」櫃台上擺著一組塑膠玩具手機造型的口香糖展示架。她拿起一個，按一下側面的按鈕，玩具立刻**嗶嗶嗶！**響了起來。「喂，你下午有別的事嗎？」

「怎麼？妳的跟蹤行事曆還有空檔？」

她大笑。「有意思。不是的，怪胎，如果我在跟蹤你，我們應該會在你家客廳聊天才對。我只是在想，如果你沒別的事，又想要有個伴，我們可以聚聚，就這樣。」

派崔克懷疑地看著她。他沒來得及回應，店門叮一聲打開，這回是凱洛。一頭油膩的頭髮往後紮成凌亂的髮髻。邁可的企鵝鑰匙鍊從她的牛仔短褲前口袋垂下來。她朝店內一指，說了句「咖啡」，便消失在Hostess甜食貨架的後方。

暗黑少女揚起一道精心描畫的眉毛，粉白的臉上似笑非笑。「挺忙的，是吧？」說著拿起玩具手機，按下按鈕——**嗶嗶嗶！**——然後把它丟進海軍藍的背袋。

「喂！」派崔克說，可是她已經轉身，出了店門。這時凱洛從貨架間鑽了出來，手拿著一大杯咖啡。

「你店裡的咖啡眞難喝。對了，我在那裡頭吃了一個甜甜圈。」她打著哈欠說。

派崔克忍著沒發火。「眞酷。無所謂，反正最近大家買東西好像都不付帳的。」

「說話別那麼衝。我又沒說我不付錢。」凱洛遞給他一張五元鈔票。「剛才那小偷是誰？小瑪莉蓮曼森[3]？你似乎沒全力阻止她，你認識她還是怎麼的？」

透過窗口，他看見那個暗黑少女爬進她的閃亮大車子，那種最新流行復古摩登風格的玩意兒，看來活像一部卡通靈車。當駕駛燈亮起，車內傳出震耳欲聾的重低音音樂，新金屬電子合成樂之類的。「不認識。」他說著找錢給凱洛。

「那輛車可眞拉風，」她說：「肯定是她老爸的嬌嬌女。」

他很想轉換話題。「這麼晚了，妳跑到這兒來做什麼？」

「不得已的。」她在收銀機上叉著手臂，雙手撐著下巴，頭頂隨著每次開口說話咚咚點個不停。「自從我的電瓶前陣子開始變得古里古怪，邁可就一直讓我開他的貨車。我才剛開車送他去上班，晚上你可以去接他下班吧？」

「不行。」

「去你的，爲啥不行？」

因爲他害怕開車，再也不想開車。「我的車不能用了。因爲撞了那頭鹿，我說過的。」

她眨著綠眼珠，眉頭一皺。「你沒說車子壞到不能開了呀。你是怎麼來上班的？」

「走路。」

「你該不會變成那個到處趴趴走的長髮怪胎吧？」

3 瑪莉蓮曼森；Marilyn Manson，暗黑搖滾、重金屬搖滾樂團及歌手。

「我的頭髮沒那麼長。」

「快了。」她又打哈欠，臉垂向肩膀來遮掩嘴巴。「你應該要我開車送你的。」

門鈴又響了。這回是個老混混，穿著件和他一樣古舊的法蘭絨襯衫。「一張Pick-6彩券。」老人說著從口袋掏出一張潦草寫著幾個號碼的小紙片。

凱洛後退。「我再叫邁可打給你。」然後手一揮離去。老混混開始唸他的選號，派崔克把號碼逐一輸入。等待彩券印出來的空檔，他不經意往平板玻璃窗外一瞄，看見了凱洛。他看著她把咖啡杯放在邁可那輛高底盤大貨車的車門踏板上，將運動衫的袖子拉長到包住整隻手，然後才伸手去開門。接著她露出手，拿起紙杯，敏捷地登上駕駛座，咖啡連一滴都沒灑出來。眞厲害。

彩券機呼呼作響。派崔克回頭看老混混，發現他的視線落在同樣的地方。「有個那樣的馬子也不錯。」老人說。

「要不要她的電話？」

老人咧嘴大笑，露出一口黃牙和泛黃的舌頭。派崔克問他還想買什麼別的東西。

「不必了。」老混混說。

和他交接的是比爾。快到他輪班時間的前幾分鐘，電話響了。「老弟，」他說，濃濃的酒意和前晚宿醉的派崔克有得比：「替我代班一下。」加班費不嫌多，於是派崔克答應了。等他下班回到家，都已快中午了。凱洛上班去了，家裡空蕩蕩的。他脫去超商的彩色條紋店服上衣，往扶手椅旁的地板上一丟，便整個人陷進沙發裡。ESPN Classic體育台正在重播一場匹茲堡海盜隊的比賽，是一場季後賽，海盜隊贏球。這支球隊最後一次贏球那年派崔克才九歲，當時他老媽還在世，而他老爸也還沒把酒癮帶回家。他還依稀記得那場球賽，那些球員。在下課時間交換球員卡之類的。

不到第五局他就睡著了，之後在一陣嘈雜的重擊聲中醒來。這聲音變成快速且不斷重複的吉他彈奏聲，原來是他拿來當作手機鈴聲的齊柏林飛船樂團的歌曲。他抓過手機，胡亂按了幾個鍵，最後總算讓噪音停止。「喂？」

「我不知道你的車壞到不能開了。」邁可說。

電視螢幕上出現一個頭戴牛仔帽的男人，拖住一頭和福斯金龜車差不多大的公牛。派崔克伸手尋找遙控器。那名播音員的鄉下口音眞是惹人厭到了極點。「是啊，」他說，腦袋還暈暈的。「怎麼？」

「凱洛的手機不通，大概是分鐘數用完了。等她回去，跟她說我今晚得加班，要她不必來接我。明早我會搭法蘭克的便車回家。」派崔克聽見電話那頭隱約傳來一聲叫喊和大笑，邁可顯然是在倉庫辦公室裡打的電話。「她或許會不高興，我們原本說好今晚要出門玩的，幫我說點好話，行嗎？」

「你自己告訴她。」派崔克說，可是邁可已經掛了電話。

派崔克看著電視接線盒上的時鐘。他已經睡了六小時，但還不夠，他的腦袋還昏昏沉沉的。電視上，一名來自塔爾薩市的可憐傢伙正被拖著左臂膀在鬥牛場上繞圈子，而鄉下播音員說著，**老天，他可真被吊得慘兮兮的對嘛，我敢說他鐵定是難纏的流動農工……**

派崔克轉換頻道。

他眼前出現一部驚悚片——**噢，糟了，**一群被困在百貨公司的俊男美女正交頭接耳說著，**我們該如何逃離這個變態殺手？他就要用他的精心巧手把我們一個個幹掉了！**——這時他聽見凱洛在大門口努力轉動卡住的鑰匙。「等我們有點閒錢，」她一進門便說：「一定要把門修一修。老是打不開。」

「遠離難看的節目。」派崔克說著按下靜音鍵。

「不愧是我們熟悉愛戴的反社會隱士。我買了晚餐。」凱洛把兩只錫箔紙外帶餐盒往咖啡桌一丟，跌坐在他身邊的沙發上。她的樣子狼狽透了，臉上的妝都糊了，泛紅的眼睛底下結了厚厚一層。派崔克知道那是因爲她累了一天，不過她看起來似乎哭過。她拿起一只餐盒遞給他，說：「累死了，今兒忙得跟什麼一樣。來，吃吧。等會兒我還得去接邁可。」

「不必去了。」派崔克撕開餐盒的紙蓋，看著裡頭：淋了某種白醬的管狀通心粉和雞肉。他用手指挖了幾塊，送進嘴裡。「他得多值一輪班，明早才回來。他要我轉告妳，他很抱歉晚上不能帶妳出去。」

凱洛舌頭一吐，扮了個鬼臉。「反正我的腿也累癱了。你應該用叉子吃的。」

「我沒有叉子。」

「去拿一支。」電視螢幕上，一個困在百貨公司裡的漂亮女孩砰砰敲打著櫥窗玻璃，拚命想逃走。凱洛解開鞋帶。她的鞋是那種號稱穿著一整天也不累的舒適款，可是她才脫去一隻便痛得呲牙裂嘴。「恨死這工作。」她健談地說。「我的腳痛得好像被釘子刺穿了腳底，我卻整天站在那兒看著東西被活生生煮熟。」她看著坐在沙發另一頭的派崔克。「我猜你大概不打算把沙發讓給我躺一下，對吧？」

「是我先來的。」他又吃了大約三根手指量的通心麵。醬汁有點結塊。

「你眞是典型的么子。」

「這話什麼意思？」

「老是在爭位子。」

「胡扯。」

「我只是告訴你有這麼個說法。」凱洛彎身，把地板上的鞋子顛倒放著，然後開始按摩腳拇趾球。她短襪上有個破洞「有人做了這方面的研究。例如邁可，老實可靠又高尙，因爲他是長子，成長過程中得負起最大責任，而你是么子，所以你經常想要爭出頭。」

「根本是鬼扯。那妳呢？」

「我是狼群養大的，不適用這理論。」她把兩腳抬到他腿上，差點掃中他的通心麵。「要是你不想看見我這雙粗俗的女侍應生腳丫，就讓開吧。」

「我對粗俗有著超乎常人的包容力。」一桶酸液倒在這部電影最年輕貌美又性感的女演員臉上，她的臉痛苦又緩慢地一點點融化。她的皮肉底下的頭骨看來有點像塑膠。凱洛露出鬼臉。「特效做得不錯，嗯？」他說。

「但願那些龍蝦只是特效。」她一陣咳嗦，兩隻腳緊縮著。「轉台轉台。能不能看開心點的節目？」

「例如，運動節目？今天我邊看一場九二年的海盜對大都會的棒球賽重播一邊睡著，醒來時看見有個騎在鬥牛背上的傢伙被扯掉左手臂。比這可怕多了吧？」

螢幕上，那位性感女演員的男友從她的大灘融化血肉中跋涉走過。凱洛站起，拉下紮馬尾的橡皮筋，一頭有著閃亮陽光穿透可樂瓶顏色的長髮嘩地垂落肩頭。「繼續看你的片子吧，病態小鬼，我要去好好洗個澡，把頭髮上的死魚味給沖掉。」

「我滿喜歡那種死魚味的。」

「誰會喜歡死魚味才怪。」她說著上了樓。

凱洛是在老爸入獄之後約莫一個月搬進家裡的。邁可從酒吧把她帶回家，次晨派崔克在一陣陣飄上樓來，絕對錯不了是早餐的香氣中醒來。咖啡、培根、法式吐司。他下樓，看見他們兩個圍坐著餐桌，替他留了個空位。凱洛有點難爲情，邁可則是一副一掃車禍陰霾的快活模樣。

**她自己跟著我回家**，他咧嘴笑著說。**咱們就收留她吧**。

不出所料，才過了一星期，她的牙刷已出現在洗臉台邊，她的衛生棉也堂堂進了藥品櫃。令派崔克放心的是，他很喜歡她。她聰明又有趣，也不算太瘋，而且她的廚藝不錯，還喜歡把洗好的衣服摺疊整齊，又不會東問西問。當然也不太回答問題。他知道她是從俄亥俄州來的，知道她偶爾會有瘋狂之舉，例如把鞋子倒扣在地板上，或者把袖子拉長包住整隻手才碰觸門把。她常把書塞在沙發坐墊底下，不是偷偷地放，而是無心的，彷彿是長久以來的習慣。有一次，他問她袖子的事，她立刻漲紅了臉，旋即又轉成慘白，身體也整個變形，像是拼命想讓自己縮小那樣蹺曲起來。從此他再也不敢問她這類問題。

她洗完澡後下樓來。她穿著T恤和邁可一件剪短的舊運動褲，在沙發另一頭的老位子坐下，兩腳縮在身體下方。她臉上花掉的妝已經洗掉了，可樂色的頭髮也已洗乾淨，用塑膠夾隨意挽在腦後。這時的她散發著女孩氣息，類似潤髮乳之類的味道，甜美但不膩人。

「你以前眞的常帶女友到那座墳場去做愛？」她說。

影片中，百貨公司內最後兩名倖存者正爬過暖氣通風口。「不是所有女友都帶去，畢竟那種地方不是每個人都喜歡，不過妳或許會意外，願意陪我去的人眞不少。」

「也許你才會覺得意外，因爲我一點都不意外。你最後一次到那兒是什麼時候？」

「好像是——十七歲？或者十八。」他高中以後就沒去過伊凡斯市了。在那之後，他都直接把女友帶回家。老爸從來不過問。

「那女孩是誰？」

「黛比・梅耶查克，她現在還住我們家後面。以前玩警察抓小偷，我和邁可常把她綁在樹上。」

凱洛眉毛一聳。「你們的警察抓小偷玩法，是把女孩綁在樹上？」

「她扮演人質。」

「我以為我的童年已經夠糟了，沒想到有人竟然從小就玩起了綑綁遊戲。她是你女友？」

「不是，只是一起出去玩了幾次。」事實上，從他們去墳場那晚之後，他就再也不曾打電話給她。在學校裡也沒再和她說話。從此也沒和她說過話。

「她喜不喜歡殭屍電影？」

「不怎麼喜歡。」

「我也不喜歡，」她說：「現實生活已經夠可怕了。」她頭髮上的夾子鬆了。她伸手將它拉下，把頭髮捲成一束然後夾回去。「小時候，有一次我們全年級到若嘉湖主題樂園附近的海洋世界遠足。你知道那裡有殺人鯨表演吧？」他點頭。「我們到了那裡，全校的二年級學生都去了，又笑又跳玩得不亦樂乎，後來——」她的一隻手突然越過身體，攫住另一手的手腕，然後像鱷魚咬住小羚羊那樣，將它往下猛扯。「砰！一聲，那頭殺人鯨抓住訓練員的一條腿，將她拖進水池。」

派崔克注視著她。「她被咬死了？」

「沒有。牠把她放了，她爬回岸上，還笑瞇瞇的，你相信嗎？她剛在俄亥俄州內陸莫名奇妙被一頭殺人鯨咬了，但是她必須露出笑容，因為那是她的工作。我們原本以為會見到一些美妙的動物，在潮水坑裡摸摸海膽什麼的，沒想到一轉眼成了《蠻荒世界》[4]。」

「所以我才愛看恐怖影片，」他說：「每天晚上我醒來，出門去上班然後回來睡覺，然後醒來去上班，回來睡覺。外加洗幾次澡，吃幾個披薩，偶爾自慰一下——」

「別對我說那個。」

「我的意思是，我們不斷被殺人鯨咬，一天混過一天，卻還得一天又一天地擺出笑臉。」

「派崔克啊，派崔克，有時候我真替你感到悲哀。」然而她的表情卻顯示她心口不一。她完全能體會他的意思。從她的眼神就能看得出來。

「可是多半時候妳是愛我的。」他說。

「有時候啦，」她說：「有時候，當你走運的時候，陰沉的小渾球。」

不久，他們互道晚安然後各自回房。沒一會兒，半夢半醒、輾轉不安的派崔克聽見有人輕叩房門。沒等他回應，凱洛已經進來並且順手關了門。她的頭髮又鬆垂在肩頭，在月光下不再是可樂色，而是墨水色。

懷疑自己是否睡著了，他在床上稍稍移動，而她隨即在他身邊躺下。她彎起膝蓋，讓小腿靠在他身上。他們沒交談，兩人之間的沉默有如一層厚厚的有機體的膜。

他伸出手臂環抱她，那感覺如此熟悉。他親吻她，感覺像在她體內爬行，沿著喉嚨進入她的胸腔，在

4《蠻荒世界》：*Wild Kingdom*，介紹野生動物生態的電視節目。

那兒找到一個溫暖寧靜的處所，安全又私密，而且專屬於他一個人。她將一隻手探入他的襯衫底下，放在他肚子上。她臉上有股鹹味，但她的頸子嚐起來甜滋滋暖呼呼的。當他閉上眼睛觸摸她，外界一切變得無比遙遠，他做了什麼已經不重要，他們做了什麼也已無所謂。因此他們該做的都做了。

他醒來發現她坐在床沿，沒正眼看他。天色比先前更亮了，他大概一直抱著她，因爲這會兒他的臂膀感覺空得慌。他胸口，剛才她伏著睡覺的位置隱隱作痛。

他朝她伸手，被她在半空中擋住。「別。」她說。

困惑加上有點昏沉，他在床上坐起，兩手擱在她肩上。

她像被燙著了那樣跳開。「拜託，別來煩我。你就不能讓我靜一靜？」

然後她就走了。要不是腦子裡不斷迴響著**啊，要命，我幹了什麼好事**的念頭，他會以爲這一切只是一場夢。

# TWO
# 2

花娜．艾席爾和姊姊還小的時候，有一次父親帶她們到詹斯維爾市，他朋友正在興建教堂的地方。他帶她們看一堆堆的建材：巨大的玻璃板，成捲的粉紅色絕緣材料，閃亮的鋁製通風管。教堂落成之後，他們參加了奉獻儀式。在充滿油漆和新地毯氣味的亮麗新大廳內，老爸提醒兩個女兒，眼前的一切都是人建造的，而不是上帝。她們見過這座建築還沒完成的樣子，他說，所以她們知道他說的是事實。教堂建築本身只不過是大堆材料的高明組合，讓那地方神聖的是精神，而精神是在人身上，也因此他總是在家裡的地下室舉行禮拜聚會，而不是在教堂。

同樣地，雷契斯柏格高中也只是一棟建築物。門只是門，門後方只是走廊、教室、寄物櫃和飲水機。所有這些——每一個門鉸鏈，每一根鉚釘——都是人製造的。裡頭沒有什麼是永久的，不可摧毀的。沒有值得畏懼的東西。

「喂，」她背後的男孩悄聲說：「喂，艾席爾。」

她不想回頭，但她不得不回頭。人總是得回頭的。

開學第一天，可是在生物實驗室裡坐在她後面桌位的兩個男孩顯然早就彼此熟識。兩人長得清秀健壯，皮膚白淨，臂膀結實。左邊那個，也就是輕拍她肩膀的那個，有著深濃的髮色和迷人的藍眼睛。他們的桌位還坐著一個女孩，她有著買新相框附贈的照片裡，那種美女的長相，和一頭漂亮的紅髮，梳成雜貨店結帳櫃台旁陳列的流行雜誌中電影明星的髮型。花娜心想不知能不能換座位，或者換學校，或者把自己換掉。

那個俊美的男孩衝著她露出粲笑。「妳是哪一型的怪胎？」他小聲說。

他的聲音大得讓四周的人能聽見，卻又小得剛好融入同學們的嗡嗡談話聲。教室前方，嘉達先生正忙著編排班級值勤表。花娜不想回應，可是她非得回應。人總是得回應別人的。

「你這話什麼意思？」她細聲回話，努力裝出輕鄙的語氣。

男孩笑得更加燦爛。「我說，妳算哪一種類型的怪胎？和妳姊姊以前一樣，是基督怪胎，或者和她現在一樣，是吸血鬼怪胎？」他的藍眼睛閃閃發亮，聲音友善而悅耳。「或者妳是我們還沒見識過的，艾席爾家的新型態怪胎？」

在男孩敞開的襯衫領口，她看見一枚聖像浮雕項鍊金墜子。父親說天主教徒習慣向聖徒禱告，因為他們不信任上帝。她心想虐待狂會不會也有守護聖徒。

「妳叫什麼名字來著？」他說。「花柳娜娜？」

紅髮女孩咯咯發笑。長相較普通的那個男孩咧嘴笑著說：「花柳娜娜・艾席爾。原來是個花癡怪胎。」

花娜突然覺得四肢沉重。她轉過頭來。

嘉達先生開始分發課本。書的封面新得發亮，可是書脊全都破了，不但不牢固，還整個歪向一邊。

紅髮女孩舉起手。「什麼事，卡莉？」嘉達先生說。

「老師，有人把我的書割掉一大塊。」她的語氣涼膩得有如鮮奶油。

「我知道，我們已經決定本學區不教缺損的這一章了。」嘉達先生似乎瞄了花娜一眼，或者只是她的錯覺？

「爲什麼？」卡莉說。

「要不要我替妳寫張簽呈給校長室，請薩里安科先生親自向妳解釋？」

「我們何不叫花娜・艾席爾向我們解釋一下？」卡莉說。

全班響起一陣戲謔的嗚嗚…喧嘩。嘉達先生舉手制止。「夠了，卡莉。」

花娜眞想躲起來，想往自己那頭毛燥的褐色捲髮鑽進去，或者遁入她那條過長的學生裙的褶縫裡。下課後，她把破損的課本塞進新買的紫色背包，她挑了紫色，因爲這顏色很活潑，近乎輕挑。就在這時，卡莉舞動著一頭閃亮紅髮和一身甜香擦身走過。「喂，花柳娜娜，巴尼來電，他要妳把背包還他。」她說。跟在她背後的兩個男孩一陣狂笑，笑得下巴差點脫落。

到了寄物櫃前，花娜拿出背包裡的東西，把袋子塞進櫃子底，只把下午要用的幾本書帶走。

花娜從不敢奢想高中的第一天會有多好玩，但她怎麼也沒想到會這麼可怕。在集會教室裡，年輕漂亮的西班牙文教師凱瑟小姐帶著好像含了滿嘴肥皀的表情，對著點名簿唸出她的名字。數學老師臉上的表情足以將沙子融成玻璃，體育老師甚至翻了個白眼，逗得更衣室裡所有女同學全笑成一團，包括那位美麗的紅髮女孩卡莉。當老師把她們留下來換衣服，卡莉說：「原來畸形女艾席爾還有個妹妹，我還以爲她們的爸媽看見第一個孩子的醜樣子之後，就嚇得停止性交了呢。」

畸形女艾席爾，這綽號也讓她嚇一跳。這兒的人果眞討厭她姊姊。

她姊姊，美麗迷人的金髮女孩蕾拉，爬樹爬得比誰都快都高，在禮拜聚會中的見證比誰都熱血，而在花娜記憶中，不管是教會夏令營輔導員還是幼教遠足導師，經常一聽姊姊的名字，臉上便堆滿熱絡的笑容。她就像飛蛾追逐火光那樣追隨著姊姊的腳步：既不美麗迷人，又不是金髮女孩，害羞又膽怯，甘願靠著姊姊散發的光熱取暖。上公立學校算是一種實驗。身在其中卻又置身事外，父親是這麼告訴她們的。前幾個月這實驗似乎還算行得通。後來，有一天，蕾拉放學回家，提到她的生物老師凱倫・韓絲麗給他們上了一堂體制外的性教育課，還告訴他們保險套的使用方法和一長串施行墮胎術診所的名單。她的雙親立刻把這事向學校董事會投訴，一場醜陋的戰爭就此爆發。本地的媒體記者開始到學校董事會走動，報紙也陸續刊出社論和讀者投書，老爸甚至接受了某有線新聞網的二十秒專訪。

結果凱倫・韓絲麗退休了。一星期後，蕾拉放學回家，一頭漂亮金髮剪短到下巴，還染成墨黑色。很快地她的衣櫃裡也變得一片黑鴉鴉。不久，晚餐桌上的她幾乎成了動不動橫眉豎眼、愛挖苦人的幽靈。轉變之快速讓爸媽痛心又憤怒──他們說是關切，但在花娜看來比較像是痛心憤怒──也讓來參加父親的家庭佈道會的成員們困惑不已。所有人都把蕾拉的態度變化歸咎於世俗的腐化風氣。可是如今看來就連所謂的世俗都不歡迎她，這點花娜就不知道該怎麼想了。

這天的最後一堂課是美術。她很想找一張單人桌，獨自靜靜坐著上課，順便撫平生物課的創傷，問題是，這個教室同樣都是大桌子，而且差不多全被一群群死黨佔滿了，除了角落那張，只坐了一個穿著灰色運動衫、用帽兜遮著臉的男孩。和男生單獨同坐有點冒險，可是眼看也沒別的位子了。她選了距離他最遠的椅子坐下。他頭也沒抬。

畫室聞起來就像夏令營美術教室的味道：粉筆、泥土和木屑，一點都不像學校。瓊奇歐先生咧嘴一笑，眨了眨眼睛說：「噢，又一個艾席爾家的孩子，咱們得好好看著妳才行。」可是沒關係，她感覺他很友善。第一堂課的主題是自畫像，用鉛筆，因爲──他說──他希望他們的第一個作業能輕鬆點。他們畫畫時，老師便在教室內到處走動，從同學背後瞄幾眼，給點評語。

他走近她，說：「那是翅膀？」他是打著傻氣領帶的那一型老師。這天打的領帶印滿白色卡通綿羊，當中一隻黑綿羊，旁邊有支箭，還印著一個稚氣的粉筆草體字的 me。

「你說過，要畫得開心。」花娜的聲音細小得連自己都聽不清楚。

「翅膀是很有趣。」他的語氣很和藹。「妳姊姊的第一堂美術課也是我教的。要她偶爾也準時來上課，好嗎？」

花娜紅了臉，說她會盡力。他走開後，穿運動衫的男孩抬起頭來。「妳在做白日夢？」

花娜身子一縮。「什麼？」

他指著她面前的畫紙。他那淡黃色的瀏海垂到鼻尖，頭髮底下是一付絕談不上乾淨的眼鏡。整天披蓋著頭髮，要乾淨也難。「妳畫的翅膀，是小精靈，或者仙女的翅膀，還是什麼？」

花娜張嘴，又閉上。如果她說是，會不會一整年都甩不掉花柳娜娜這綽號？「就翅膀，」她說：「普通翅膀。」

然後，她迅速拿起鉛筆，悶著頭畫畫。過了片刻，男孩嘀咕著說：「隨便啦。」直到下課，兩人再也沒交談半句。

最後一堂課結束後，花娜遠遠看見蕾拉和一個瘦瘦高高的陌生男孩站在她的新車旁。兩人的嘴大張，擠壓在一起，眼睛緊閉，表情異常嚴肅，彷彿他們的行爲是聖餐會而不只是男女調情。（花娜的祖母是天主教徒，她很清楚聖餐會是什麼情景。）男孩的嘴在蕾拉嘴唇上蠕動，像是要把她吃掉。儘管天氣暖和，他卻穿著黑色長外套，頭髮和蕾拉同樣漆黑油亮。蕾拉揹在肩頭的那只橄欖褐色軍用雜物包，算是他們全身上下最亮眼的顏色。

花娜不想站在停車場，看蕾拉和一個她不熟的男孩親吻。她只想回家。「蕾拉。」她叫喚。兩人停住，但沒分開。蕾拉轉向妹妹的那張臉絲毫不見尷尬，只有冷漠和氣惱。這也不算什麼，因爲蕾拉一向是那種表情。「眞是的，花娜，妳的背包呢？」做姊姊的搖了搖頭。「算了，我不想知道。這位是查士丁尼[5]，我們順道送他回家。」她按一下遙控器，車子啾啾叫了起來。

花娜勉強擠出一絲微笑，可是這個男孩，這個查士丁尼，只冷冷看著她，那表情就好像看著一只音樂盒或雪球，小巧精美但不實用的東西。他有雙藍眼睛，和生物課的男孩一樣。她打開後車門，推開成堆的衣物和空咖啡紙杯，鑽了進去。在陽光亮眼的停車場中，這輛貼了車窗隔熱紙的車子有如一顆黑色氣泡。車門關閉的那一瞬間，花娜馬上感覺安心許多。

十五個小時。距離她下次來學校還有十五個小時。

「看來——」蕾拉忙著扣安全帶時，查士丁尼說。他坐在前座，好像車子是他的，而他把車子交給蕾拉去開純粹是因爲他高興。他伸出纖長的手——食指上戴著一枚鑲有紅寶石眼睛的龍形戒指——調整著後照鏡，在鏡子裡和她對上眼睛。「——妳是上帝的孩子。」

5 Justinian：查士丁尼大帝（482-565年），東羅馬帝國（拜占廷）皇帝。

他有著細長的鷹勾鼻。「我們都是上帝的孩子。」花娜說。

查士丁尼眉毛一挑。「這麼說上帝可欠了我母親好大一筆子女養育費。」

他的語氣不算太冷酷。蕾拉嘲諷地大笑，將後照鏡扶正，按下點火器鈕。車內頓時充滿低沉單調的音樂，聲音大得難以交談，這點花娜倒是十分慶幸。

蕾拉將車子開到雷契斯柏格鎮鬧區的一個破舊不起眼的地帶，停了車。「等會兒妳再出來。」查士丁尼對她說。這話應該是問句，但聽來不像。

「我盡量。」蕾拉說。

他彎身親她一下，然後下車。花娜也下車，準備移到前座，發現他替她扶著車門。「下次見了，花娜。」他說著對她一笑，那笑容莫名地熟悉。車子開動後，花娜從側後照鏡看見他堅定地朝反方向走遠，長外套在微風中飛舞。他點了根煙，縷縷煙霧有如光暈繞著他打轉。

「他是妳男友？」花娜問。

蕾拉的眼睛繼續盯著路面。「男友是俗氣的說法，好讓自己感覺活得有點意義。」

花娜不知該怎麼回應。「噢。」最後她說，沒再多問。

片刻後，姊妹倆在車庫裡，爲父親的佈道工作整理資料。至少花娜是認眞在做。她在長桌子四周來回走動，不時從每一疊報紙中拿起一張來：性病發生率增高，電視黃金時段的明顯性行爲增加，懷孕率，ＡＩＤＳ致死案例…之類的。每一疊資料都被放進一只印有精美照片的檔案夾，照片中是一個在晴空下笑開懷的少女，曬得紅噗噗的臉頰看來就像攝影師是在網球賽場上搶拍的鏡頭；一頭淡金色的長髮往後紮成俐落的馬尾，頸間閃耀著一枚金十字架。那是兩年前的蕾拉。

此時蕾拉仰躺在掉落了許多釘書針和遺失紙夾的破舊棕色地毯上，穿著戰鬥靴的雙腿高高抬在椅子上，裙子因此幾乎褪到了胯部。她沒幫忙花娜整理報紙。她之所以待在車庫，完全是因爲她和老爸簽下的一紙爲了挽回家庭和諧的合約，可是多數時候情況就像這樣，也是每當蕾拉不情願待在某個地方，或者不情願做某件事的時候會有的結果。根據合約，蕾拉每週得花一個晚上替老爸的神職工作收集資料，必須每天和全家共進晚餐，上學日的晚上不能出門，上學日的晚上得在十點半睡覺，週末則是午夜，加上每天開車送花娜上下學。以這些作爲交換，蕾拉得到一部新車。

「別弄錯了，」老爸警告她說：「我們只是要求妳在家裡盡妳應盡的義務，新車並不是獎賞。它是一種象徵，代表我們對妳的信心，以及認可妳今後作各種新的人生抉擇時的辛苦。」老爸非常執著於人生抉擇，還有契約，還有上帝。《舊約聖經·箴言》說，貞潔之婦比紅寶石更加可貴，因此他把他的神職工作稱作「凌駕紅寶之榮耀」。將貞操獻給上帝吧，他常這麼告訴青少年們——尤其是女孩們——你將獲得祂的愛作爲回報，以及一枚鑲有合成紅寶石的純銀戒指。戒指是在墨西哥大量生產，用小巧的塑膠袋密封進口的。（「和古柯鹼沒兩樣。」蕾拉總愛這麼說，儘管花娜認爲姊姊只是道聽塗說。）這種戒指是便宜貨，**花娜戴了手指發癢**。母親說，癢是爲了讓她不忘自己的誓約。蕾拉說她大概只是對金屬過敏，但是花娜心裡不免懷疑，這會不會是一種徵兆，顯示上帝覺得這事有些荒謬，因爲祂要不指引著你，要不就沒有；既然眞有祂指引你，你又怎可能會犯錯？因此只要旁邊沒人，她就把戒指摘下，收進口袋，直到罪惡感又起，心想也許這麼做多少能討上帝的歡心，於是又把戒指戴上。

至於蕾拉，當然從來沒戴過她的那枚。

老爸將車庫改成辦公室，舖上棕色地毯，加了組合式模板牆壁。巨大的車庫門依然沒變，因此角落裡的小型電暖器在冬天幾乎派不上用場。「上帝的愛會溫暖我們。」母親常這麼說，不過她同時也織了大堆圍巾和無指手套準備在冬天用。現在才九月，蕾拉卻戴著一雙有著黃色滾邊的櫻桃紅色手套，不斷抽拉著縫線，想扯出一個小洞來。這時，花娜正把又一只貼了蕾拉照片的裝滿資料的檔案夾丟入箱子，車庫門開了，她們父親的助理托比走了進來。他穿著和蕾拉相仿的戰鬥靴，但是他的牛仔褲十分乾淨而且燙過，那件長袖襯衫也一樣。花娜可以看見他的袖口和領口露出一小局部的刺青。他一眼看見蕾拉，和她撩高到近乎猥褻程度的裙子，立刻不以爲然地板起臉孔。「蕾拉，妳這樣不太端莊，快起來。」

蕾拉緩緩地、淡淡地一笑，花娜突然明白爲何查士丁尼的笑容感覺那麼熟悉：這會兒就在眼前，在姊姊臉上綻露開來，有如他傳染給她的感冒疱疹。「逮——逮到你偷瞄。」她說著將交叉的腳踝分開然後又叉起，動作充滿了心機和刻意。托比把頭轉開。

托比沒上鉤。他太了解蕾拉了。「需要幫忙嗎，花娜？」他招呼著，花字的發音帶著一絲絲蕾拉剛拿來嘲諷他的結巴味道。「我有空。」

花娜點頭。整間辦公室充滿了托比的花草古龍水和綠薄荷尼古丁口香糖的味道。「高中生涯的第一天過得如何？」他說。

花娜拿起一張廣告傳單。**青少女花柳病罹患率：高得嚇死你！**她的目光避開**花柳**二字。「很好。」

他問起她的教師群，說他十年前被凱瑟小姐教過，說她人很好。「不對，」躺在地上的蕾拉反駁說：「凱瑟才不好。她是個蠢爛貨，只會討好鋒頭球員和啦啦隊長，其他人她理都不理。」

「別把她說得那麼難聽，」他說：「妳可以說她個性很強，或者說她這人很有挑戰精神。」

「再怎麼說她都是個爛貨。」

「換個說法，說不定會改變妳對她的觀點，也會改變她對妳的觀點。」

蕾拉露出鬼臉。「天啊，托比，你好聰明，你怎會變得這麼聰明的？數學課？一定是數學課。」托比沒吭聲，只把另一只檔案夾丟進箱子。蕾拉回頭對著花娜。「我想想看：瓊奇歐，我喜歡。嘉達，想也知道會討厭妳。上次的董事會議中，我還以為他會跟咱們家的傑夫牧師打起來呢。說來挺諷刺的，因為嘉達是個超級天主教徒，每週上聖約瑟夫教堂三次，遵守大齋戒[6]：等等的。性教育是韓絲麗的事，嘉達不會去碰，但他是科學部門的主管，所以囉。」

**孩子們有權利了解自己的身體的奧妙**，報紙的讀者欄有人這麼寫著。**孩子們只需要了解一件事，就是上帝要他們等一等**，老爸去函回了這麼一句。這張剪報到現在還用花娜七歲時做的勞作，一只紙型蝴蝶磁鐵，黏在樓下的冰箱門上。

「性教育不是生物老師份內的事，」托比說：「我唸書的時候，這是健康教育課才會教的東西。」

「老師提到藥物濫用的時候，你有沒有跑出去吐？」

托比搖了搖頭，說：「想惹火我沒那麼容易，蕾拉。」她咧嘴笑著說：「哼，當然可以，看我想不想而已。」

6 大齋戒：Lent，天主教古老傳統，又稱四旬齋，以復活節前六周為紀念基督受難的齋戒期，教徒在此期間戒除各種壞習性及私慾。

「我去告訴妳父親資料整理好了。」他簡短說了句，便離開了。

「蠢蛋一枚，」蕾拉說：「他是不是讓妳很想把自己的眼睛戳瞎？」

「還不至於，」花娜說：「要不要幫我把剩下的整理一下？」

「不要。那些東西讓我真想把自己的眼睛戳瞎掉。」蕾拉站起，拿起一只檔案夾，對著自己的照片扮了個鬼臉，然後把它高舉在她和花娜面前。「吼嗚！」她模仿著惡魔的聲音，前後搖晃著檔案夾。「我是基督殭屍！我會偷走妳的靈魂，還有妳的眼線筆！還有所有不到二十四吋長的裙子！吼嗚！」

花娜翻了個白眼。蕾拉大笑，把檔案夾丟下。

「啊，我把自己殺死了，」她說：「對了，小花，說到死、殭屍和各種不開心的事，妳知道學校有個女孩，叫卡莉·布琳克的？火熱的紅頭髮，跩得跟什麼似的。」

「見過了。」

「哦，那好。」蕾拉說，之前的戲謔語氣突然消失。「閃遠點，她是韓絲麗的姪女，而且還是個小神經病。」

花娜真希望地表裂開，把整個學校吞沒，這樣她就再也不必回去上課了。

晚餐時，老爸說：「托比說妳整理資料時應該可以更用心點，蕾拉。」

「托比喝醉了，」蕾拉說：「奇怪他竟然沒說我是會飛的長頸鹿。」

「托比可以分享的智慧不少，只要妳虛心接受。」

「是啊，我相信，加上一種以上的血液傳染性疾病。」如果說蕾拉之前的笑容像極了查士丁尼，那麼這時她臉上閃現的的爽朗笑容可說是父親的翻版。「那些我是不是也該和他分享？」

老爸下頦的肌肉縮緊又放鬆。蕾拉在場的時候他常會這樣。老爸身上那件襯衫還有他穿襯衫的方式——前襟敞開，裡頭穿著T恤——讓花娜想起生物課那個男孩。這時母親端出香辣火雞肉醬和生菜沙拉，把幾只裝著乳酪、洋蔥丁和香菜的盤子放在餐桌旋轉盤上。她的頭髮——顏色比蕾拉以前的金髮深一些——整齊地夾在腦後，手指甲才剛修過。即使只是打開一包玉米脆片，母親的模樣都那麼迷人：儀容整潔，身材窈窕，衣著考究，總之就是完美。老爸也一樣。身爲宣教士，必須講求體面。他們常打網球，也勤於用個人保養品。他們身上總是有股清香，只是他們也讓花娜覺得自己活像個大腳怪。

母親一邊遞玉米脆片——順便轉換話題——邊問她們開學第一天過得如何。蕾拉說要是她能當上啦啦隊隊長，這學期就太棒了。沒人把她的話當眞。

「生物課上得如何？」老爸問。

「很好。」

「蕾拉，妳吃生菜了嗎？」母親問。

「我是素食者，」蕾拉說：「我只吃生菜。」

「嘉達先生沒找妳麻煩吧？」

花娜搖頭。

「多少吃點辣醬吧。」母親對蕾拉說。

「如果妳眞要我吃，就別在裡頭放死屍的肉。」

「妳會貧血的。」

「辣醬真好吃，蜜雪兒。」老爸把玉米片倒進辣醬裡。「我想看一下妳的課本，花娜。」

「凱倫・韓絲麗從來不照課本教的。」母親說。

花娜嚥了下口水。「不過，他們把生殖系統那章刪掉了，所以⋯⋯」

她欲言又止。老爸對著她微笑。「花娜親愛的，我們都知道妳不愛惹麻煩。」

花娜低頭看著餐盤。

「當然，哪像我，專愛找麻煩。」蕾拉說。

「蕾拉。」老爸說，語氣裡帶著警告意味。

「怎麼？如果是你的事，你就不嫌麻煩了。想想上次的事。『妳下回的抗議活動是什麼時候，蕾拉？』，『妳的請願連署書上有多少人簽名了，蕾拉？』，『喂，蕾拉，也許妳可以發動罷課，我會通知第七頻道來採訪。』」

她說的都是事實，花娜心想。「問題有輕重。」老爸說話了。「我絕不反對妳用身體的力量來保衛自己，但這並不表示妳可以到處揍人取樂。」

蕾拉把餐刀往辣醬裡一插。「那我把我的週末計畫取消好了。」

母親嘆氣。「蕾拉，真是的，這下那把餐刀非洗不可了。」她說。蕾拉答道。「既然妳不希望我們用餐刀，就不該把它們擺在桌上。」

老爸輕咳幾聲。「總之，」他對花娜說：「重點不單是嘉達教的課程是否和凱倫・韓絲麗一樣，而是我們有權利堅守自己所相信的。迫害對抗自由，真理對抗謊言—這些理念看似抽象，可是到頭來它們會落實在像妳這樣的普通人，以及所有類似的小抗爭上頭。到最後，世界將會越來越好。」

「太感人了，父親，」蕾拉說：「說得眞動聽。」

老爸瞇起眼睛。「妳應該很清楚，我害怕抗爭是因爲顧慮到妳們姊妹倆。我所做的一切都是爲了妳們，以及未來妳們生活的世界——還有妳們的孩子生活的世界。」

「還早呢。」花娜的聲音溫柔得自己都嚇一跳。

「我不打算生小孩。事實上，我是蕾絲邊。」蕾拉說。

母親氣呼呼地把餐巾丟在桌上。老爸伸手按住她的肩膀。「她只是想惹妳生氣，蜜雪兒。」他看著蕾拉。「要知道，妳正處於一個不認爲偉大理念很酷的階段，但這並不表示它們不重要。」

「噢，我對這些偉大理念著迷得很。自由意志，知識份子的好奇心。」

「這些都是上帝賦予我們的。」母親說。她的臉頰泛紅，聲音卻平靜。「要不要加以巧妙運用就看我們自己了。」

蕾拉大笑。「是啊，發動聖戰第二集來確保花娜不懂保險套的使用方法，就是巧妙運用上帝所賜予的天賦的最佳範例。」蕾拉抽出辣醬裡的餐刀，把它放在潔白的餐巾上。「要是妳當初上過韓絲麗的課，也許就不會跑到熟女部門去買畢業舞會禮服了。」

「夠了。」老爸說。接著一陣冗長的沉默。當他再度開口，語氣溫柔得有些刻意。「一年前，妳並不認爲我們和凱倫・韓絲麗、湯姆・嘉達的抗爭是無意義的，當時妳並不認爲這件事害妳掉入水深火熱之中。」

這也是事實。當時蕾拉連著好幾週到處奔走，尋找願意當烈士的老基督徒，整個人神采奕奕的。可是在最後那次學校董事會議中——老爸那張痛苦、漲紅的臉，母親不悅地突出的下巴，態度親切卻被逼到差點落淚的韓絲麗女士，在場所有人叫嚷著替這方或那方說話的混亂局面，都讓花娜覺得可怕極了——就連蕾拉都皺起眉頭，一下子沒了神采。

「錯了。」蕾拉總算開口。「當時我沒告訴你這件事害我活得水深火熱，是因爲你告訴我，我是在盡上帝的事功，而我又蠢又天眞，竟然相信你的話。」

老爸傷感地搖頭。「爲什麼妳這麼執意要拒上帝於門外呢，蕾拉？」

「滾開啦。」蕾拉說，接著場面變得火爆。母親在大吼，老爸在大吼，蕾拉在大吼。「去你的，去你的，去你媽的！」花娜趕緊用雙手捂住耳朵，因爲她再也聽不下去。

後來，在蕾拉氣沖沖甩門離家，把新車音響的重低音開到轟轟作響之後（睡覺時間來了又過了，蕾拉還是沒照著合約乖乖回家），花娜躺在床上，禱告著：**主啊，我愛我的家人，可是我真討厭他們湊在一起的時候。原諒我，上帝，請讓我不要討厭他們，阿門。**

花娜沒想到學校生活變得如此黯淡，而且變化來得如此之快。上課教的全是她已經懂的基礎教材。週三卡莉．布琳克的網球從背後打中她兩次。在更衣室裡，她把花娜的運動包丟在地上，說：「對了，我姑姑現在是托兒所老師。託妳老爸的福，她可惹得一身腥了，妳也一樣。」

花娜沒吭聲。她能說什麼呢？

以前，上學二字意謂著每天窩在母親那張暖蜜糖色的原木餐桌邊，愜意地度過幾個小時：給樹葉分門別類，讀讀蘿拉英格斯[7]或者貝琪與黛西[8]，做做從網路列印出來的數學練習題。可是這會兒她在孤寂又嘈雜的自助餐廳裡，獨自坐在一張空長桌的一角吃午餐。桌子表面是破舊的灰色美耐板桌，有人在上頭寫了**艾希麗里柯利下賤被人騎**的塗鴉。上歷史課的途中，她常瞥見蕾拉和查士丁尼還有另外一個女孩站在二樓走廊盡頭的消防門前。看那女孩的藍色雞冠頭和穿孔的嘴唇，就知道她和他們是一伙的。學校裡有很多學生都染了頭髮，有的還在身上打洞，可是蕾拉和她那伙朋友特別引人注目。如果說花娜在高中生涯的第一週學到了什麼，那就是**千萬別惹人注目**。千萬別因爲穿錯衣服而變成焦點，就像那天花娜穿了一件媽媽親手做的印花長裙裝，被卡莉戲稱是「草原上的小賤人」。不想引人側目，最好不要有個放話要把學校董事會告上法院的父親；當然也不要取個怪異的名字，例如花娜要死了（花娜・艾席爾）。

**喂，花柳娜娜，我想讓妳吸我的屌，但又怕染上怪病。**

蕾拉和她朋友還可以像一群傲慢的烏鴉那樣在走廊裡裝神弄鬼，花娜的生活卻乏味到爆。她眞希望自己無形無色，變成一團模糊的空白。例如週二下午，她站在畫室走廊裡，茫然盯著三天前她懵懵懂懂畫下的翅膀自畫像，心想不知能不能請瓊奇歐先生把它從展示櫃撤掉。她那天是哪根筋不對？她以爲自己是誰啊？

7 蘿拉英格斯：Laura Ingalls Wilder，1867-1957，美國作者，作品包括《草原上的小木屋》（*Little House on the Prairie*）等。

8 貝琪與黛西：*The Betsy-Tacy Series*，作者Maud Hart Lovelace。

「我知道了，」旁邊有個聲音說：「那是天使的翅膀，對嗎？」是她的同桌同學，杰瑞德。他們已經默默坐在一起一整個星期了。花娜臉頰發燙，更加後悔自己當初畫了那些蠢翅膀。她聳聳肩。

他點頭。「就像拿非利人[9]，眞酷。」他仍然穿著那件鬆垮的運動衫，戴著同一付髒眼鏡，不過今天他的眼睛露出了一點，像躲在草叢間的兔子，透過長長的瀏海往外窺探。他的聲音很好聽。

「你也知道拿非利人？」花娜有些意外。

「當然，電玩遊戲有個人物就叫拿非利，」他看著她說：「沒錯吧？一個拿非利人？或者拿非利（Nephilim）是多數？單數是Nephila？反正，他是個大壞蛋，他的charisma（領導力）有九十億，凡是被他碰觸的劍都會化成火焰。」

花娜完全聽不懂他在說什麼。「你的自畫像畫得很棒。」

他的自畫像是用黑色鉛筆畫的，筆觸大膽又自信，運動衫、凌亂的瀏海等等。這個漫畫男沒有眼睛——只有頭髮和眼鏡——嘴巴也只有一直線。他一手抱著吉他，另一手拿著本書，腳邊蹲著一隻毛髮蓬亂的大型狗。杰瑞德注視著那張畫，彷彿從沒看過似的。「喔，謝了。」他的語氣輕描淡寫，略帶尷尬。

「那是你的狗？」

兩人一起走進教室。杰瑞德把背包往座椅一丟。「那是狼。狼是我的守護動物（power animal）。」他

9 拿非利人：Nephilim，《聖經》中由神的兒子們和人的女兒們所孕育的巨人後代。

的耳根子發熱。「倒不是說我眞的相信所謂守護動物這回事，可是我媽媽的男友基斯相信，所以囉——妳知道的。」

花娜不知道。「守護動物是什麼？」

「牠們會幫妳。」

她把幾本書放在桌上。她的背包還塞在寄物櫃裡，因此她的臂膀和背部老是酸痛。「牠們會幫忙拿重物嗎？」她不假思索地說：「我眞的很需要。」

他的嘴角抽搐了一下。「倒也不是。牠們代表妳的力量，會保護妳之類的。」杰瑞德的手指滑過瀏海，把髮絲拉長到蓋住鼻尖。「只是基斯很迷的新世紀玩意兒。妳叫花娜，對吧？」

她點頭，接著——反正遲早都會提到的——補充說：「蕾拉・艾席爾是我姊姊。」

「就是常和賈斯丁・肯柏廝混的那個暗黑妞？」

「你是說查士丁尼？」

「是啊，就他。」杰瑞德的臉被頭髮遮住，看不清表情，不過花娜感覺他的語氣似乎透著輕蔑。

「我和蕾拉那群朋友不太熟，」她說：「你不喜歡他？」

「我沒和他說過話，我四月才搬來的。」他停頓一下，接著說：「不過，自稱是查士丁尼眞的有點蠢，還有成天胡扯吸血鬼什麼的，實在是——妳懂我意思？」

這時，瓊奇歐先生說：「好啦，各位，注意聽了。」接著開始解釋第一個課程單元的內容是素描。花娜不太專心，因爲生物課的男孩也說過吸血鬼之類的話。等瓊奇歐先生擺好一只切開的柳橙和一只花瓶讓他們做靜物寫生，她追問。「什麼吸血鬼？」

「噢，妳知道的。」杰瑞德低頭對著畫紙。「就是『強光刺痛了我這夜行獸的陰森雙眼』之類的鬼話。聽著，當我沒說，他是妳姊的朋友，我相信他一定很酷。妳是基督徒對吧？」

莫非有人注意到她老是和他同桌並且警告他，她就是性教育醜聞背後的那個瘋狂家族的成員？「你怎麼知道？」

**「妳戴了十字架。」他指著花娜的項鍊**。「不過我不是。不是基督徒。別誤會我的意思，不過我寧可不是。我沒有成見，但那真的不適合我。」

**她腦中響起父親的聲音。不懷成見，就能成功。**可是花娜根本不想成功。杰瑞德人很好，他沒有嘲笑她畫了天使翅膀的自畫像，而剛才的生物課她足足被男同學叫了四十五分鐘淋病妹。

「妳或許會覺得我一定是拙蛋才會說這種話，」他說：「我只知道我以前的學校有個女孩，她對我說咱們去約會吧，結果她只是想拉我和她一起上教堂。他們帶新人去都有獎賞的。」

花娜嘆氣。「那，你到底是不是拙蛋？」

他注視她片刻，接著，他柔聲說：「不是。」

「很好，」花娜說：「我厭煩透了拙蛋。」

週五早上，蕾拉穿著件胸前印著**上帝已死**幾個字緊身T恤來到早餐桌前，但是沒人提起。用餐前，老爸朗讀《詹姆斯書》的一句：**當你面臨考驗，要把它當作喜悅，因為你知道試煉將讓你的信仰更堅韌。**

果不其然，蕾拉大笑。「說得好。我正面臨考驗，或者我就是考驗？」

「我們每個人都得面對考驗，每個人也都是別人的考驗，因此我想兩者都說得通。」老爸謹慎地一笑，轉頭看著花娜。「最近課業忙不忙，花娜？」

花娜正想著她會是誰的考驗。「數學預備考試。」

「妳聽見那句經文了，」蕾拉戳弄著早餐穀片說：「要喜悅。」

「記得把計算機帶著。數學測驗帶計算機！這點才是妳眞正該喜悅的事。」母親對著身穿上帝已死T恤的蕾拉微笑，彷彿兩人正分享著什麼笑話。通常在發生大爭執之後，都會有一、兩天像這樣，父母親拼命裝出輕鬆、寬容的態度。其實他們緊張得額頭冒汗，努力把這當成喜樂。

在車內，蕾拉裝出嘻皮笑臉，模仿著母親擠出假音說：「讓我們感謝天父讓我們有幸擁有計算機！讚美基督！哈利路亞！」接著聲音恢復正常。「妳知道計算機是誰造的？德州儀器公司，不是別人。」

「我想她應該不是那個意思。」

蕾拉擺弄著方向盤，調整電台頻道，直到她找到一首夠嗆的音樂。「是嗎？如果今天凱爾・杜布勞斯基又叫妳花柳娜娜・艾席爾，妳還會想到要感恩？妳還會把那當作喜悅？」

花娜畏縮了一下。「妳怎麼知道的？」

「查士丁尼告訴我的。」

「他又怎麼會知道呢？」

「他知道是因爲，他跟多數人不一樣，他很用心注意身邊發生的事。」蕾拉嘆氣。「也許這麼說會讓妳好過一點，我的名字也常被他們拿來取笑。我的高二生涯可說是一段沒完沒了的副歌，『蕾拉，我讓妳跪倒在我腳下。』。」

怪得很，花娜果眞覺得舒坦了點。「凱爾・杜布勞斯基是哪一個？」

「漂亮眼睛，沒靈魂，」蕾拉不屑地哼了一聲。「爸媽是白癡，撒旦長得不像查士丁尼。撒旦長得像**他**。」

花娜整堂生物課都在想著這句話，凱爾和他的小跟班布雷．阿拿斯特羅則一直粗聲粗氣對她耳語，問她長了多少菜花，惹得卡莉不停竊笑。接著他們更大膽了。嘉達先生正忘我地解說細胞構造、粒線體、等位基因；他要不沒發現第二排發生的事，不然就是覺得沒必要介入，不顧花娜臉頰漲得紫紅，眼睛濕潤。她努力想專心聽課，可是很難。既然他不在乎她的事，她幹嘛要在乎他的。

生物課之後是美術課，而美術課就像炎炎夏日的一汪湖水，就像把鞋子裡的小石子抖掉之後舒服踏出的第一步。下課鈴響時，杰瑞德正和她聊著《X檔案》影集中的宗教主題，因此他們一起出了教室，接著花娜獨自走向停車場。

在那裡，查士丁尼坐在蕾拉車子的引擎蓋上，兩條手臂搭在她肩上，兩手的手指鬆鬆地交纏在她喉間。蕾拉靠在他兩腿之間，一根手指懶懶摩挲著他手背上的青筋。「虔誠的花娜．艾席爾，」仔細拔去雜毛的眉毛一挑，她說：「我好像看見妳和一個男孩說話，小蕩婦？」

花娜臉頰發熱。「只是朋友。」就知道蕾拉一定會把這再正當不過的事變得極度不堪，就算她只是在說笑，花娜憤憤想著。

查士丁尼跳下引擎蓋，有如一隻穿著風衣的瘦長的貓。「我知道那傢伙，他專畫狼。」如果說杰瑞德之前的語氣帶著輕蔑，那麼查士丁尼的聲音就是不折不扣的奏鳴曲。

這次，蕾拉沒把車開到鬧區讓查士丁尼下車，而是直接開回家。車道是空的，爸媽出門了。蕾拉停車，回頭看著花娜。「好啦，要是傑夫牧師和巴比倫淫婦問起，就說我在朋友家溫習功課，晚上不回來了，因爲我的新朋友邀我到她家吃晚餐。萬一他們追問，就說這位新朋友叫做——呃，布麗塔妮。」

花娜瞪著她。「我才不要替妳撒謊，妳自己告訴他們。」

「就算我對他們說水是濕的，他們都會認爲我在說謊。」

「那妳就少說一點謊話。」

「也許妳該多說點。」

「反正不是從今天開始，妳想都別想。」

「好個乖巧的小羔羊，」蕾拉說：「好個聽話的小呆瓜。」

查士丁尼從後照鏡瞄了花娜一眼，但沒說什麼。她眞想縮成一團，隨風飛走，像片枯葉。「我才不是。」

「那就證明給我看。」蕾拉說。

「好啦。」花娜抓起書本，爬下車。

等到雙親回來，她已經改變心意起碼一百次，最後她還是撒了謊。不是因爲蕾拉要她這麼做，而是因爲她不想再聽他們大吼大叫爭吵。今晚不想。她想起這天卡莉穿的羊毛衫，爲那位虛構的女孩布麗塔妮捏造了一件藍色毛線衣。她吐出的每個字都虛假得可以，然而雙親都相信了。

晚餐後，她擦拭著餐桌，雙親在廚房裡談話。聽著聽著，她的抹布劃出的弧度越來越小，花娜也變得越來越小，因爲她從很早以前就發現，當她變得很小很小，別人往往也就忘了她的存在。就因爲這樣她才知道「凌駕紅寶之榮耀」戒指的原始製造商在他的工廠內雇用八歲童工，當初托比在他們家沙發睡了一個月是因爲戒酒之家的主管在他床下發現一瓶750ml伏特加，還有蕾拉的新車被偷偷裝了一台GPS定位發射器。

「一位叫做布麗塔妮的朋友是嗎？」母親說。

「穿藍色毛衣的。也許我們再也不必爲她操心了，讚美主。」

母親用懷疑的語氣說：「除非親眼看見，我才會相信。」

花娜聽見櫃子的抽屜打開又關上。她常祈願自己有停止偷聽的意志力，可是上帝就是不肯賜給她。也許是因爲她聽到的事情減輕了她對周遭各種詭祕現象的困惑。一枚紅寶石戒指的批發價怎麼會低於四塊錢？爲什麼托比，這個已經二十幾歲，已經算是成年人的人，總是得在晚上十點以前回家？爲什麼蕾拉連著好幾個月惹麻煩，爸媽卻買了輛新車給她？

「花娜不撒謊的，」老爸說：「她天性如此。」

「可是，如果蕾拉逼她說——」

母親的口氣仍然充滿狐疑，可是當老爸說：「花娜是好孩子。」他的語氣是那麼自信篤定。

花娜兩手抓住抹布用力擰，直到它滲出水來。花娜是好孩子，蕾拉是壞孩子，蕾拉很墮落，但就算是蕾拉也還有救，只要天眞善良的花娜肯替她擔保。上帝的孩子，溫馴無害的羊。聽話的小呆瓜。

一把怒火升起，強烈但感覺很好。我們不是那樣的人，她想。太黑白分明了，然而人不是那樣的，不是黑白分明的。她不是黑白分明的。

接聽家裡的電話也是合約的條件之一。花娜用雙親房間裡的無線電話打給姊姊。當蕾拉拿起話筒，花娜依稀聽見她背後的音樂聲，還有深長的斷斷吸氣聲。蕾拉在抽煙。「什麼事？」她說，口氣厭煩。

「如果他們問起布麗塔妮的毛衣，」花娜說：「就說是藍色。」

當晚，蕾拉說：「毛衣眞是神來一筆，增加不少可信度。」

姊妹倆在花娜床上，花娜靠著床頭板坐著——姊姊進來時她正在看書——蕾拉坐在床尾。花娜穿著睡衣，一件從教會夏令營帶回來的紮染上衣，小貓印花法蘭絨長褲。蕾拉穿著外出服。花娜聞到姊姊身上的廣藿香油香味，還有皮夾克和皮靴的味道。

花娜低頭盯著書本。「我也不知道爲什麼要幫妳，妳今天把我叫得那麼難聽。」

蕾拉一臉訝異。「我叫妳什麼了？羔羊？哦，蕩婦。」她點點頭。「沒錯，那太惡毒了，我道歉。」

花娜仍然沒看她，蕾拉碰一下她蓋著毛毯的腳。「說眞的，小花，對不起。今天妳很有用（did good）。」

「做得好（did well）。」

「什麼？」

「文法錯了，」花娜說：「應該說我做得好。」

蕾拉笑了，眞心的笑，不是查士丁尼那種。「妳眞是活寶，我才剛迸出『可信度』這麼有內涵的字眼，妳竟然就拿*good*和*well*的用法來挑我毛病？」她又輕拍花娜的腳。「起來吧，去換衣服。」

花娜睜大眼睛。「幹嘛？」

「查士丁尼要我帶妳一塊兒去參加營火聚會，妳總不能穿著小貓印花睡衣去吧？」

於是花娜把睡衣換成蕾拉的黑色長裙裝，而且乖乖讓蕾拉替她畫上黑色眼影，塗抹油亮的酒紅色唇膏——儘管她緊張得渾身發抖。「我覺得好怪。」花娜蠕動著滑膩的新嘴唇，眨著刺癢的新眼睛。蕾拉說：「因爲撒旦接管了妳的靈魂。」

兩人沿著走廊，貼著牆壁走，避開容易吱嘎響的地板，躡手躡腳通過安靜的廚房。接著出了後門，越過草坪走向一輛停在路邊空轉、舊又呆板但銀亮有如月光的車子。副駕駛座門打開，那個藍髮女孩下了車。「妳帶她來了。」語氣沒有絲毫懊惱或甚至失望的味道。她按住花娜的肩膀，把她推進後車座，在裡頭花娜發現自己緊貼著一個從未見過的光頭男孩。他大笑，猛拍一下自己的膝蓋，花娜聽見有東西叮噹響了一聲。藍髮女孩擠進花娜另一側的空位。

「哈囉，花娜。」查士丁尼吻完蕾拉，在前座打著招呼。

「花娜，克麗絲，埃瑞克。」蕾拉逐一指著三人。「走吧。」

藍髮女孩——克麗絲——咯咯笑了起來。「噢，蕾拉，妳把她打扮成暗黑女了。」她說話時，嘴唇上的鋼釘閃閃發亮。

埃瑞克又大笑。聲音粗啞而且略帶瘋狂。「但願她還繫著她那條附有『主救罪人』扣環的貞操腰帶。」

花娜拼命縮進一身借來的黑色繭踊裡。蕾拉回頭瞄了眼，說：「埃瑞克，對我妹妹好一點，不然我踩死你。」

「不過說個小笑話。」埃瑞克說。蕾拉回了句。「你本身就是個笑話。」

「孩子們。」查士丁尼說。他的語氣平板，帶著嘲諷，大伙立刻安靜下來。

他開得很快。音樂聲很嘈雜，而在夜裡，所有道路看來都一樣。端坐在後座椅隆起的中央位子，花娜只覺搖搖晃晃的很不安穩。她看見蕾拉穿著靴子的雙腳翹在儀表板上，兩隻手腕在膝蓋上輕輕交叉。燃燒的煙頭有如橘色螢火蟲在她雙手之間飛舞。煙味讓花娜頭暈。她沒繫安全帶，忍不住一直想像自己從破碎的擋風玻璃飛出去的情景。

車子停下，車燈熄滅之前，花娜看見許多樹木：細長的樹，遼闊的樹，層層疊疊的樹，無邊無際的樹。他們的車停在一條單行道上。外頭，清新怡人的空氣中，花娜沒看見燈光或房子，也沒聽見高速公路的車流或狗吠聲。克麗絲拿著手電筒，這會兒已經消失在樹林裡。查士丁尼從後行李廂拿出不知什麼東西，交給了埃瑞克，接著和蕾拉兩人有如連成一體那樣交纏著手臂，隱入了樹蔭中。「走吧，小花。」蕾拉回頭叫喚。

花娜猶豫了一下，然後跟了過去。她不時被小細枝和樹枝勾住，兩腿似乎老踏不著平坦的地面。她祈求自己可別跌跤，至少不要當著他們的面，其實她老早落在大伙兒後面了。在大片黑暗的某處，蕾拉叫喊著。「花娜，走快點。」

「我在努力了。」她沮喪地抓住一片牢靠的蕨葉。「這裡好黑。」

她聽見查士丁尼說。「她沒手電筒？」聲音從黑暗中清晰傳來。過了會兒，花娜看見一道白色光束掠過樹林，朝她掃過來，後面有個黑色人影。

「抱歉，我以為妳有手電筒。」如果說當天下午他說話帶著輕蔑，此時倒是絲毫聽不出來。他的臉似乎飄浮著。

「我沒事，只是有點慌。」花娜說。他伸出一隻閃著微光的手想扶她，她想都不敢想碰他一下。可是她的腳尖踢中樹根，她發現自己不僅握了他的手，還近乎急切地緊抓著。他的手指很溫熱。

他扶她站穩。「沒事才怪。」

「你認識我又沒多久。」她的語氣連她自己都覺得刺耳。

「認識多久不是重點。」他說。「也可能妳和某人天天見面好幾年，卻一點都不了解他。有些人呢，卻好像認識了一輩子。走吧，埃瑞克已經在生火了。」

的確，一團溫暖的火光在樹林間閃耀，空氣中彌漫著打火機油的刺鼻味。查士丁尼帶花娜來到一小片林間空地，在這裡，蕾拉正拿著條毛毯鋪在一段木材上。營火的另一邊，埃瑞克也正做著同樣的事。克麗絲則弓著身體，和被她夾在膝蓋之間的什麼東西纏鬥。

「抱歉，小花，」蕾拉說：「我以爲埃瑞克把手電筒給妳了。」

「埃瑞克沒有手電筒可以給人。」埃瑞克說著窩進他的毯子裡。「埃瑞克不是賣手電筒的。」

花娜聽見空洞的啵一聲。「好啦，總算。」克麗絲得意地說，將她一直搞不定的東西——一瓶打開的紅酒——遞給蕾拉，然後把一個銀色的小東西往毯子上一丟。「這開瓶器難用死了，蕾拉。」

「下次我從不喝酒的雙親那兒偷開瓶器的時候，會先確認一下是高檔貨。」蕾拉就著酒瓶喝下一大口，溢出了一點，一滴紅酒流下她的下巴。她咧嘴笑著抹去，把酒瓶遞給花娜，臉上帶著和小時候從樹頂往下看的相同表情。「喝不喝，小花？」

花娜越過蕾拉的肩膀瞄見查士丁尼，他在看著。火花嗶啵響，火焰的熱氣有如溫暖的手停在花娜頰邊。她不喜歡紅酒，不想喝紅酒，可是蕾拉帶她來這兒，這些人都是蕾拉的朋友，萬一被他們瞧不起，這個晚上就難熬了。「不了，謝謝妳。」最後她說。

埃瑞克竊笑。「閉嘴，埃瑞克。」查士丁尼說，埃瑞克立刻噤聲。「既然她不想喝，當然可以不喝。」突來一陣緊繃的靜默。接著蕾拉說：「那當然了。」克麗絲說：「我們不耍那種同儕壓力的濫招。」

他們只聊天：聊花娜沒聽過的音樂，聊她沒看過的書。木材燃煙和香煙的氣味混合著樹林的土壤味，花娜眞希望自己能說出又酷又機智的話來。她眞希望自己說得出話來。最後查士丁尼湊到蕾拉耳邊說話。

「我一會兒就回來，別擔心。」蕾拉對花娜說了這麼一句，便和他一起進了樹林，朝著車子走去，留下花娜面對兩個陌生人。她以為會聽見引擎發動聲，但慶幸沒有。營火的那端，克麗絲抽煙抽得兇，把一個又一個煙蒂丟入火焰。

「放棄吧，克麗絲。」埃瑞克終於忍不住。他正拿著手電筒看資料，看來像是在秘密地下室列印出來的一疊東西。「沒用的。」

「去吃屎吧你。」克麗絲沒好氣地說。

埃瑞克看著花娜。「克麗絲正受著單戀的折磨。」

花娜想起查士丁尼和蕾拉，想起那男孩在火光中望著姊姊的眼神，不禁同情起克麗絲來。「你在讀什麼？」為了岔開話題，她問他。

「《無政府主義者入門書》（*The Anarchist Cookbook*）。」他讓她看封面。她又聽見金屬碰撞聲，而且發現那是從他戴在左手腕的一組手銬傳出的。「教人家如何搞破壞、製造炸彈和火藥之類的事。」

花娜盯著他看。「學那些做什麼？」

「替弱勢討公道，給所有那些雜碎一點教訓。當然最近網路上也有很多好東西，我看這個只是為了追求刺激。」他咧嘴假笑。「事實上，好玩得很，寫這東西的人現在已是你們的人了。」

「我們的人？」

「兄弟，基督信徒，拼命想把這本書變成禁書，不讓大眾閱讀。還真是典型的基督徒作風，如果妳問我。就像妳爹，老認為知識有害，無知最好。總以為別人很蠢，沒辦法分辨是非。當然了，蠢人的確不少。」

「可是，如果那眞的很危險——」

「鬼扯，那跟危不危險無關，重點是箝制。讓大眾處在害怕、愚蠢的狀態，他們就可以爲所欲爲。總之，有時還眞得丟幾顆炸彈才能達成目的。去問問妳那個搶救行動小組[10]的朋友就知道了。」

「我沒有搶救行動小組的朋友。」花娜說。連她父親都說這個組織的人很瘋狂。無論如何殺人就是錯的，縱使是爲了拯救生命，縱使是爲了反對墮胎。

查士丁尼和蕾拉回來時又帶了一瓶酒。克麗絲又開始抱怨，不斷吐苦水說軟木瓶塞有多難撬開。大伙兒傳遞著酒瓶，蕾拉像隻愛睏的小貓緊偎著查士丁尼，偶爾伸手抓他一綹黑色長髮來把玩。埃瑞克還在看書，克麗絲仍然悶悶不樂，蕾拉則盯著火焰。花娜心想不知道幾點了，感覺很晚了。但她又不想問蕾拉到底何時才能回家。

「眞希望除了我們以外，所有人都消失不見。」蕾拉說，語氣充滿渴望。「眞希望地球上只有我們。」

查士丁尼點頭。「就像基督回歸（Rapture），但不是把所有眞信徒帶走升天，而是只有眞信徒能留下。」他凝視著火光那頭的花娜。「死亡會在夜裡偷襲，就像小偷一樣，對吧，上帝的孩子？」

像小偷一樣在夜裡偷襲的不是死亡，是基督。這時花娜突然想起凱爾・杜布勞斯基說的，**喂，花柳娜娜，妳都在哪間廁所拉屎？我可不希望我女友被妳傳染性病。**如果像凱爾的人全在一夜之間消失，豈不棒透了？難道上帝一手打造美麗的世界，繁星點點的夜空和婆娑的樹林，卻要讓他這類人充塞其中？

10 搶救行動小組：Operation Rescue，成立於1980年代的激進反墮胎組織。

「我倒是有好幾個想在夜裡拜訪的人。」埃瑞克說。

查士丁尼點頭。「我們都有的。」

蕾拉打著哈欠。「克麗絲，我可以挨著妳睡嗎？」

「當然。」克麗絲說。蕾拉把頭靠在她腿上，閉上眼睛。花娜看著克麗絲正捏掉蕾拉髮叢裡的一片葉子。

「花娜，」查士丁尼說：「要不要和我一起回車子去？散散步？」

花娜猶豫著。

「去吧，小花。」蕾拉惺忪地說，於是花娜匆忙站起。

這次他們不需要手電筒。月亮露臉了，整片樹林籠罩著柔和銀白的光，讓花娜能輕鬆地跨過之前把她絆倒的樹根和樹枝。到了車外，查士丁尼撿起一包掉在後座地板上的香煙。接著，他往車子的前擋泥板一靠，沒打算回營地的樣子。「好玩嗎？」

花娜點頭。在他面前總覺說不出話來。

「很好。」他說：「營火聚會很重要。我們還年輕，仍然一無所有。在這裡，我們擁有屬於自己的位子，儘管只有一、兩個小時。克麗絲和埃瑞克似乎很喜歡妳。」

是嗎？「克麗絲人很好，不過埃瑞克好像很火爆。」

「埃瑞克非常火爆。如果妳是他，妳也會很火爆的。他老爸幾乎沒把他當人看，至於他老媽——」查士丁尼聳聳肩。「自從他輟學以後，一天到晚就只知道打電玩，策劃要毀滅世界。可別讓他影響了妳。」

「那克麗絲呢？」

他笑笑。「可憐的克麗絲，被妳姊姊迷昏頭了。」

「什麼？」

「她愛上了蕾拉。」

花娜對同性戀的認識很有限，只知道有些人從小就被迫接收了太多性訊息，以至於混淆了。這些人很值得我們憐憫，給予同情，並且慢慢引導他們歸向基督，讓祂協助他們回到上帝爲所有人類規劃的正道。花娜常把他們想成類似被火灼傷毀容的受害者，以前她不曾親身遇見過，總希望自己一旦遇見能夠應對得宜。她努力裝出若無其事的樣子說：「噢，我還以爲她愛上的是你呢。」

「克麗絲和我彼此相愛，但不是那種愛。蕾拉跟我之間就不一樣了，那就像是你聽見一首歌或者看見一幅畫，受到了感動。感覺像是發現一個新的自己，但你很清楚那是你。」

花娜不知該說什麼。「好像很不錯。」

「不錯。」查士丁尼嘴角上揚，露出慣有的充滿容忍和輕鄙的微笑。「和蕾拉做愛就像在音樂廳崩塌的當中，腦子裡奔騰著千軍萬馬般的交響樂。不錯這字眼不足以形容。」她一定是睜大了眼睛，因爲他說：「怎麼，我嚇著妳了？」

「沒有，我想我早就知道了——她沒說，可是——」花娜聽見自己的聲音，眞痛恨自己說的話是那麼幼稚愚蠢。

「人類常覺得自己孤單、渺小、不自由。性是一種發洩管道。」他彈掉煙灰。他的臉全是平面和稜角，彷彿是被雕琢出來，而不是打娘胎出來的。「今晚蕾拉特別沮喪。」

花娜盯著他。「你是說——現在？」

「妳以爲我們剛才在做什麼？」

花娜環顧周遭，看著那輛老爺車和偏僻的道路。「在這裡？」

「爲啥不行？」

的確，爲啥不行。「天氣有點涼。」花娜說，其實她臉頰熱烘烘的。

查士丁尼大笑。「夠溫暖了，上帝的孩子。」

笑聲很友善。花娜壯著膽子問。「你爲什麼那樣叫我？」

「因為**妳就是。蕾拉是罪惡之子，妳是上帝之子**。蕾拉是妳雙親還在唸高中的時候出生的，對吧？而且妳雙親以前是重金屬音樂迷。我敢打賭他們一定也喝酒吸毒，什麼都幹過。後來他們得到救贖，生下了妳。所以蕾拉是以克萊普頓的歌名來取名字，而妳是根據那個告訴他們基督恩典的女人的名字命名的。」

這是事實。當時她的雙親參加完匹茲堡一場搖滾演唱會，回家途中車子拋錨了，只好搭便車回家。一位女基督徒讓他們上了車，結果他們沒回花娜的祖母家——當時他們和年幼的蕾拉一家三口住在那裡的地下室——卻跑到那女人的客廳，讀起了《聖經》。天亮時，他們兩人得到了救贖。

「罪惡之子，上帝之子，」查士丁尼說：「別以爲妳的雙親不明白這點。妳以爲他們爲什麼對她這麼嚴苛？因爲她讓他們想起自己以前的荒唐歲月。」

「他們愛蕾拉。」

「不，他們愛妳，但他們討厭她。他們對待那個神經質的助理都比對自己的親生女兒還要好。」

疑慮啃噬著花娜的心。「我爸媽是好人。」

「也許吧，不過他們討厭自己的女兒。」他聳聳肩。「**這種事常有的。愛並不是天生的。妳愛他們嗎？**」

「當然！」

「爲什麼？」

在銀光中，他的臉泛著有如脫脂奶的冷藍色。爲什麼你會愛上某人？爲什麼花娜喜歡綠色甚於橘色，喜歡炸雞甚於豬排？花娜不知該如何回答，只知道這問題讓她很不好受。

「因爲他們要妳這麼做，就這麼簡單。而妳又是一個乖巧聽話的孩子，這也是他們愛妳卻討厭蕾拉的原因之一。」他說著搖頭。「出生在這個家庭，生爲他們的孩子並不是妳自願的，因此妳沒有義務處處符合他們的期待。蕾拉了解這點，她知道妳爸媽討厭她，她也知道那不是她的錯。老實說，我比較擔心妳。不管他們怎麼要求妳，妳有追求快樂的權利。妳活得並不快樂。」

突然間，灼熱的淚水湧上她眼眶。她想擦掉，可是他在看著。「從哪裡看出來的？」她說，努力裝出吃驚的口氣。

「太明顯了。」他說。這就夠了，淚水一股腦湧上，溢出眼眶，再也停不住。學校，家裡，生物課，晚餐桌上的爭吵等等，在她心裡積壓了一整個星期的一切，那股頹喪感，那股沉悶。她抹著眼睛，兩手叉在胸前，只求在黑暗中不會被看見，只求他不會大笑或者嘲弄她，或者在回到營地之後把這事告訴任何人。

可是查士丁尼只是站在那裡，抽著煙，等著。等她稍微平靜了點，他朝空中吐了口煙霧。「我說吧，太明顯了。」他說著站起。「走吧，咱們回去。」

他轉身，朝林中走去。花娜尾隨著。

THREE · 3

那天早上凱洛離開後，派崔克躺在床上，想著自殺的事：不是因爲他不想活了，這似乎是擺脫眼前困境最萬無一失的方式；他眞的很想**永遠**不必和邁可談論他怎麼會和凱洛上了床。問題是，派崔克不是會割腕的那種人。他母親這麼做，過了好久才斷氣，而且他對死亡不存任何幻想，不過就是一具臭皮囊。死亡中沒有詩情畫意。人會死，因爲人是動物，所有動物都會死。有時得癌症，有時被車撞，有時就那麼斷了氣。也有時和兄弟的女友上床。

媽的。

看樣子他似乎培養出一種能耐，無論在什麼情況下都能惹出一身麻煩。過去他和邁可曾經爲許多事情起爭執，但從不曾爲女人。自從父親出事之後，他們更是吵不起來，連一次都沒有過。兩人之間那種微妙的和睦氣氛肯定會讓他們的母親開心又吃驚——她的育兒生涯有不少時間是花在充當兩個兒子的和事佬——可是派崔克總覺得不太自然。倒不是說他想破壞這份和平。只是邁可一旦知道這件事，肯定是避免不了的結果。

他努力思索著除了死，還有沒有其他行得通的補救辦法，可是想不出來。白天避開凱洛很容易，因爲她上班去了。這晚當他再度見到她，邁可才剛醒來，三人沒事似的吃著披薩。披薩和往常一樣加了蘑菇，邁可也和往常一樣把蘑菇一一挑出來，在他的盤子上堆成一團軟塌的灰色。他知道油膩的披薩空盒也會像往常一樣，丟在桌上一整個星期沒人理。邁可說：「家裡有辣椒醬嗎？」凱洛馬上起身去拿。她身上有股衣物柔軟精混合潤手乳的味道，那香氣逗留在派崔克的鼻腔，黏附在他喉嚨裡，在他舌尖上跳動。也就在這時，他發現情況比想像中來得嚴重。因爲在她走進他房間之前，他敢發誓他想都沒想過她身上有什麼味道，或者她那可樂色的頭髮摸起來是什麼感覺，或者她的嘴唇嚐起來是什麼味道，或者她的氣息吐在他耳畔是什麼感覺。而現在，他滿腦子都是這些。當凱洛拿著辣椒醬回來，邁可拉她坐在他腿上。她一把推開，說：「走開，你渾身都是打手槍的味道。」派崔克聽了差點抓狂。她那麼說是在暗示什麼，還是邁可眞的很臭？

吃完晚餐，他的心情更糟了。他比平常提早半小時出門工作，即使這樣，那感覺還在。這並不是以前他想著其他女孩的那種甜蜜的朝思暮想，感覺她們的裸體爬進他腦袋，到處都是她們的氣味，她們的膚觸，所有醒著的時間不是和她們見面，就是設法和她們見面，再不然就只好幻想。不，這是一種彷彿暈船的悲慘相思。凱洛在他腦子裡，但實際上她就坐在沙發上，在扶手椅上，或者在隔壁房間，和邁可在一起，而他連個可以傾訴的人都沒有。沒半個人。

夜裡更是煎熬。

他只覺心煩，憋得慌。幾天過去，就算只是和邁可一起喝杯啤酒，都感覺像是自殘演練。在啤酒商店的冷藏櫃前，邁可說：「如何？你要Iron Ciry還是MGD？」這時滿腦子只想著我和凱洛上床了，而且上癮了的派崔克差點無法開口回答「Iron」，因爲他怕吐出眞話。

他想再來一次，再來一次，再一次，永遠別停。他痛恨自己這樣，但這是事實。

當他週三頭一次發現凱洛獨自在家，情況更是糟糕；他忍不住一直看著她。她在洗碗，一抬頭，看見他站在門口，像變態狂那樣緊盯著。她露出領悟的表情，讓他感覺更糟。可是過了四天不敢正眼看她的日子，他除了乾瞪眼似乎也不能如何。她手腕上沾著圈細緻的肥皂泡沫，臉龐四周的細毛有些汗濕，樣子美極了。

「快別這樣。」她說，幾點水花濺濕她的裙子。「別用那種眼神看我。」

「對不起。」他說，這是眞心話。

「那是錯誤一場，你心裡很清楚。」

「我知道。」他說，這也是事實。

「你不能再胡思亂想，把它忘了吧。」

眞有意思。**把它忘了吧**，以爲他整天想的不是這檔子事，以爲此時此刻他看著她的捲髮鬆垂在肩頭的樣子和線條優美的鼻樑，沒想要這麼做似的。可是看她緊繃著臉，他知道她說得對，就算她是錯的，因此他勉強咧嘴笑著說：「凱洛，別擔心，沒問題的。」她擠出一絲笑容，只是他無法認同。

沒問題才怪。兩人之間難得的幾次對話脆弱、小心翼翼得有如拉絲玻璃，即使只是談些蠢事。牛奶是不是喝完了，或者他有沒看見她的車鑰匙之類的。要不是心裡痛苦得緊，這原本該是多麼有趣的事，而且除了她沒人會和他大笑成一團。週五比爾問他想不想和一伙人一起去喝酒。儘管比爾和他那些朋友全是吸大麻的蠢蛋，由於派崔克迫切想輕鬆一下，便答應了。開車前往酒吧的途中，車窗搖下，音樂打開，比爾的貨車充滿大麻、酸掉的啤酒和椰子空氣芳香劑的味道，而那味道讓派崔克想起女人，想起和女孩上酒吧狂歡後她頭髮的氣味。另外找個女孩吧，派崔克心想。把這一切忘掉，抹去所有令他魂牽夢繫的記憶，然後用新的、純白無瑕的記憶把空白填滿。

可是他喝醉了。酒保很漂亮，但是比不上凱洛，鼻子有點扁，門牙有點爆。一轉眼，他發現身邊站了一個他高中時期約會過的女孩。也沒什麼大不了的。她並不算是他一生中失落的愛或什麼的，只不過是個讓他有些罩不住的漂亮女孩。當她在生物課上課前把他甩掉，他並不覺得太意外。那次分手發生在連續五堂防腐田鼠解剖課程——研究齧齒動物消化系統的奧秘——的第四堂。在他記憶中，防腐劑的味道和老鼠那再也無法抽動的粉白色鼻子還比那女孩的種種來得鮮明。當他在酒吧看見她，他花了點時間才明白，她之所以看起來那麼眼熟，是因為他身體的許多部位曾經好幾次在她身體的許多部位逗留。因此他說了哈囉，她回了哈囉，他說妳不記得我了對吧，她說不記得，我該記得嗎？他說算了，沒關係，便走掉了。她也不如凱洛漂亮。

當他在撞球台旁的陰暗角落啜著剩下的啤酒，兩名正在等著上場的男子開始聊起了酒吧。這間酒吧，其他酒吧，他們喜歡的酒吧，他們討厭的酒吧，哪裡有最棒的特價酒和撞球台，哪裡最容易吊馬子。他得離開這兒。他找不到比爾，但是他已經習慣了步行。夏末的九月夜晚十分溫暖悶熱。就像派崔克見過的許多小鎮，雷契斯柏格鎮同樣是一個環繞著由學校、鎮政府和大賣場組成的三重核心建造的城鎮。幾所學校被許多漂亮住宅和幾座遊樂場包圍著，鎮政府周邊羅列著賣三明治、辦公用品和提供影印服務的小商店，大賣場四周則是汽車經銷商和連鎖餐廳。除了這三個區域，還有零星幾座教堂和一、兩個小社區，剩下的可以歸在「到處都看得到」檔案下：酒吧和啤酒經銷商，汽車維修廠和乾洗店等；每個人都需要但沒人希望住在那附近，因此這些商店周邊的住宅區——就像派崔克居住的社區，就像他此刻走過的社區——便被人忽略，變得荒涼破落。他謹慎地走著，不快不慢，盡可能保持直線前進。酒醉走路當然不像酒醉開車屬於違法行為，但還是可能被逮到。在這樣空曠的地帶感覺相當安全，可是理性告訴他，喝下五罐啤酒之後，他肯定通不過酒精測試。考慮到他原本就聲名狼藉，以及小鎮的八卦特色，他想還是別冒險的好。

走到半途，他看見SuperSpeedy商場的霓虹燈光，一座冷白色的文明燈塔。佐奈那家店算是鎮上的蹩腳超商，Super Speedy則是比較高級的便利商店。在雷鎮，如果過了半夜想吃點東西，又不想坐在全天候營業的餐廳，那麼除了SuperSpeedy就沒別的選擇了。他們有熱食和咖啡——有六種奶精可選，還有可調配三種卡布奇諾口味的機器。那兒還有浴室讓你自由使用，不必擔心自己的疫苗接種記錄，另外還有鎮上最昂貴，但在某些時候不知為何變得特別便宜的汽油。SuperSpeedy總是引人好奇。

店裡到處是眼神空洞站著排隊的人群，在三明治櫃台，在汽水販賣機前，在結帳台。所有人都在等著，兩手抱著滿滿的糖果、洋芋片、熱咖啡和錢等在那裡。有點像是用零嘴進行的滌罪儀式。不只是顧客，店員也一樣。他們操作著收銀機，在熱狗上擠番茄醬，把濕塌的萵苣葉疊在鬆軟的午餐肉片上，然後等著工作結束，等著回家。還好他工作的時候不必做三明治。SuperSpeedy超商或許比佐奈的店高級，可是店內的味道聞起來都一樣。他從冰櫃拿出一瓶Gatorade運動飲料，加入排隊的人龍。他的真實面在這裡絲毫看不見，那個輕易放棄工作的人，或者那個撞死小孩的醉鬼的兒子，或者那個和哥哥女友上床而且想要一犯再犯的渾球。外頭有隻被撞碎骨盆的鹿，在飢寒交迫和傷口感染中痛苦地死去，那是他一手造成的，但是在這店裡除了他沒人知道。

這時一個女聲說：「派崔克・庫希馬諾。」他回頭，那個暗黑少女站在他後面，臉上是心照不宣的假笑，身上是火紅的塑膠裙裝。她的大部分黑髮往上紮成兩撮馬尾，眼皮塗了金屬光澤的銀色眼影。如果好萊塢想拍一部以外太空為背景的恐怖娃娃片，主角非她莫屬。

「操，」他說：「又是妳。」

她指著他手上那瓶Gatorade。「那種飲料全都是糖和鈉，加上高果糖的玉米糖漿，百分百人工合成而且百分百對你的健康有害，尤其是牙齒。」她的牙齒又白又整齊，漂亮工整得像雜誌廣告。

派崔克將濕黏的塑膠瓶子抓得更緊。「走開，少來煩我。」

「要不是你喝醉了，我會以爲你討厭我。」

「我沒喝醉。」這多半是眞的。

「不，我才沒喝醉。所以你說，我們當中誰比較有資格下評斷？」她俏皮的小鼻子一皺。「你全身都是廉價啤酒味。眞的，你臭死了。你不打算開車吧？你們家的人在這種情況下開車，結果似乎不太妙。」

「妳這個賤人。」他說，但並沒眞的發火。他已經疲倦、沮喪得沒力氣發火了。她站得和他相當貼近，光溜臂膀上的黑色刺鐵絲鐲子幾乎要碰觸他的袖子。不知情的人看了一定會以爲是他允許她站得那麼近，以爲他們是熟朋友。

「等等。」她說著走開。

派崔克的目光停留在前面的女人身上，沒留意她去了哪裡。也許他可以趁這空檔溜掉，隊伍向前挪移的同時，他這麼想著。可是說著她便回來了，纖細的手指捏著一包口香糖。「以防萬一你真的打算開車回家。還有，你得吃點東西。你想要的話，我們可以帶點墨西哥玉米片。」

「我不想要。」

她又不耐地淡淡一笑。「每個人都想要的。」

隊伍緩緩前進。女孩不停扭轉手指間的棺材戒指，一個換作別人或許會顯得焦躁不安的動作，一個比較不——什麼呢？自信，老練，瘋狂？——的人。「外面沒你的車子，」她說：「你把車停在哪？」

「我沒開車。」

「有人送你來？」

「我走路來的。」

她睜大眼睛看著他。「走路？」聽她的語氣，好像他是一路踩高蹺到這兒來的。他差點沒笑出來。就差那麼一點。「沒錯。」

「在凌晨專程跑到這裡買一瓶運動飲料？」

「我正要回家。」

「從哪？」

「從某個地方。」這時他們來到隊伍最前方，派崔克把飲料往櫃台一放。那名店員——露出攙雜著疲憊和厭煩的慣有表情——頭也沒抬，在收銀機上敲打著按鍵。

「六塊八角。」他說。

派崔克瞪大眼睛。SuperSpeedy抬價抬得很兇，可是這也太過份了。「一瓶Gastorade和一包煙要六塊八？」

「她點了玉米片。」店員頭朝著暗黑少女一點，熟食區後面一個同樣滿臉倦容的三明治壯漢將一只滿滿裝著灑了乳酪的玉米片的塑膠容器推上櫃台。

她去買口香糖的時候點的。「這個我不付錢。」

暗黑少女依舊拎起盒子，手上的棺材戒指在燈光下閃耀。「外面見了，殺手。」她說著通過自動玻璃門走了出去，兩條馬尾有如真馬的尾巴那樣彈跳著，裹著紅色塑膠裙的臀部在人工光線下閃閃發亮。店員望著她離去，眼睛頓時貪婪地一亮。也不知爲什麼，派崔克——向來不是好鬥的人——發現自己很想給那傢伙一拳。他幾乎摸得到被他敲碎的油膩鼻頭。

可是她走了，店員回頭看他，回復成死氣沉沉的眼神。

「我說了，」他說：「六塊八角。」

他在停車場遠遠看見她，坐在她那輛靈車的引擎蓋上，舔著用兩根手指捏著的玉米片上的橘色醬泥。她一眼看見他，馬上咧著嘴笑，眉毛一挑。「你活該，誰叫你一直對我那麼惡劣，也不管我努力求和。你替我付玉米片的錢也是應該的，當然了，我也樂於跟你分享。」她說著遞出塑膠托盤。

派崔克嘆氣。「妳還是不放棄？」

「我很堅持。」

「妳很久以前就不懂什麼叫堅持了。妳比較像是疱疹。」他拿起一片玉米餅。玉米片很酥脆，醬泥很辣，兩者的融合充滿一種有害的魅力。在他身邊，女孩笑瞇瞇舔著黏糊糊的橘色沾醬，那模樣很嚇人，但又讓人忍不住盯著看——沾在指甲四周的鹽粒，塗滿粉紅舌頭的橘色醬汁——所有顏色強烈得那麼不可思議：紅通通的裙裝，黃澄澄的玉米片，鮮橘色的起司醬。她彷彿身在聚光燈下，閃亮耀眼勝過周遭的一切。

「你到底爲什麼那麼討厭我？」她說，邊舔著。「就因爲萊恩・澤帕克和禮拜聚會那檔子事？因爲我坦白告訴你，我實在看不慣我老爸的家庭禮拜聚會？」

派崔克又拿起一片脆餅。「也許是因爲妳老跟著我，還說些『你們家的人酒醉開車都沒好事』之類的話。」

「你不欣賞我的坦率？」

坦率。這次他眞的笑了。只有一點點。「不欣賞。」然而，在過了將近一星期口是心非的生活之後，他還滿欣賞她的。「禮拜聚會是什麼？」

「和教堂差不多，只是比較獨立，在我們家地下室進行。」她也跟著拿起一片脆餅。這次她沒直接舔玉米片，而是用一根手指撩起乳酪醬然後舔著指頭。她的手指甲——理所當然，是塗成黑色——看來好像常被她啃咬。

「說起妳老爸，妳爸媽知道妳在哪裡嘛？」

女孩和剛才一樣把第二片脆餅丟下。「當然。我那保守的基督徒爸媽完全贊成我在凌晨跑到停車場鬼混。」

「還穿著緊身塑膠裙。」他唸高中的時候，愛搞怪的孩子們常拿演唱會T恤和廉價商店的舊衣服湊合著用。網路購物顯然爲現在的青少年大開方便之門。

「正確點說，是PVC。想必你在我這年紀的時候，無論做什麼都乖乖向父母報告。」

派崔克又笑了，但這次不是因爲她說了什麼有趣的話。他在她這年紀的時候，他母親已經死了，而他老爸在某些晚上可以一口氣喝掉半箱啤酒。「別拿我在妳這年紀的時候和現在的妳作比較。」

「爲什麼不可以？」

「因爲我沒瘋，妳瘋了。」她又拿了片玉米脆餅，開始重覆同樣的起司刮除步驟。「眞是的，妳對墨西哥玉米片有什麼不滿嗎？」

「沒有，它們和起司是絕配。反正，你又不是頭一個認爲我是瘋子的人，派崔克・庫希馬諾。瞧誰在說大話，你自己才像《驚魂記》裡面長了鬍子的變態殺手呢。」

停車場有人猛按喇叭，憤怒狂亂的噪音。「至少我沒穿得像正在LSD的Raggedy Ann。」她大笑。「長距離慢跑中的破爛布娃娃，這個好，我喜歡。」她搖頭。「說眞的，你不能走路回家，只有輸家才會四處走來走去，我送你一程吧。」他的疑慮想必顯露在臉上了，因爲她加了句。「拜託，情況會有多糟？讓你快速又平安地回家？」

「或者車子在半路被攔下，我呢因爲慫恿青少年犯罪而遭到逮捕。不了，謝謝。」

她兩手在閃亮的塑膠胸膛交叉。「窮緊張，你只不過比我大九歲。」

「在法律上意義重大的九歲，」派崔克說：「還有，妳怎麼知道我幾歲？」

「我說過，我在學校年鑑上查過你的資料。」她跳下引擎蓋，用全然違背她外表的一派世故的動作整理著裙子，然後將玉米片托盤遞出去。「剩下的你要吃嘛？再吃我就要吐了。」

「要是我再繼續看妳吃那些起司，我才要吐了。」派崔克只覺滿嘴都是油和人工香料。他別開目光，望著前方通往他家方向的道路。他和邁可小的時候，SuperSpeedy商場還是米克市場，比較小，比較昏暗，店主和經營者是一個就叫米克的傢伙。他們常走路到這兒來買可樂冰沙，把糖果棒藏在濃稠不透明的冰裡頭偷偷帶走。走這趟路要花二十分鐘。想像邁可和凱洛在房間裡，做著他不敢想但肯定會想的事情的二十分鐘。如果他搭便車，五分鐘之後就可以在足以讓他腦袋空空的震耳音樂聲中滾上床。這孩子很瘋，凱洛要是知道了一定會說，**老天，派崔克，別鼓勵她**，可是——

暗黑少女似笑非笑看著他，彷彿摸透了他的思路，彷彿知道最後她會如願。「上車？」

「好啊，」他說：「隨妳。」

派崔克喜歡洩憤音樂，可是當女孩轉動點火器上的鑰匙，從汽車音箱迸出來的聲音感覺就像轟地撞上磚牆，眞嚇人。就和她一樣：人造，匠氣，作假。聽不到一點眞正的吉他弦或鼓膜的聲音。她的兩根拇指在方向盤的按鈕上移動，音樂變了，從剛猛無情轉變成低沉而平靜。不是他喜歡的那類音樂，但比剛才的噪音好多了。「這是我這陣子最喜歡的歌，」她把車開出停車場，說：「往哪裡？」

「妳知道邊界街？」

她點頭。離開了SuperSpeedy的弧光燈，她臉上的濃妝較不明顯了。她的車聞起來很新很香而且昂貴。他以前聞過這味道，就那頭一個晚上，在便利商店後面，她靠在他車窗上。隨著這記憶浮現的是她的紫色蕾絲胸罩，消失在那裡頭的粉嫩肌膚，以及一種越來越強烈的都到了這地步，回不去了的感覺。過去三小時他待在擠滿了合法買醉的女人的酒吧裡，這會兒他卻跟一個碰不得的未成年少女單獨在一起。他把這念頭甩開。

「你怕我，」她說：「你爲什麼怕我？」

他轉頭望著窗外大片的陰暗房屋。「妳才十七歲，妳是陌生人，而且是個怪人。而我目前的生活已經夠複雜的了。」

「依我看，你的生活複雜的程度就和一片神奇麵包（Wonder bread）上的塗鴉差不多。」

「是啊，妳的觀點還眞狹隘。」她的儀表板燈光是紅、紫色，十分詭異。他心想也許那是她特別訂製的。「總之，妳給我的第一印象實在不怎麼討人喜歡。」

「說穿了還是爲了禮拜聚會的事。反正我遲早要告訴你的，我想要是我拖到以後再說的話會很怪，好像我們交朋友只是虛晃一招。」

「老實說，妳表現的方式太奇怪了，況且我們也不是朋友，朋友應該是有共通點的。」

「像是崇拜的偶像？」

「我指的是學校或工作方面的事。」

「你和那天到店裡的女孩就是這樣認識的？因爲工作？」

「女孩？」他裝傻。

她笑笑。「噢，你害羞了，就那個褐色頭髮的，如果是你喜歡的類型，算是漂亮。」

「哪一種類型？」

「平凡型。」

凱洛一點都不平凡，他絕不敢這麼形容她。這女孩可眞是觀察入微。

「你們不是同學，學校年鑑上沒有她。」她耳朵下方垂懸著中央挖空、四角有刻痕的銀色長方形耳墜。是剃刀刀片，太小又太細緻，不可能眞的有用。「你到底是怎麼認識她的？」

「她是我哥的女友，他們好像是在酒吧認識的。」他努力裝出若無其事的口氣，但很可悲的露餡了，連他自己都聽得出來。談起她感覺就像用鐵槌敲自己的賤骨。

「你哥的女友？」車子在十字路口停下。她轉頭看他，剃刀刀片耳墜的邊緣映著紅燈的光。「你說你目前的生活已夠複雜了，就因爲這個？」

她語氣裡的嘲弄意味有點超過，派崔克不太喜歡。「是啊，沒錯。跟我老爸坐牢或者我的照片在網路上到處流傳一點關係都沒有。」

「別轉換話題。她叫什麼名字？」他沒回答，她大笑。「好吧，算了。那我叫什麼名字？你還記得嗎？」

「要是我不記得了？」他說，故意找碴。

「沒什麼，我取這名字只是因爲我爸媽喜歡它的發音，沒有任何意義。」她再次動了下拇指，歌曲又重頭播放。

「要是妳姓庫希馬諾就不會說這種話了。把車停下。」

她停了車。「鎮上所有人都認爲你家都是殺人犯，認爲我家都是宗教狂。每次我開口說話，一定是因爲我老爸逼迫我不得不動嘴唇。長久以來他們把各種言語放進我嘴裡，到後來我都搞不清楚到底哪些是我自己的話了。」她搖頭，剃刀耳墜跟著跳動；然後回頭看他，那雙被睫毛膏塗污的眼睛異常認眞，臉龐的線條有如水墨畫。「算了，把我的名字忘了，把你的名字也忘了，我們來爲彼此取個新名字吧，做個全新的人。」

他不太懂她的意思。「改變不了什麼的。」

「會徹頭徹尾改變的。難道你沒想過把你的一生、把你做過的每一件事消掉？我好想。我好想變成一個全新的人，我想變成一個我從來沒見過的人。」

不知怎地，她說這話的方式聽來像是一種邀請。邊界街十分空曠，停車場充滿她的低柔音樂聲，她那雙注視著他的眼睛大而陰暗，讓他幾乎要窒息。她的嘴唇圓潤、飽滿又黝黑，有如在她蒼白臉龐當中的一抹輪廓完美的夜之剪影。又像不加奶精的苦澀咖啡。沒人認識她。沒人知道他在這裡。

**每個人都想要的**，在SuperSpeedy商場的時候她這麼說過。

「那是你家？」她朝窗外點著頭，口氣親密。

不是。他故意讓她提早停車。他別過頭去。他可以看見自己的車停在那裡，還有邁可的貨車和凱洛的白色喜美。突然間，這一刻崩裂了，有如一條繃得太緊的橡皮筋。當他再回頭看那女孩，他看見了她的眞面貌：一個扭曲怪誕的孩子，塗著濃妝，說著連她自己都不懂的話。他急切地想離她遠遠地，免得自己做出蠢事。因爲愚蠢似乎是他這陣子的常態。

「不是，」他說：「我不希望妳知道我住哪裡，這點可以確定。」

「你這人眞是又怪又愛遮遮掩掩。」她又對他露出那種會意的微笑。儘管他已經看過不下十次，他心裡還是一陣忐忑，總覺得她知道他只差那麼一小步就會淪陷，她光看他的臉就把他看透了。想要遠離她的迫切感急速高漲，只是，他爲何還坐在那裡？

「謝謝妳載我回家。」語氣粗率，一點都不眞誠。他下了車，站在人行道上看她離開：他的兩隻拳頭塞在牛仔褲口袋裡，免得她看見他抖得厲害。

次晨，他的頭疼讓他得到片刻放鬆。他待在床上，直到聽見凱洛進了淋浴間，邁可在廚房裡啪搭啪搭來回走動，他才下樓。「天啊，老弟，你好臭，」邁可說：「你昨晚上哪去了？」

「三十街那家酒吧。」

「你怎麼去的？」

「比爾。」

「也是他送你回來的？」

「是啊。」派崔克給自己倒了杯巧克力奶。

邁可大笑。「騙人。你昨晚根本就搭上了個小妞，兩人在車子裡親熱了十分鐘。」

「怎麼，你在窗口偷看？」

「別火，我們還替你加油呢。」

我們。派崔克喝完巧克力奶，把淺灰色玻璃杯放進洗碗槽，杯子在龜裂的陶瓷水槽裡發出細小、哀傷的一聲鏗啷。「難怪我一直聽見大聲公的聲音。」

「也許只要你開始找人上床，就不會一副要死不活的樣子了。」邁可雀躍地說。「如何，在一起多久了？」

一星期，派崔克差點說出。他差點把其他情節也吐出來。話在他舌尖逗留，就像前晚五瓶啤酒在他肚子裡同樣不安份，感覺像隨時都會迸出來。

邁可啪地彈一下手指。「那個叫安琪的女孩，她開紅色Kia，對吧？」他大笑。「記不記得你跟我把那輛破車一路推到薛爾火車站？」

「沒什麼印象。」

「那輛車爛透了，不過，她倒是挺辣的。」

她辣嗎？手上黏了長長的壓克力指甲片，穿著丁字褲，對某一部描述兩兄弟奮戰魔鬼的電視影片著迷得不得了，而且還喜歡在半公共場所做愛。當時她算挺有趣的，可是現在派崔克連她的聲音都記不得了。

「喂，」邁可說：「想不想去SuperSpeedy吃點蛋和起司，解一下宿醉？」

牆壁水管裡的流水聲突然停止，派崔克聽見樓上浴室門嘎一聲打開。「喔，」他說：「好啊。」

和派崔克腦中的一片混亂煩躁呈現強烈對比，外頭的天氣好極了——那麼晴朗舒爽，充滿週末的悠閒感，讓人直想出門找個地方透透氣。在他小時候，每當這樣的天氣，他和邁可會唏哩呼嚕吃完早餐，然後跳上單車，上路去尋找哪裡有球可踢，或者街道曲棍球賽、玩具手槍之類的東西可玩，一直瘋到肚子餓得受不了才回家。至少他記得是這樣。派崔克不怎麼信任太過美好的記憶，因爲他發現，要是你太沉溺其中，最後總會挖掘出一些你想忘掉的小小不愉快：一根骨折後再也無法伸直的手指頭，無論你怎麼努力、跳得再高都搆不著的卡住的球或手套，埋伏在家裡等著嚇你的怪物。酒醉的怪物，垂死的怪物，窗簾打開卻還覺得陰暗的房間。

無論如何，這天確實是讓人想要做點什麼的好日子。而派崔克很快便發現，此刻他最想做的就是窩在這貨車裡，和邁可一起聽輕快的鄉村音樂。邁可不肯放過他前晚的糗事，說：「我認識她嗎？是不是我交往過的馬子？所以你不肯說出她是誰？」

「事實上，沒錯，」派崔克說：「其實是你以前交往過的所有女孩子，一個都不漏，一路追殺到你九年級把過的克麗絲蒂・波特。就像載著一大批小丑的馬戲團巡演車。」他揉著額頭。儘管天氣涼爽，他卻熱得冒汗。「昨晚不算什麼，好嗎？不過是一個再也不會見面的妞。」如果是眞的該有多好，只是他很懷疑。

「爲什麼？」

「她不値得我費心。」

「老弟，相信我，她値得的。」

「你又不認得她。」

「我知道孤單有多苦，」邁可說：「即使是你也會受不了。」

派崔克緊咬著牙，沒說話。

SuperSpeedy商場和佐奈的店一樣，還是老樣子。燈光、氣味和線條和前晚一模一樣，唯一的差異是多了層薄薄的陽光。他們點了加了雙份起司和雙份香腸的雞蛋三明治，可是熟肉的味道和咖啡的焦味讓派崔克很受不了，因此趁著邁可等餐的空檔，他跑到外頭透氣。越過停車場，他可以看見他和那個暗黑少女一起吃玉米片的停車空間。濕軟的墨西哥玉米片有如用過的保險套，散落在分隔瀝青地和人行道的狹長草皮上。他想像著俯瞰她的車子，也就是從邁可和凱洛的臥房窗口往下看的情景：從車尾排氣管冒出的白煙，寧靜的夜間街道，車頂是大片空白的厚金屬板，在那底下無論什麼事都可能發生。他回過頭。

蕾拉。她的名字叫蕾拉。

回家後，邁可拿著啤酒和他點的三明治，坐在電視機前看展示車賽。可是對派崔克來說，看一群傢伙繞著圓圈競速實在太具暗示性了。他穿上跑步服，抓起MP3播放器，從後門出了屋子。

他在這裡發現凱洛坐在台階上。他以爲她上班去了，因爲他沒聽見屋子裡有她聲音，然而她就在那裡，塗著腳指甲油，一邊讀附有許多香水樣本和鮮亮唇膏照片、大老遠就聞得到香味的雜誌。她的一邊耳朵夾著支鉛筆，旁邊的水泥地上放著一疊壓著本支票簿的信封。

「妳在幹嘛？」

她握在腳拇趾上方的刷子晃了一下，但仍然繼續塗抹。俐落、光滑的筆劃，堅定、毫不動搖。「理論上，我在繳帳單，可是因爲我沒錢可繳，所以改塗指甲油。」她把刷子放回瓶子裡，拿下耳朵上的鉛筆，把它夾在右腳的第四、五根指頭中間。她的腳趾柔軟又圓滾滾的，好像嬰兒的腳趾，小巧趾甲上的亮光油是開心果冰淇淋的顏色，派崔克發現自己很想舔舔看。「如何，她可愛嗎？」

她的口氣親切，甚至帶點戲謔。「是啊，聽邁可說昨晚你們兩個玩了場有趣的諜對諜遊戲，」派崔克說：「誰贏了？」

「你在岔開話題。」她拿起一只信封，用紙角沿著趾甲邊緣輕輕抹掉多餘的指甲油，油彩在紙上堆積成一坨。融化的開心果冰淇淋。「她可愛嗎？」

「妳指的是像靚妹的可愛，還是像小兔子的可愛？」他問，她說：「我指的是讓你想打炮的那種可愛。」

她特別強調打炮二字，讓他無法忽略，倔強的語氣讓燦亮的陽光一下子沒了勁，就像快酸掉的牛奶。他突然覺得胸口燥熱，很後悔停下來攀談。早知道就繼續往前走。「以妳目前的狀況，有吃醋反應未免太奇怪了。」

她瞪他一眼。「閉嘴，邁可在屋子裡。」

「在看賽車。」兩人都清楚，要等到比賽結束邁可才會出來透氣。

冗長、痛苦的沉默。

最後，凱洛說：「昨晚那輛車——我以前見過。就是佐奈店裡的那個暗黑小妞，對嗎？就那天那個？」

痛苦轉成了怒火。「妳是說我們假裝啥事都沒發生的那天？就那天？」

「放手吧，派崔克。那女孩子頂多不過十六歲，我這是在幫你，免得你惹上麻煩。」

她口氣裡的憤怒不下於他。後院瀰漫著青草、泥土和指甲油的氣味。在炎熱的陽光下，派崔克蓋著頭髮的頸背開始癢了起來，五臟六腑則像太妃糖被拉扯著。他可以感覺一顆醜惡的狂怒氣泡在體內上升然後冒出。「那就別在夜裡溜進我房間。」

她臉頰泛紅，轉頭看著自己的腳趾，頭髮垂下，遮住她的臉。他站起，背對著她，朝巷子走過去，遠離她，遠離房子，遠離自己支離破碎的思緒。

「派崔克，等等——」她說，聽起來那麼哀傷——儘管他正在氣頭上。「你去哪裡？」

他才不在乎她是不是哀傷。他不能在乎。都是她的錯，她的。「去找那個暗黑少女，問她想不想打一炮。」他把耳機塞放進耳朵，打開MP3播放器，把音量調高。也許她在他走出院子時說了什麼，只是他沒聽見。

週一早上值完班之後，他留下來參加沉悶到爆的員工會議。大家在店後的垃圾收集箱旁邊集合，因爲只有這兒的空間足夠容納所有人。派崔克挑了一個靠近大樓轉角的位置，盡可能遠離垃圾的腐臭味。只要把頭稍微往後仰，便可以看見自助加油站、高速公路，還有自由。還有，眞他媽的見鬼了，又是那個暗黑少女——蕾拉——這會兒正開著那輛閃亮的巨大靈車停下來加油。

站在大片塵埃和臭味當中，被野草搔著腳踝，聽著公路上的大卡車隆隆駛過，派崔克望著她那充滿整個車廂的身影。黑色的無袖背心讓她的皮膚看來像會反光，彷彿她的身體是用鉻合金做成的。她用信用卡付帳，而且和多數人一樣懶得看油表的數字跳動，只顧盯著自己映在車窗上的影子：超大的墨鏡，風輕撩她的頭髮。第一次，他發現她的長相——很普通。她一副厭煩的樣子，但不是刻意裝出來的，平常那種討人厭的、世故的假笑也不復見。當一輛卡車從公路上經過，發出巨大刺耳的換檔磨擦聲，她立刻轉頭看著聲音的方向。派崔克很好奇她在想什麼。

副駕駛座的車門打開，走下來的女孩很矮小，像蕾拉；一身黑色衣服搭配厚重的大皮靴，像蕾拉。她的鼻子，她的下巴，她的臉型全都酷似蕾拉。只是她的棕色頭髮紮成蓬鬆的馬尾，兩手緊緊抱在胸前，垂著頭。當她走過停車場，她的步伐絲毫沒有蕾拉的漫不經心或狂妄。更別提蕾拉身上曲線玲瓏的一些部位，這女孩連這些部位都還沒長全。

老天，他在想什麼？

他正感覺無依無靠，進退兩難，幾乎可說相當高興見到她，就這樣。他等那個畏縮的女孩走開，然後悄悄繞過轉角。當他說：「妳派妳妹妹去買咖啡？」她嚇一跳。就那麼一點，但是夠明顯了。

她迅速回復鎮定。「沒錯，雖說這裡的咖啡很難喝。」

「咖啡壺從來沒人洗。」

「有意思。你的車呢？你現在無論到哪兒都不開車是嗎？」

「我現在，」他說：「無論到哪兒都不開車。」大聲模仿她說話讓他感覺有點輕浮。她胸前有顆痣，就在鎖骨以下幾吋的地方。正圓形，好像一滴巧克力。風把幾絲亂髮吹進她嘴裡，她用一根手指撥開，今天她塗的指甲油是鬼祟的蜥蜴綠色。

油泵聲停止，蕾拉把油槍從車子油箱抽出，幾滴油甩上車身和瀝青地面，到處都是，似乎只有她自己除外。要是他那麼粗心，一定會弄得滿身汽油味，可是蕾拉似乎是那種抗污染型的人，就連亂噴的污點都會違反物理定律避開她。她壓下按鈕，加油機吐出她的收據。「我們今晚做點什麼吧。」她說。

他心裡有個小東西抽動了一下。「不好。」

「難道你有別的事可做？我猜你只是要回家然後整晚窩在那棟破房子裡。」

「我的房子裡說不定很精采，說不定是奇幻仙境。」

「什麼時候帶我去瞧瞧。」她說。小東西抽動得更厲害了。

「可是今晚，我想出去玩。要不要一起去？」

「不要。」他說，然而連他自己都聽出他的聲音不太堅決。

她笑笑。「太好了，」她說：「我六點去接你。」

他不知道該說什麼，因此什麼都沒說，靜靜從轉角繞回去。他偷瞄一眼加油站，看見她妹妹拿著兩杯咖啡站在車子旁邊。蕾拉對她說了什麼，她扮了個鬼臉，兩人大笑，在這同時妹妹掀開第一杯的杯蓋接著第二杯，把咖啡全倒在地上。派崔克距離她們不算遠，卻也遠得足以讓她們的笑聲無法傳進他的耳朵。

要不是他一回家便看見一疊洗好的衣服極不協調地放在他凌亂的床單上面，他應該不會出門。每件襯衫都摺成四角方正的豆腐干，襪子一雙雙正面朝外捲成球形，所有平口短褲的腰帶全部朝同一邊對齊。直到現在，在出了那麼多事之後，凱洛仍然替他摺衣服。他的生活擺脫不了她。他的腦子擺脫不了她。

去她的。去她的還有她那些摺疊得一絲不苟的乾淨衣服。五點半一到，他幾天來第一次刮了鬍子，梳了頭，換上乾淨襯衫，還多噴了幾次體香劑。一邊告訴自己這沒什麼，不過是消磨一下時間，提醒自己蕾拉在臨床上應該是精神異常，是個誘人犯罪的未成年少女。可是他痛恨自己一無所有，痛恨自己一無是處，在離開前他抓起那堆乾淨衣服，丟在地上。

蕾拉說他身上很香。他說：「既然要走，就快走吧。」幾分鐘後，他們上了通往收費公路的高速公路。她的音樂是重低音電子樂，聽來像是德語。太陽正落下，天光是死屍般的詭異藍色；派崔克看見一隻死鹿的屍骸躺在路邊，趕緊將它逐出腦子。出了松鼠丘隧道，森林轉變成城市景觀。派崔克向來不喜歡城市。匹茲堡只不過是個標籤，貼在他支持球隊的名號上，這幾年則是連這都稱不上。一小時前，離開屋子和凱洛似乎是無比迫切的事，可是現在他知道自己失算了。他不該來的。不該在這兒，和她一起。

她在一條岔道停車。他很習慣在夜間出門，可是這又不一樣了，站在亮晃晃的人行道上，一旁是燈火通明的商店櫥窗，人群在當中輕鬆地閒逛。她胸有成竹地帶他進了一家咖啡館。這裡的菜單是用彩色粉筆寫在牆上的，極富藝術氣息，可是所有家具像是從 Vincent Price[11] 的車庫拍賣會買來的。幾年前曾經有人試圖在雷鎮開這類型的店，可是沒成功。咖啡館坐滿和派崔克同齡，看來不太像在倉庫輪班打工或者在便利商店當店員的人。腳上的靴子和髮型也曾光鮮過的派崔克先是自覺有些邋遢不體面，接著越來越防衛抗拒。就算他的靴子髒舊又怎樣？就算他的牛仔褲已經磨到褪色又怎樣？他本來就和這裡不搭調，本來就不該來的。

「我開車，你點飲料。」蕾拉說著把她的軍背袋往一張椅墊蓬得不像話的扶手椅一丟，然後在另一張坐下。「雙份特濃美式咖啡，還有那種用米和棉花糖做的東西，如果他們有的話。」

他們確實有，不過爲了尊重商標權，菜單特別註明了 Krispy Rice Treat（脆米甜點）幾個字。而且那東西和一只小鞋盒差不多大，要價將近六塊錢。當他把甜點（放在盤子上，還附了餐叉，儘管沒人用叉子吃這東西）和咖啡端回來給蕾拉，都還沒坐下她就接了過去。「這個最棒了。」她說著用手指把它對半掰

11 Vincent Price：五零年代恐怖片演員。

開。無情地陷入脆米甜點肉身、塗著敗壞顏色的指甲讓他想起非洲大草原上的獅子。

她拿起黏膩的一大塊。「這半給你。」

「放在盤子上就好。」甜點聞起來像奶油、香草加上他祖母家的味道。也許每個人的祖母家都是這味道吧，所以大家願意爲它花六塊錢。

蕾拉將咖啡杯放在椅子扶手上，然後窩進椅背，縮起兩腿。她一手拿著脆米點心，像在吃棉花糖那樣用另一手撕下小塊來吃。當她張嘴，他看見她牙齒上黏著絳紅色唇膏。「好啦，派崔克・庫希馬諾。」

他喝著他買的瓶裝水。「好啦，蕾拉，不管妳姓什麼。」老天，他連她姓什麼都不曉得。

「艾席爾，蕾拉・妮可・艾席爾。蕾拉是我老爸最愛的一首克萊普頓的歌的歌名，妮可則是我媽最愛的肥皂劇人物的名字。青少年未婚生子就是這結果。輪到你了。」

「輪到我怎樣？」

「坦白，一鼓作氣。我已經說了我爸喜歡克萊普頓的歌，我媽的電視品味很糟，他們生我的時候還在唸高中。」

「所以我得回報妳？」

「如果你希望我開車送你回家。」

他頗有幾分把握她是在開玩笑。「派崔克・約翰。約翰是承襲我父親，至於派崔克，我就不清楚了。」

「你那正在坐牢的父親。」她說。他忍不住問：「我們究竟得坦白到什麼地步？」

她不罷休。「那我們談別的好了。你母親在哪裡？」

「死了。」

「很遺憾。」

「謝了。」

她從鼻孔噴氣，很懊惱的樣子。「你對這個不太行。」

「妳希望我說什麼？」

「說什麼都好。她是怎麼死的？當時你多大？你還記得她嗎？想念她嗎？」

「妳知道這些幹嘛？」

「因爲啊，你這笨瓜，要是我什麼都不知道，就無法了解你，而要是你什麼都不告訴我，我當然就什麼都不知道了。」

「妳的邏輯有個漏洞，」派崔克說：「就是我並不見得希望妳了解我。」

「那你爲什麼跟我來這裡？」

「想離開。」

「離開你的住處？」

「那裡實在談不上是奇幻仙境。」

她靠回椅背，交叉雙腿。在愚蠢的法國輕音樂之外，他聽見她的皮靴吱嘎響著，兩腿交疊時緊身褲的沙沙摩擦聲。「你哥是標準的美國壯男，是嗎？」

「怎麼？」派崔克說：「妳也在學校年鑑上查了他的資料？」

「沒錯，加上我看過他在你家外面吻那女孩。」她輕啜著咖啡，黑色眼睛緊盯著他。「才早上七點就用了不少舌功。」

香草奶油聞起來甜得發膩。當他再度開口，憤怒的口氣有點出乎他的意料。「妳在我家外面監視？」

她淡淡一笑。「不常，只是偶爾開車繞過去看看你在不在。我也會留意找你的車子，不過你都已經不開車了，這麼做大概也沒什麼用吧。」

「那麼我想妳只好另外找個人跟蹤了。」

「眞是廢話，別說你從不曾跑到某個女孩家閒晃以便接近她，或者打電話到她家然後馬上掛斷，只爲了聽聽她的聲音。」

他當然有過，而且他得承認他想都沒想過那些女孩會有什麼感受，從窗口看見他在深夜十一點開車經過，接著十一點半又來一次，十二點又來。

「我又不會在你家門口放死老鼠什麼的，」蕾拉又說：「我只不過偶爾在開車到其他地方的時候順便繞過去看一下。而且說眞的，如果我想的話，我眞的可以在你門口放死老鼠，因爲我有個朋友正在做生物課的大老鼠解剖，就算我想放死老鼠的內臟都沒問題。」

他忍不住笑了。又是老鼠。「妳瘋了。」

蕾拉深深窩進那張破舊的恐怖片扶手椅，一臉滿足的表情。「我的意思是說，我不那麼做不是因爲缺死老鼠的緣故。當你對某人產生興趣，很自然地會想多知道一些關於他的事。」

這天她穿的靴子是長筒的，緊緊包住她的腳踝，讓她的小腿看來像是用光滑的黑色皮革做的。「妳和妳妹妹呢？」他試圖岔開話題。

蕾拉誇張地畏縮了一下。「我妹妹是善良乖巧又溫柔的女孩，這醜惡的世界等著將她生吞活剝，她得學會看事情的黑暗面才行。況且，好女兒壞女兒的老套越來越乏味，我厭倦了當家裡唯一的麻煩精。」

「她有什麼願望？」

「和一群天使一起高歌，」她說：「輪到我了。關於你哥女友的事，那到底是一生難尋的單戀，或者只是你某晚喝醉酒的結果？」

「換個話題。」

蕾拉微微一笑。「我就知道。你和她情慾難耐，就這麼搞上了，對吧？」她又啜了口咖啡，用舌頭把殘留在上唇的一滴舔掉。「只有一次，或者持續一段時間了？你覺得罪惡感深重？」

「我不想和妳討論這些。」他臉頰燒熱，幾乎要冒出汗來。「妳爲什麼那麼感興趣？」

「因爲這種事鹹濕又下流，你以爲是什麼原因？」

「不是，」他說：「我的意思是說，妳爲什麼想知道這些？爲什麼妳想知道我做些什麼，或者我媽是怎麼死的？」他搖頭。「妳還奇怪我爲什麼懷疑妳。知道爲什麼嗎？因爲妳這個人實在是說不通，我覺得自己像是中了跟蹤狂樂透之類的，好像妳翻了翻那些鬼年鑑，發現我的照片，然後說『好吧，**就選他！**』。」

她把最後一塊脆米甜點丟進嘴裡，嚼了一陣子然後吞下。「其實是報上登的你和你哥哥走出法院的那張照片。他看起來好傷心，你卻沒有，一副氣呼呼的樣子。你在氣什麼？」

大熱天，被那身濕羊毛、汗水和憂慮的套裝悶壞了，加上他走過法院中庭時，那個攝影記者像蟲似的揮之不去。老爸落在他們後面，被推進一輛箱型車帶走。**把我忘了吧，你們被我拖累得夠慘了**。邁可的一雙拳頭握得死緊，手上的肌腱看來像是高電壓纜線，就像此刻派崔克在這張蠢絲絨椅子扶手上緊捏著的兩隻拳頭——破彈簧刺著他的臀部，加上立體音響播放的法式情歌。這女孩，這該死的女孩。

「因為他們對著我們猛拍照，」他說：「而我們根本沒做錯什麼。蠢問題。」

她用力眨眼，像是被他吐了口水，但迅速回復冷靜。「那陣子，我老爸常要我們為你們禱告，祈願上帝能開啓你們的心靈。還有為丹尼和蕊秋——萊恩的雙親——」

不必她說，他知道他們是誰。

「讓他們能忘掉仇恨，原諒你。當然，他們也不是聖人，丹尼結過婚，他和蕊秋發生婚外情還有種種事情，他們全是僞君子。」

「有嗎？」他說。

「有什麼？」

「原諒我？」

「沒有，」蕾拉說：「我想這種事沒那麼容易。」她聳聳肩：只是輕輕抽動了下肩膀，非常細微的動作，彷彿這事無足輕重。「我曾經想像你——明知道闖禍的車就在家裡，卻拖延了那麼久才報警。我老爸和他那些教友一副好像完全知道該怎麼辦，該在什麼時機處理的樣子，好像他們永遠不會犯錯，好像他們所做的每個抉擇都受到神的保佑，絕不會有自私的念頭。」她的語氣憤憤不平。「當然，那全是胡扯。」

派崔克一時說不出話來。「那當時妳會怎麼做？」他問：「我是說，當妳想像如果妳是我的話？」

「我沒想像如果我是你，我想像如果我陪著你。」

咖啡館那頭，有兩個大約和他同齡的人——在蒸騰的咖啡熱氣中親密相對，那是一男一女，兩人都戴著時髦的深黑墨鏡，都帶著筆記型電腦包。男人伸手輕觸女人的臂膀，女人微笑望著他。他腦中浮現凱洛提著麵包籃走過她工作的餐廳，或者這時她已經下班回家。在他家。他母親懷孕、生病，經歷了一切最後過世的地方；她在最後一次進醫院之後就幾乎沒留下什麼的地方；他老爸清醒過也醉過，並且坐在沙發上大哭的地方——在這同時萊恩沾在車庫裡那輛別克上頭的血跡正逐漸乾涸，而他也就在車庫被逮捕；那也是如今邁可和凱洛每晚同床共枕的地方，那間臥房原本屬於他們的雙親，據派崔克了解他和邁可就在這房間裡出生；這屋子也是他每晚回房睡在從小睡的同一張床的地方，而最後一個和他一塊兒睡在這房裡的女孩也是全世界他最不該碰的女孩，就是那個每晚睡在他雙親臥房裡的女孩，那個和他哥哥同床的女孩。事情整個亂了套，亂得無可救藥。一個大黑洞。

正是他這一生的寫照。在他對面，蕾拉窩在那張破舊的扶手椅子裡，穿著靴子的腳縮在身體底下，表情好像瓷娃娃般平靜。她似乎很甘於就那麼望著窗外，啜著咖啡，他知道無論多久她都會願意等他。

「喂——」他說。她抬頭看他，眼神深不可測。「想不想走了？」

「如果你想的話。」她說，他答說：「我想。」

在她車內，她拉下遮陽板，打開化妝鏡。然後，她越過他從置物盒拿出一只化妝箱，從裡頭找出一包類似濕紙巾的東西。她臉上的妝都花了，只有眼睛底下還殘留著一抹黑色眼影，她用紙巾把它擦乾淨。

「去年發生了一件事。」她說。派崔克心想她該不會要告訴他，她被老師騷擾了之類的事。

「事情鬧得非常——」她停頓，端詳著自己在鏡子裡的眼睛。「非常大，非常難看。我的生物老師在課堂上教我們如何使用保險套，而我蠢得把這事告訴我那專制又自目的老爸，他立刻領著他那隊神的人馬武裝起義，接下來，我只知道學校的每個人——不誇張，眞的是每個人——都討厭我。那位老師人緣好得不得了，更別提由於雷鎮居民近親通婚的優良傳統，學校有一半人是她親戚。」她闔上鏡子，把紙巾丟到後座。「就這樣，一邊是我老爸忙著幫我擬聲明稿，好讓我在學校董事會議中宣讀，表明我不想和保險套有任何牽扯，因爲基督討厭乳膠，另一邊是我被女子排球校隊在二樓洗手間放火燒頭髮。」

眼影抹乾淨的她好看多了。「她們燒妳的頭髮？」

「當時我頭髮長一些，金髮。」她從口袋掏出一支管狀的東西，是眼線筆。「總之故事很精采。後來，有一天，正當我覺得自己就快瘋了，學校有個傢伙──順帶一提，大家都說他是撒旦信徒，可是那些傢伙和所有人一樣，都是蠢蛋──在走廊中央向我走過來，對我說我被利用了。我心想，這下可好，又來一個瘋子。可是那晚，在又一次董事會議裡，我坐在那裡，看著我老爸又吼又叫，三句不離他的佈道工作。突然間，就說我靈光乍現好了。」她笑笑。「我那朋友，有一次我對他說，眞怪，我們在同一所學校待了一整年，卻從來沒看過對方。他說，有時候，當人彼此需要的時候，就會找到彼此。你認爲呢？」

派崔克有點煩燥，也根本不在乎。他想她的朋友大概是想和她上床吧。「不知道。」

「他們也在利用你，」她說：「人最無聊了，只要你給他們機會，在可悲的生活當中發洩小小的不滿，讓他們感覺佔了上風或者力量強大，或任何東西，他們都會一概接受。他們才不在乎你是誰或者你幹了什麼壞事，他們只在乎能夠堂而皇之地討厭你。」蕾拉伸手輕撫他的太陽穴──她的手指冰涼又濕潤，也許是紙巾的關係──然後滑過他耳後的卷髮。「我覺得你需要我，不然你也不會在這裡了。」

他一手放在她手腕上，想把它拉開──可是一轉眼她已經坐在他腿上，原本該把她推開的手不知怎地跑到她那混合了丁香香煙和新皮靴氣味、吱嘎作響的黑色皮外套底下。卸妝油的強烈化學甜香鑽進他鼻孔，她吻了他而他也回吻她。她嘴裡有股咖啡和香草味。她沒有絲毫猶豫：她的舌頭纏住了他的，雙手強勁又直接，似乎完全知道自己要往哪裡去，知道一旦到了那裡之後該怎麼做。他有點醺醺然，彷彿比進行中的現實落後兩秒，可是在這同時，他又依稀意識到自己的雙手以及它們在她的皮外套底下做的事。難道他每次就非得幹盡蠢事，非得把事情攪得一團糟？

他奮力掙扎著讓雙手停下，將她推開。他看不見她的臉，因爲她的頭髮披散在臉的兩側，在車窗透進的微弱光線下遮住她的五官。她的呼吸有點喘，但不比他來得急促。

「我不能這麼做，妳還太年輕。」他舌頭有些不靈光。

「那是他們告訴你的，」她說：「我卻要告訴你，你愛怎麼做都可以。」接著她的嘴又貼上他的嘴，舌頭舔著他的舌，整個身體貼得更緊了。那感覺像是用湯匙吃熱牛奶糖，又澀又甜又難以抵擋——他受夠了壓抑，受夠了自我克制，受夠了困在一個人的世界裡。他屈服了。他吻了她。他知道這樣不對，但他不在乎。

至少他沒和她同床。就這點。

卡莉和凱爾友黨眾多，要不是在體育課或生物課的某個同學，就是在英語課的布雷娜和山姆，西班牙課的崔佛和瑪提亞。通常他們頂多只會對她說句，嗨，花柳娜娜，但也絕不會對她視而不見，有時還使出鬼點子。用尖銳的三角摺紙射她的後腦杓，或者在她桌上留一疊性病防治傳單。（她看出那是她父親的傳單，因爲是她幫忙打的稿子；他們大概不知道吧。）

花娜喜歡和蕾拉、查士丁尼還有克麗絲到卸貨碼頭上吃午餐，坐在粗糙的水泥上，感覺很安心。她和蕾拉到大賣場去，用所有生日零用錢買了一雙高筒黑色皮靴。第二天，在碼頭上看著自己穿著靴子的腿和別人的腿混爲一氣，讓她十分得意。同樣令她開心的是藝術教室裡的木屑氣味，還有和杰瑞德的對話，告訴她一天總算快結束了。她感覺自己一天天越來越渺小。生物課上，凱爾・杜布勞斯基和布雷・阿拿斯特羅不停在她耳邊叨念，**喂，花柳娜娜，妳做過直升機飛旋嗎？像超人那樣咻咻旋轉？**她不懂那是什麼，而這困惑只讓她更加懊惱。

「靴子很好看。」美術課堂上，杰瑞德說。

「謝了。」她說。

放學後，在埃瑞克家──他和他爹住在低收入戶住宅區；花娜從不曾來過，可是這裡和一般公寓大樓沒兩樣，前面停滿了車子和三輪腳踏車──蕾拉對花娜說他們要替她染髮。

坐在埃瑞克那張凌亂有怪味的床上，花娜有種被逼上絕路的感覺。當初蕾拉染髮的時候，母親哭了，而她向來不是會輕易落淚的人。「不太好吧。」她說。

「妳討厭妳的頭髮，」蕾拉說：「這話妳起碼說過一千次。」

「既然討厭，就改變一下。」克麗絲說。

蕾拉拉起花娜的一撮頭髮。「好啦，小花，會很漂亮的。」

這時，站在門口的查士丁尼說：「快，別猶豫了。」反正爸媽選來貼在佈道資料夾上的又不是她的照片，於是她順了他們：低頭趴在埃瑞克家的浴缸邊，盯著卡在浴缸底部的一層污垢，染髮劑刺痛她的頭皮，髮線和耳朵塗滿用來保護皮膚不被染劑滲透的凡士林。蕾拉和克麗絲先用灰色黏劑替她染了幾撮頭髮，把它們用塑膠紙包起來，然後用葡萄紫色染劑染了其餘的頭髮。她們要花娜坐在地上等染劑乾。浴室的地板也不怎麼乾淨，角落裡有些不明的毛髮，沒有踏墊，裡頭瀰滿著股尿味。埃瑞克的父親忙著和女友廝混，這間公寓看來似乎乏人照料。所有桌子都髒兮兮的，所有水杯都是塑膠杯，廚房垃圾筒後面塞著一只披薩空盒。至於埃瑞克的房間——女孩們子替花娜染頭髮時，他和查士丁尼在這裡玩電視遊樂器——除了床舖，所有平面全堆滿厚厚一疊雜誌、汽車零件和零散的電纜線。

最後，克麗絲和蕾拉要她再度趴在浴缸邊，花了不知多久時間替她清洗頭髮，然後打開灰色包紮，同樣花了大量時間清洗乾淨。她們沒讓她照鏡子，不過克麗絲用吹風機替她吹乾頭髮時，幾絲被吹到花娜面前的頭髮是覆盆子果醬的顏色，讓她心裡一陣忐忑。等克麗絲吹完頭髮，蕾拉要花娜又坐了幾分鐘，就像她們進樹林之前那樣，爲她塗上深濃的黑色眼影，然後讓她站起，對著鏡子。

她那頭暗沉的灰褐色頭髮這會兒變成熱情的紫紅色，包紮起來的部份則成了垂在臉頰兩側的銀色長條斑紋，閃耀有如星光。原本泛紅的眼眶和不醒目的睫毛被蕾拉的彩妝遮蓋。花娜伸手撫摸頭髮，和剛才照鏡子時一樣微微吃驚，滑過她手指的髮絲是那麼柔軟而有生氣。

「棒極了。」蕾拉說，一臉得意。

查士丁尼給了花娜一本繪本小說，它的封面是一個女孩從石塔跳下，一頭有著銀色斑紋的紫紅色長髮在她背後凌空飛揚。「這是一名女巫師，」他說：「她從塔頂跳下時，頭髮變成了銀色。後來她一路從陰間奮戰回到人世，成了不朽之身。妳該讀讀。」

他的頭髮黑得有如無煙煤炭，眼睛和暹羅貓一樣湛藍。花娜對他既著迷又懷著絲敬畏，在蕾拉開車回家的途中緊抓著那本封面光滑的書。她鼻孔裡仍然充滿染髮劑的氣味，濃妝的眼睛感覺濕黏又不自在。當她從側後照鏡偷瞄自己，不安感更深了。越接近家門，那感覺越是強烈。當蕾拉在轉角停車，要她下車，花娜臉都白了。

「妳不能讓我一個人進屋子。」她說，光是想到這她就渾身發抖。可是蕾拉只說：「女巫師是不會害怕的。難道要我去告訴查士丁尼，他替妳挑錯了顏色？」

於是花娜進了家門。她映在玄關鏡上的模樣讓她止住腳步。正當她猶豫著是不是該先把妝卸掉再說，她聽見有人猛抽一口氣，抬頭看見她老爸盯著她，驚駭地睜大眼睛。

「啊，花娜，」他說：「不會吧。」

晚餐氣氛糟透了。老爸一臉失望透頂的表情，低頭默默盯著盤子，母親氣呼呼注視著她的豬排，餐刀在陶盤上刮出可怕的聲音。他們主要是生蕾拉的氣，好像花娜對自己的抉擇絲毫不需負責，好像她是被蕾拉弄壞的玩偶，好像她是**他們的**玩偶。

「等妳姊回來就知道了。」母親語帶威脅，邊猛烈戳著一片菠菜。「等她被我逮到就知道了。」

花娜從不曾讓雙親失望，一次都沒有過。怒火在她胸口跳動燃燒。上樓做家庭作業，詞彙造句很容易，代數很難，而當她開始解方程式和變量習題的時候，心中的憤慨終於一股腦湧現、攪動起來。因爲，當初蕾拉把一頭玉米鬚般的細柔金髮剪掉並且染成黑色，只不過是她一連串不遵守門禁、穿著不端莊的超短裙、畫了不當的眼妝等等行爲當中的一個罷了。「這下妳可開心了，」當時母親噙著淚水說：「妳這樣子醜得像剛演完戲。」不像花娜，只能獨自坐在書桌前，頭頂的牆上掛著祈禱之手陶雕。這晚她還是得在十點準時上床，次晨七點起床，因爲她得先洗好早餐的碗盤，然後催促蕾拉出門上車，免得上學遲到。放學後她得洗衣服，把起居室的灰塵撢乾淨，而且六週以後她會拿著A等成績報告單回家，可是這些她的雙親全不放在眼裡。他們只看見染了怪異髮色、被帶壞的寶貝女兒。

在書桌前的窗玻璃中，一張垂著兩撮銀髮、眼窩塗得黑鴉鴉的臉龐回看著她。那張臉或許陌生，但至少她知道那是她。是她自己。

有人敲她緊閉的房門。是她父親。「談談好嗎？」

花娜點頭。於是他在她床沿坐下。他的頭頂微禿，可是那兒僅存的稀疏頭髮的顏色和她四小時前的髮色完全一樣。藏在眼鏡後面的眼睛顯得相當疲憊。「說吧，妳染髮是妳姊姊出的主意？」

「不是。」花娜沒說謊。那是查士丁尼的主意，蕾拉說的，是他挑的顏色。「沒人強迫我，是我自己願意的。」

「那當然了。妳想過是什麼原因嗎？」

「有何不可？反正原來的顏色一點都不特別。」

他眉頭一皺。「花娜，寶貝，妳的一切都是特別的。」

她沒說話。

「妳知道我認爲是什麼原因嗎？」

**不知道，可是我敢說你一定會告訴我**。她腦中響起蕾拉的聲音。

「我想是因爲妳想念姊姊，」他說：「我想如今妳們進了同一所學校，妳忽然發現妳們以前太疏遠了，妳想改變現狀。因此妳開始模仿她的穿著，像她一樣染頭髮，因爲妳覺得也許她不見得喜歡跟妳一樣，可是妳可以跟她一樣，這樣的話妳們就能再度變成朋友，就像以前那樣。」

當蕾拉還是亮麗的金髮女孩，花娜只是默默追隨她的暗淡影子。現在她們有了比以前更多的共同點。

「眞的，我認爲一切都因爲妳有副好心腸，」老爸說：「妳那純眞善良又慈愛的好心腸。」

她那純眞善良又慈愛的好心腸，每天都祈求凱爾‧杜布勞斯基遇上匕首、毒藥和死亡。

「可是問題就在這裡，花娜。蕾拉目前的處境很危險。我很高興妳有勇氣去找她，可是我沒把握妳能把她帶回來，而且我不希望妳也跟著陷進去。我不想一下子失去兩個女兒。」

錯錯錯。她眞想告訴他學校生活是怎麼回事，蕾拉是什麼樣的人，還有她本身是什麼樣的人。告訴他這世界是怎麼回事，因爲她開始有點懷疑他是否知道。然而她只能說：「你沒有失去我們。」

「必須讓蕾拉自己回來，甜心。」他說著搖搖頭。「到時我們可以在那兒守候著她，我們可以歡迎她，讓她可以輕鬆面對，可是我們不能強迫她回來。我知道妳很想幫她，可是如果妳讓她硬逼妳變成不像自己的人，那不叫幫她。」

沒有用的。她勉強一笑。「爸，我還是我，只是頭髮變化了一下。」

「我喜歡妳的頭髮保持上帝給妳的原樣。」他起身。「我不能逼妳不和妳姊姊親近，如果我辦得到的話，我會的，可是我知道我辦不到。不過，妳能不能答應我一件事？妳能不能在聽她的話之前，先聽聽上帝的聲音？」

她常告訴她，上帝在她內心深處發聲，聽祂的聲音就會知道祂要她怎麼做，因爲那麼做感覺很對，別的做法感覺就是不對勁。此時此刻，她沒感覺絲毫不對勁，反正做都做了。

「這才是我的乖女兒，」老爸說：「妳知道無論如何我都愛妳，對嗎？」

「蕾拉呢？」花娜說。

他眨著眼睛，然後笑笑。「當然，我也愛蕾拉，不過我得承認，有時候她實在太拗了。」他輕咳幾聲。「說到蕾拉，妳知道她今晚去哪了嗎？」

「應該是在布麗塔妮家，」她說：「她們約好一起做功課。」

儘管關了房門她才想起，其實爹只要查一下GPS網站就會發現她在撒謊，可是家裡唯一的一部電腦不在書房裡，而她並沒聽見他進去那裡，接著一整夜也都沒有。睡覺時，她想著，要是她眞的變成凱爾和布雷口中形容的那個她，不知會是什麼樣子。這晚的夢混亂又怪異。當她醒來，枕頭套沾了染髮劑的顏色，母親非常惱火。

次日，查士丁尼給了她一只手環，黑色皮革，外緣掛著一只銀鈴，就像漫畫裡的女巫戴的那種。「我幾個月前在一個工藝集會上買的，」他說：「本來想送給蕾拉，可是不知爲什麼一直沒給。昨晚，我突然找到它，我想這東西註定該屬於妳。」她很意外他竟然會想起她，因此她讓他替她繫在手腕上。皮革又僵硬又緊，有點不舒服，感覺就像被人掐著手腕。一天過去，她認定了她很喜歡。手環戴起來有點痛，還帶著新皮革和溶劑的味道，可是它讓她感覺這世界上除了生物課之外還有別的地方，世界上除了凱爾・杜布勞斯基和卡莉・布琳克之外還有其他人。

她戴著手環參加週三晚上的禮拜聚會。聚會在家裡的地下室舉行，裡頭沒有長條木椅，只有幾張折疊椅、十字架和一台從沒用過，以電影《陰陽魔界》為主題的舊彈珠遊戲機。蕾拉和以往一樣坐在彈珠機上面──父親說重要的是她肯出席──摳指甲，表情淡漠，花娜則是坐在大致呈圓圈排列的椅子上。平時她總是和雙親坐在一起，可是這次她挑了最靠近蕾拉的座位。周遭全是她從小就熟悉的臉孔。她曾和珍娜・萊蕭還有柯斯塔雙胞胎一起參加教堂夏令營和週末旅行；她曾經幫忙看顧小孩，澤帕克家的小孩──萊恩死之前──還有費拉里尼家的孩子和黛比・梅耶查克的小兒子傑登。上週她穿了粉紅色上衣和印花裙來參加聚會，這會兒她卻穿著凱蒂貓骷顱頭T恤、網襪和皮靴，她們沒人肯看她一眼，就好像她身上帶有某種可以擊退所有目光的磁力。就算她們偶爾朝她的方向看，視線也是游移不定的。

花娜回頭偷瞄一眼，想看看蕾拉的臉，可是蕾拉弓著身子，低頭盯著自己交叉的雙腳。她身上的黑色安息日樂團T恤不是她上學穿的衣服，花娜甚至從來沒看過，不過看樣子並非新衣。黑色棉布料已褪成髒污的灰色，印在前襟的四名憤怒男子的圖案也已經龜裂而且磨損，鮮豔長髮的邊緣都碎裂了，他們的臉讓花娜想起查士丁尼。爸媽曾經在晚餐桌上拿這件T恤大作文章，顯然老爸年輕時也穿過。

「妳們老爸以前是黑色安息日樂團的頭號大樂迷呢。」當時母親說。

「很諷刺，對吧？」蕾拉說：「我好幾個月來第一次穿了沒被你討厭的衣服，卻讓你想起自己墮落不堪的過去。」

老爸說：「我們是愉快地回想起年輕歲月，不是奧茲・奧斯朋[12]。妳那件T恤是從哪來的？」

「朋友送的。」蕾拉說。

哪個朋友？此時花娜忍不住想。她試著想像查士丁尼穿著這件T恤，可是衣服太破舊了，查士丁尼的衣服絕不可能破舊。這天他穿的上衣是濃黑色，上頭印著一行鮮紅色文字：黑暗、衰敗與紅色死亡宰制了一切。如今想起來，花娜不禁起了哆嗦。

這時父親已經解說完這週的《聖經》金句，詢問是否有人要分享心得。大家照例一陣東拉西扯：某人的朋友得癌症死了，某人的兄弟丟了工作，某人麻煩纏身的姪子被送到基督教野外感化營。接著在場所有人一起為他們禱告。花娜又偷瞄一眼蕾拉，她正摳弄著牛仔褲上的一個小洞。

「我有話要說。」丹尼・澤帕克說。撞死萊恩的那人是喝醉駕駛，他和他的兩個兒子等了十九個鐘頭才報警。當時爸媽在醫院陪丹尼、蕊秋，煎熬了好一陣子，花娜則待在家裡，祈禱著不可能發生的事：讓萊恩活過來。這時丹尼說，當初他和蕊秋決定控告肇事者，目前那人已經入獄，可是他兒子居住的房子仍然在他名下。「重點不是錢，」丹尼說：「而是要讓那對兄弟明白他們做了錯事。除了他們父親去坐牢之外，他們的生活絲毫不受影響，在我們看來這樣不對。」他輕咳一聲，繼續說：「總之，我希望各位能一起為我們祈禱，幫助我們奉基督之名做對的事，祈禱上帝的正義得以伸張。阿門。」

「阿門。」父親說，大家也跟著默唸。

12 Ozzy Osbourne：黑色安息日樂團主唱。

蕾拉嚼著手指甲，不知爲何笑了。淡淡的苦笑。

托比皺眉，不安扭動著，然後說：「你確定？《聖經──羅馬書》說，不可私自報復，不是嗎？因爲主說，伸冤在我，我必報應。我們是不是該讓祂去懲罰那對兄弟？我是說，《聖經》說──」他結巴起來，聖經二字的發音有點怪。「──仇敵若餓了，就給他吃，要以德報怨。你的意思是要剝奪這對兄弟的一切，這事十分嚴重。」

花娜不禁想，她每週在學校耗掉三十五個鐘頭，而卡莉、凱爾那些人讓她的學校生活充滿恐懼。他們是她甩也甩不掉的重擔，怎麼也平復不了的痛苦。要是她有機會報復他們，她是否會把這工作交給上帝？當然，你不能拿幾句髒話和一個死去的孩子相提並論，可是，這眞的很難說。

這時，丹尼捏緊拳頭。「我兒子死了，」他說：「我最後一次看見他時，他全身包著繃帶，而我忙著簽署他的器官捐贈同意書。」

「何不讓上帝去處置呢？」老爸說：「來，讓我們一起禱告。」

之後，大伙兒上了樓，母親已張羅了茶點。對花娜來說，水果酒和紅糖餅乾的甜膩香氣就等於教堂的氣味，而孩子們在走廊裡跑來跑去玩抓人遊戲也一如往常，可是除此之外，一切都變了樣。蕊秋・澤帕克站在水果酒缽旁邊，眼睛泛紅濕潤，凝望著兩個還活著的孩子和其他小孩嬉鬧。花娜可以看見她內心的傷痛，想像著萊恩也在他們當中，儘管他不在。花娜人在這裡，卻感覺自己彷彿在別處。

珍娜・萊蕭夥同柯斯塔家的雙胞胎一字排開，將花娜逼到牆角。她感覺得到他們的亢奮：他們終於有機會拯救一個墮落的靈魂。而且還不是別人，而是傑夫牧師的親生女兒。「我們很擔心妳。」珍娜說。

「染一下頭髮不算什麼，我去年也做過粉紅色的挑染。」安柏莉・柯斯塔說。她只看花娜的頭髮而不看臉，這點很令人困惑。

「我們擔心的不是她染髮這件事，而是它背後的東西。」

「或者人。」史賓瑟・柯斯塔說，語氣充滿不祥感。「我們認爲是妳姊姊。」

父親說他們應該要這麼做，要互相關照，防止彼此誤入歧途。和智者同行，便有智慧[13]等等的。可是柯斯塔家的雙胞胎唸的是私立基督教學院，珍娜則是在家自修，他們不曾和她一起上生物課，不曾在網球場看卡莉用花娜的背部練習正手擊球。他們不了解那種滋味，他們不了解蕾拉，也不了解花娜。

屋裡十分悶熱。她一逮到機會，便悄悄走向玻璃拉門，開了門溜出後院。太陽西斜，漸淡的天光讓院子裡的明暗反差變得柔和：一邊是房子，全是粗糙的灰泥和銳角，草坪另一邊是爬滿常春藤的濃密樹林。空氣涼爽，充滿秋的氣息。花娜內在的燥熱逐漸平息。

在她背後，玻璃門滑開又關上。蕾拉說：「和基督幫拆夥了是吧？」

「他們一直都這麼惡劣嗎？」

「虔誠的基督徒。」蕾拉嗅了嗅。「喂，妳有沒聞到香煙味？」

她們追蹤煙味到了屋側，發現托比靠著牆，張腿蹲在那裡，右手像夾飛鏢那樣夾著香煙。房子的這一側沒有窗戶，景觀也不開闊，只有一條狹長的草坪，還有一道高聳地分隔他們家和隔壁房子的木板圍籬。

---

13 語出《聖經－箴言》，He that is walking with wise persons will become wise，but he that is having dealings with the stupid ones will fare badly。與智慧者同行，就有智慧；同愚人來往，難免吃大虧。

托比看見她們時嚇一跳，接著露出愧色。

「逮──逮──逮到你了，」蕾拉說：「給我一根煙，托──托比。」

「不行。」

「我要告訴我爹，你車子裡有A書。」

「妳以爲他會相信？」

「我讓花娜告訴她。」蕾拉伸出一隻手。「不過，實際上她連A書是什麼都不知道，所以如果你逼我那麼做，你真的會下地獄。」

托比皺著眉頭，但還是把煙盒丟給她。「妳不該讓──讓她這樣利用妳。」他對花娜說。

花娜翻了個白眼，突然有了蕾拉式的無奈感。「別緊張，托比，不過是根香煙。」

「是啊。」蕾拉抽出一根煙，然後把煙盒還給托比。「不過，魔鬼就是這麼找上妳的。第一根煙，然後是草莓酒精飲料，過不了多久妳已經在公園裡，爲了賺錢買安非他命到處替人家口交了。對吧，托比？」

托比站了起來。「上帝還是愛妳的，蕾拉。只要妳願意，隨時都可以回到祂的懷抱。」他說著在靴底把香煙捻熄，小心翼翼將煙蒂捧在掌心然後走開。

「妳對他太兇了。」花娜說，語氣不怎麼篤定。

「他就愛這樣，讓他有機會覺得自己優越、聖潔得不得了。說到喜歡自覺優越又聖潔的人，安柏莉・柯斯塔和珍娜・萊蕭似乎認爲我對妳下了符咒，而且不是用我的超凡神力，而是用蠟燭和山羊血之類的東西。」

花娜忍不住想笑，但她說：「妳染頭髮的時候，可沒人說妳被下了符咒。」

「因爲我沒那個福氣，有個聲名狼藉的姊姊可當擋箭牌。查士丁尼常說，成於中、形於外。如果妳不認同某人的想法，就別仿效他的外貌。」蕾拉彈掉煙灰。「眞的很難形容那是多麼大的啓示，能夠不再當老爸佈道傳單裡的純潔小女孩。」

「所以妳才把頭髮剪短？」

「我把頭髮剪短是因爲卡莉那夥人放火燒了我的頭髮。」蕾拉苦笑。「她們說要我體會一下被地獄之火燒的感覺。」

花娜睜大眼睛。「怎麼沒聽妳說過？」

「說了又如何，讓老爸可以當著大堆攝影機展示我和我的火燒頭？」她略爲停頓。「剪短了倒好，把我生命的那部份剪掉。當然，是查士丁尼的主意。他果然說得沒錯，他總是對的。」語氣裡透著某種花娜不太熟悉的東西，一如她在禮拜聚會裡的那種無奈、淡淡的笑。「妳的事他也說對了。」

「什麼意思？」花娜問，和往常一樣，無法相信他竟然會想起她。有時她會把他送的手環舉到鼻子前嗅聞，一邊想著他。戀愛中的人才會做的事，可是花娜並沒有戀愛。和查士丁尼戀愛簡直是天方夜譚，就像和星星戀愛一樣——不是名演員或歌手的那種星星，是天上的星，就像北極星。蕾拉可以和他戀愛，憑著那種自信和酷酷的樣子，有時蕾拉也幾乎像是天仙。

「說妳活得很痛苦，」蕾拉說：「他喜歡妳，知道吧，克麗絲也是。」

「埃瑞克不喜歡。」花娜說，其實心中漲滿可可奶般的暖意，全然不同於剛才在屋裡的煩熱。

蕾拉大笑。「埃瑞克誰都不喜歡。有一次他和我聊開了，整個過程中他不斷告訴我，我這個人有多糟多爛，不是用開玩笑或虧人的口吻，他是認眞的。」

蕾拉的鎮定態度和她說出口的話很不相襯。「聽起來好嚇人。」花娜謹慎地說。

「才不，這很深奧的。有時候恨意可以像愛一樣親密。妳知道，埃瑞克的家很亂，他母親在他十歲那年因爲侵犯人身罪入獄。」

「我不知道。」

「妳怎麼會知道?他從來不談這些，也從來沒人想到要問。大家只看見他的光頭和靴子，就當他是蠢貨，而且也就那樣對待他。」她吸了口煙。「倒不是說他不是蠢貨，多數時候他的確是。」

「既然妳認爲他是——那爲什麼妳——」

「抱歉，我已經忘了什麼叫含蓄了，」蕾拉說：「妳的意思是說，既然我認爲他是蠢貨，爲什麼還和他上床?」

花娜點點頭，臉頰發熱。

「我那麼做的理由，和我跟克麗絲調情的理由是一樣的。」蕾拉看見花娜的表情，忍不住大笑。「妳還不曉得對吧?是眞的。說『上床』，我就告訴妳原因。好了，花娜，由妳自己作主。」

花娜猜得到蕾拉爲什麼要那麼做。因爲爸媽不會贊同。「我已經作了決定，我不說。」

蕾拉咧嘴一笑。「很公平。」她低頭看著香煙頭，笑容逐漸消失，就好像她在煙頭的橘紅色火光中發現她不喜歡的東西。過了會兒，她說：「要知道，小花，如果妳想把頭髮染回原來的顏色，沒問題的。」

花娜想像著她衣櫥裡的衣服，整齊有序得有如教堂長凳上排排坐的教區信徒：印花裙裝，顏色活潑的毛衣，漂亮的百褶裙，清爽的純棉上衣，就像草莓聖代上的糖花，色彩甜美又開朗。如果她讓蕾拉把她的頭髮染回來，明早她便可以做回一週前那個原來的花娜。不理會掛在吊衣桿中央那個深黑紫色的驚嘆號，捨棄靴子穿上好看的平底鞋，對母親微笑——因爲她家不是暴力充斥的家庭，她母親也沒坐牢——然後去上學……

不。「我喜歡我現在的頭髮，安柏莉和珍娜看不慣的話可以去跳河。大家都以爲妳怎麼說我就怎麼做。爲什麼？爲什麼他們老以爲我是沒腦袋沒主見的小笨蛋？」

蕾拉將大口煙霧吐入涼冽的夜氣，說：「因爲妳默認了。」

「好了，」週四杰瑞德說：「我想了一整個星期，猜妳染頭髮大概是有意模仿女巫師，尤其妳手腕上戴的那只手環——妳戴了對吧？」

花娜笑笑。「基督徒不能看漫畫嘛？」

「可以啊，可是《女巫師》。」杰瑞德極罕見地露出生動的表情。他甚至把遮住眼睛的頭髮撥開，以便能清楚點看她。「我是說，那可不是鬧著玩的。故事才進行五頁她就遭到了輪暴，緊接著她自殺然後下地獄——等等，妳整套書都看完了嗎？」

「我很喜歡，不過故事在他們離開釀酒廠之後就停了。」

「那只是第一卷，我很想把第二卷借給妳，可惜這本我剛好弄丟了。」

「沒關係，會有人借我的。」

杰瑞德專注對著畫紙片刻，然後，頭也沒抬，他說：「如果妳喜歡，明天我可以向我媽借車子，放學後我們或許可以到大賣場去買一本。」

杰瑞德和蕾拉同齡，可以開車。「眞的嗎？」

「我們甚至可以晚上才出去，比較方便。」她看不見他的臉。「也許看場電影什麼的，沒什麼大不了。」

「爲什麼？」話才出口，她突然明白了，他想約她出去。一手不由自主地捂住嘴巴，正是戴著查士丁尼送的手環的那隻手，它的氣味仍然那麼強烈。「我——我不知道。」

「很酷。」杰瑞德若無其事地說，語氣卻透著虛假。

「不——」她焦急地說。她從沒想過約會的事，父親絕不會准許的。「我不是這意思，我是說——」她深吸一口氣。「我是說，應該可以吧。」

他從頭髮縫隙偷瞄她一眼。「妳是說，妳想去？」

自己作主。「是的。」

「酷。」他又說，但這次雀躍許多，毫不虛假。「眞酷。」

「誰？留長髮的那個？」當晚，花娜說出約會的事之後，蕾拉說。接著她聳聳肩，用拇指在半空劃了個十字，說：「隨妳囉，孩子，盡管去跟人私通，只不過這下爸媽可要跳腳了。」

她們在蕾拉房裡，蕾拉坐在攤著微積分課本的書桌前，花娜坐地上。蕾拉下課後先去了查士丁尼家，花娜有點懷疑他們倆是不是吵架了，因爲蕾拉在那之後就一直心情不佳。氣呼呼的，臉色很臭，一回家就閃進房間，把這天她再度穿到學校的黑色安息日樂團T恤脫掉，換上一件她有好一陣子幾乎碰都沒碰過的舊運動衫。

花娜不安地挪動身體。「我們只是要去買一本漫畫書。」

「沒差，妳是女孩他是男孩。」她的音調陡降，模仿起父親的認眞語氣。「不行，孩子，你們會握手、懷孕然後染上AIDS然後下地獄。妳得做個好女孩，耐心等個十年二十年，到時我們會替妳找個打死都不會給妳高潮的信奉基督的好男孩。」她的語氣恢復正常，繼續說：「到時老媽會叫妳小蕩婦，老爸會說，『夠了，蜜雪兒！』然後他們會跑到妳房間，搜搜看有沒有保險套或自動槍。」

蕾拉的細節描述有些失眞，不過她抓到了重點。他們說什麼都不可能讓她赴約。在某種程度上，花娜明白這點，可是她盡量不去想。沮喪之餘，她說：「媽媽從不曾叫妳蕩婦。」

「沒錯，她沒有。就這點來說，她還眞是沒得挑剔的好父母。」蕾拉低頭看著筆記本。「要不是對微積分有幾分著迷，就不會想解開未知函數x了。妳喜歡他嗎？」

花娜點頭。

「妳覺得他可愛嘛？」

可愛？猶豫了片刻，她又點頭。

「他像不像那種會把妳揍到死然後強暴妳屍體的傢伙？」

花娜惱火地瞪姊姊一眼。「少亂說，蕾拉。」

蕾拉緊咬的嘴唇浮現淡淡的笑。「那就去吧，妳的生活必須由妳自己而不是別人來作主，不然的話妳大概會在二十歲和一個托比之流的蠢蛋結婚，然後當個一輩子在教堂唱頌歌、擦洗長凳、養一窩小孩的母豬。所以囉，去看電影吧，好好玩，爸媽那邊以後再說。」

花娜低頭注視自己裹著皮靴的腳踝。蕾拉房間的地毯需要吸一吸。「妳和查士丁尼的第一次約會做了些什麼？」

「我們沒約會。我到他家，然後就——那個了。」

花娜遲疑了一下，接著紅了臉。如果說有誰適合讓她問這類問題——老實說她能商量的對象少得可憐——可說非蕾拉莫屬了。「妳怎麼知道什麼時候要——嗯——」

「上床？」蕾拉忍著笑。「告訴妳一個小秘密，小花。性這東西並不像老爸說的那麼嚴重。性就是一個男的用他的陽具戳妳，沒什麼大不了。我每天早上都用棉花棒戳耳朵，包裝上說，爲了愛惜生命，請小心使用，千萬別整支插入耳孔，可是十七年來我從不曾把耳膜戳破。**性只是性，真正麻煩的是和它有關的種種一切**。」

「我是說真的，妳怎麼知道時候到了？」

蕾拉聳聳肩，說：「我不知道。只是到了某個節骨眼，不做的話感覺有點——小心眼，好像有古柯鹼癮頭的人怕安非他命會傷身。」蕾拉沉默片刻。「我是說，事情就那麼自然而然發生了。我認識他的第二天就爲他脫衣服了。」

花娜詫異地說：「爲什麼呢？」

「因爲我要他了解關於我的一切，毫無保留，毫不隱藏。」蕾拉低頭看著微積分作業，可是花娜覺得她是視而不見。她臉色不太好，不只是臉色蒼白：她太陽穴上的頭髮被汗水浸濕，拿著鉛筆的手微微顫抖。「有時候我感覺他好像無時無刻不在我身邊，就算我們相隔千萬哩，他仍然和我在一起，在我心裡。」

「蕾拉，」花娜說：「妳還好吧？」

蕾拉朝花娜的匆匆一瞥透著驚嚇和逃避的味道，但她點了點頭，笑著說：「別理我，小花，我只是心情不好。和狼男孩去看電影吧，好好玩。**妳知道，我從來不曾真的約會過**，妳一定要告訴我那是怎麼回事。」

無時無刻感覺有人陪著，再也不會孤單。「我寧可有妳那種感覺，不去約會。」

「要他買爆玉米花，」蕾拉說：「這傢伙應該買爆玉米花給妳。」

生物課，他們用牙籤刮臉頰內側，用甲基藍給細胞染色，然後放在顯微鏡下觀察。這實驗讓她背後的男生有更多時間可以搞鬼。「快點，花柳娜娜。」凱爾說。一身紅褐、白配色的棒球外套讓他看來格外英俊。一年前，要是有人拿杰瑞德、查士丁尼和凱爾三個人的照片給她看，問她最想和誰做朋友，她肯定會選擇凱爾。「讓我們看一下，只要瞄一下下，我們就不會再來煩妳。」

他們想知道她是不是也染了陰毛，已經糾纏了一整個星期，她連哭都不想哭了。她只希望他們能閉嘴，讓她專心觀察切片，做完實驗然後去上美術課。這天在卸貨碼頭上，查士丁尼伸手，用一根手指頂著她的十字架項鍊墜。「瞧妳，」他說：「和我們這些異端份子相處了這麼久，還是深信不疑。」他放下十字架，上頭殘留著他的手溫，不過也可能是她的想像。「妳很強悍，花娜，妳是鈦金屬。」

聽他這麼說讓花娜暗暗得意了一下，也不禁想著，沒錯，我是挺強悍的，不是嗎？儘管有時她會趁著沒人注意，把十字架藏到領子裡；儘管每次她這麼做時，總是立刻羞愧得默默向上帝道歉。更別提她一直避免告訴查士丁尼——和其他人——她和杰瑞德約會的事。我是很強悍，她想。

「拔幾根毛下來。」布雷說。她清楚聽見他轉身去徵求凱爾的同意。「我們要放到顯微鏡底下觀察，也許可以找出妳淫蕩的原因。」

嘉達先生在教室後面沒聽見。花娜把眼睛緊貼著顯微鏡的目鏡，緊得眼窩發疼。等會兒她得去補個妝。**我是鈦金屬**。

「對了，」凱爾說：「基督說要我射在妳奶子上。」

怒火在她胸中竄起，熾熱有如鮮血。她嘩地轉身，瞪著他。他爽朗笑著。

「妳喜歡嗎？」他說：「喜不喜歡奶子上有熱呼呼的東西？」這時下課鈴響，花娜站了起來。她從眼角瞥見凱爾實驗桌上一瓶打開的甲基藍，在她還沒會意過來之前，她的手已經伸出，抓起瓶子然後往他那張得意洋洋的漂亮臉龐丟過去。她沒丟準，瓶子落在他的棒球外套前襟，就在他名字的花體字縮寫字母的下方。藍色染劑濺得到處都是：凱爾的實驗報告上，他臉上，他打開的筆記本上，連布雷・阿拿斯特羅都被殃及，突然一手遮住眼睛，尖叫起來。凱爾兩手一揮，彷彿這麼做就能把染劑擋開。他滿臉滿身看來像是剛挨了一槍，只不過身上流的血是藍色而不是紅色。花娜眼睜睜看著藍色染劑在他光滑的皮革長袖上凝成水珠，滲入前襟的白色刺繡裡。

他臉上充滿震驚。除了震驚，還有憤怒。這時嘉達先生在教室後方說：「啊噢！」

很好，花娜心想，你總算注意到我了。

凱爾注視著她，然後用難以置信的聲音說：「婊子。」

花娜捏緊拳頭，緊綳的手腕肌腱抵著查士丁尼送她的手環。「我不是故意的。」

「才怪！」布雷說，還在揉著眼睛，凱爾的表情則越見凶狠。

「走著瞧。」他低聲說，聲音小得嘉達先生沒法聽見。「一定要妳悔不當初。」

她才不在乎。她很強悍，她是鈦金屬。到美術教室途中，她感覺心臟就要從胸口迸出來。參加教堂夏令營時，他們曾提到探索自身內在的聖靈。花娜很想感受，當時也認爲自己感受到了。但這時她知道自己錯了。這感覺就像是：一股不知從哪來的力量有如一把火竄過你體內、全身血管和靈魂。她多麼想要手舞足蹈，發出一陣又一陣欣喜的呼喊。然而她只是往前走，腰桿挺直，胸中漲滿狂喜。

她告訴雙親她打算和那位虛構（但越來越管用）的朋友布麗塔妮一起去看電影，一部她從報上看來的叫做《初吻》的片子，因爲這片名聽來很無害。杰瑞德和花娜實際上去看的電影叫《烈焰》，杰瑞德說那是漫畫小說改編的。花娜心想這電影實在非常暴力血腥。可是每次有人被斬首、刺殺或焚燒，杰瑞德就大笑。

「我有嗎？」電影結束後，他詫異地問。

花娜點頭。「幾乎每次。」

「我沒注意，也許是嚇一跳的反應吧，不然就是特效做得太差，我常愛嘲笑糟糕的特效。」他把雙手插進運動衫的袋鼠口袋。「我眞該先問妳喜不喜歡暴力電影再買票的，妳有一半時間蒙著眼睛。」他一副難過又自責的模樣，花娜不忍地伸手輕拍他的肩膀。

「我很喜歡，」她說：「太血腥的部份就不說了，但是我喜歡它的故事。」

他咧著嘴笑。「他們上了卡車然後突然起火那時候，太厲害了。」他說。他們走出電影院時，他牽著她的手。

他帶她到書店的漫畫小說區。她發現他對漫畫書懂得很多。「要是妳喜歡女巫師，」他拿了本封面光滑的平裝書，說：「一定也喜歡這本。」這話他說了一次又一次，直到花娜面前的書堆到腳踝高。他臉泛紅光，專注的程度是她在學校極少見到的，有一次他甚至把臉上的頭髮撥開，而不是拉到前面。她這才發現他有一邊眉毛穿了孔。花娜覺得奇怪：爲什麼要做別人不會注意的穿孔？她問他是不是想當漫畫家，他說才不，他想當電玩設計師。「既然可以做成活的，幹嘛做靜態的？」他說。他的手指甲很短很乾淨，手錶的錶盤裂了。他穿著綠色帆布鞋，身上帶點思高膠帶的味道，相當好聞，讓花娜想起聖誕節。

這時才九點，花娜可以等到十點再回家，於是他們回到他家。她見了他母親和她男友，他們非常堅持直呼彼此的名字來增加親密感，以致十分鐘後花娜只記得他們是「叫我基斯」和「叫我卡門」。「叫我卡門」是金髮，戴著好幾串項鍊，包括和平盾章、埃及十字架和——出乎花娜意料——十字架。「叫我基斯」的T恤印著「解放我吧，不想活得庸庸碌碌」，杰瑞德和花娜才剛進門，他就開始盤問杰瑞德電影的事：電影有沒有保留漫畫書裡關於超級病毒的次要情節，那個同性戀惡棍是否仍然是同性戀，還有那個演凱伊的女人，她到底會不會演，因爲他在網路上看過預告片，根本演得不像，況且凱伊什麼時候變成紅髮女了。

「男生都是電腦癡，對吧？」「叫我卡門」笑著說，她的牙齒染了咖啡垢。花娜的爸媽總是把牙齒照顧得潔白無瑕，他們可是在牙醫那兒花了大把鈔票的。

「好像是。」花娜說。

「杰瑞德告訴我說妳是基督徒。眞是有意思，基督的一生，而這年頭，在妳這年紀就成爲基督徒，也是件很有意思的事。宗教已經被政治化了，妳不覺得？」卡門搖搖頭。「太多道德性的立法，讓人懷疑到底有多少是政客的操作，有多少是民眾眞正的意志，不是嗎？」

杰瑞德打斷她。「饒了她吧，媽，花娜只是來玩電視遊樂器的。走吧，」他對花娜說：「我們到樓下去。」他領著她通過廚房——飄散著豆子和大蒜的味道——到了地下室。這裡頭有一張沙發、一台電視機和看來像是四種不同電玩系統的遊樂器。牆上掛滿裝框的電影海報，這兒甚至有一台彈珠遊戲機，不過已經故障的樣子。這裡的燈光一閃一閃的。

「抱歉。我媽老喜歡當自己是宗教學徒，所以才戴那麼多項鍊。」角落裡蹲著台小冰箱，杰瑞德拿出兩瓶汽水——都是紅色的——把一瓶遞給她。「等等，我找一下開瓶器。」

他在櫃子裡摸索時，花娜說：「她說的『道德性立法』，那是什麼意思？」

「妳也知道——哪，好了。」他替她打開瓶蓋，蓋子嘶一聲然後啵地迸開。「就同性戀婚姻合法化、墮胎權益之類的。妳介不介意我把妳是基督徒的事告訴她？」

「只要她別因此討厭我就好。」

「我比較擔心她拿這事來煩妳。」

「你在意嗎？」

「在意她煩妳？是啊，我在意。」

「不，」花娜說：「我是指我是基督徒這件事。」

杰瑞德往沙發一倒，抓起遙控器。「妳在說笑？基斯篤信泛靈論、薩滿教那類的東西，而我媽的宗教口味每天都在改變。要不是我這人忍耐力很夠，恐怕早就瘋了。」他啜了口汽水，花娜也跟著做。是有機汽水，標籤上印了許多怪異的文字。**自在暢飲！**上頭寫著。「妳在意我不是基督徒嗎？」

她在他身邊坐下。「這個嘛，《聖經》上說人不該和一個無信仰的人同車。」

「我們絕不會拉同一輛車的。」他說。

他教她玩一種電玩遊戲，不是暴力的那種，是賽跑，有松鼠和長著可愛小耳朵的海狸。花娜不太會玩。她對彈珠機比較行。她聽見卡門和基斯在樓上走動，在廚房裡談話，沖馬桶。根據老爸的佈道講義，保住童貞的第三條守則就是**拒絕誘惑**。別和任何異性獨處，別在昏暗燈光下一起看電影或摟摟抱抱，或者聽輕音樂。這些都是世俗中相當於夏娃在智慧樹下觸犯的禁忌。想交朋友盡量成群結隊，公開，並且在光線明亮、有長者陪伴的地方。

當杰瑞德在彈珠機旁邊親吻花娜，他嘴裡的味道就像她的汽水：甜美濕潤，帶著讓她牙齒和舌頭陣陣刺痲的清爽小氣泡。當他拉著她倒向沙發，她只想著這下她到底違反了多少規則。他兩手環抱著她，她可以感覺他在她皮膚上吐氣，聞到他身上的香皀味。他的舌頭試探地伸入她嘴裡。**妳很強悍，妳是鈦金屬**。只有上帝是絕對正確的，可是查士丁尼的話通常沒錯，就連蕾拉也這麼說。杰瑞德的一隻手探入她的凱蒂貓骷髏頭T恤底下，這是她要的嗎？她眞喜歡這樣？她也不知道。她沒辦法思考。感覺就像她腦子中央有個洞，她的父親和查士丁尼，母親和托比和蕾拉，還有參加禮拜聚會、教堂夏令營、禁閉活動（lock-in）和解禁後的每個臉孔，還有凱爾・杜布勞斯基，全都像浴缸裡的水繞著排水孔那樣繞著這個洞打轉。杰瑞德變換姿勢貼著她，她感覺有個奇怪的硬物抵住她的大腿。他身上有股聖誕節的味道。她很想叫他停止，卻開不了口。她不該落到必須叫他停止的地步。她根本就不該在這兒。

他又挪動身體，更加執拗地貼著她。因爲他喜歡她，選擇了她，在全校的女孩當中獨獨看中她。他很有才華，沒因爲她畫了天使翅膀而當她是瘋子。她不想讓他覺得自己看錯了人，因此她沒說話也沒反抗，只默默回應著他的吻，過了會兒他抽身，注視著她。他的嘴唇由於沾了他們共同的唾液而濕濡著，太陽穴也汗濕了。

「妳知不知道妳很冷靜，冷靜得好怪異。」他說。她清楚感覺胸腔裡的心扭成一團。

他送她回家。蕾拉不在，爸已經上床，母親坐在餐桌旁玩拼圖。花娜從圖案的前面部份認出那是基督《山上寶訓》拼圖。某年夏天她把《馬太福音》第五、六、七章背熟了，當然也包括整篇寶訓。爸說那是整部《聖經》中最重要的三個篇章。

你們是地上的鹽，鹽若失了味，該如何叫它再鹹？沒了絲毫用處，只好丟棄，任人踩踏。

「太好了，」母親說：「妳眼睛比較犀利，快過來替我看一下，花娜，我已經眼花了。」她搜索著桌上的零散拼圖片。「妳有沒有看見一片四分之三的羔羊頭圖案？我正在找四分之三的羔羊頭。」

「在這裡。」花娜說，把拼圖片遞給她。

# FIVE · 5

週二早上凱洛在門口發現字條，一張用墨水暈染的原子筆潦草寫下的筆記本紙張，用黏有毛髮的思高膠帶貼在門上。黏在膠帶內側的毛髮有三吋長，相當粗硬，一端黑色，另一端灰色。是狗毛。凱洛常聽見那隻狗吠叫，牠的飼主就住在隔壁。他們得輪班工作，凱洛猜想那可憐的東西一定經常挨餓，叫聲那麼悽慘，有時甚至把她吵醒。大熱天裡，狗屎的薰人惡臭常越過兩家院子之間的高聳木圍籬飄過來。去年夏天她有幾次想在院子裡做日光浴，卻被不知是眞的還是她想像的蒼蠅嗡嗡聲弄得渾身發癢。

請勿將車子停在我家（邊界街149號）門口，該處乃我們的法定財產，必要時我們將報警處理。

凱洛不喜歡鄰居，因爲鄰居只會製造麻煩。頂著大太陽站在門廊上，她瞇眼看著隔鄰的房子。一隻木頭鴨──繫著飽受風吹雨淋的髒領結──歪斜地掛在大門的鐵釘上，也許原本是爲了歡喜迎賓，結果看來既廉價又悲慘。接著她看著那輛派崔克說幾乎已不能開的越界的車子。它的確是停在邊界街一四九號房子的門口。庫希馬諾家是一五一號。邊界街實在是差勁的街名。住宅區的街道應該取個詩意、欣喜的名字，例如晨露車道或者扶桑大道。在匹洛斯維爾鎮，凱洛和母親瑪歌曾經在珍妮巷住了幾個月，這路名聽來就像那種人們提著花籃悠閒地漫步，不時即興高歌一曲的地方。並非眞有人那麼做，只是聽起來就像那樣。另一方面，邊界街聽起來就像某個深夜城市規劃會議的產物：所有人都累得不想動腦了。相當貼切，就像這條街給人的感覺：污穢潮濕又破舊，自暴自棄又沒人理。枯葉和垃圾堵塞了排水溝，許多水窪深得可以讓這兒的居民在裡頭替他們乏人照料的髒狗洗澡。不過話說回來，既然可以爲了有車停在你根本用不到的地方去騷擾鄰居，一旦社區環境改善了又如何？

進了屋內，邁可正在清洗早餐的碗盤，派崔克坐在餐桌旁，鬱悶地注視著一罐櫻桃可樂。至少在她看來是這樣。這陣子，只要她不正眼看他，他們之間就平靜無事。「猜猜人家送什麼來了。」她對邁可說，把紙條遞給他。

正努力刷洗著黏在鍋子上的炒蛋，他停下雙手，唸紙條時幾乎沒動嘴唇。接著眉頭一皺。「混蛋。」

「怎麼了？」派崔克問。凱洛默默把紙條傳給他。他眼睛下方出現浮腫的眼袋。前天他很晚才回家，她可以猜到他和誰在一起。他迅速瞄了眼字條，聳聳肩。「讓他們把車拖走好了，反正我也不想要了。」

「我們可以把車放在車庫。」凱洛說。

邁可的眉頭鎖得更緊。「車庫已經滿了。」

的確，凱洛搬進來那天就幫忙他把車庫裝滿了，兩人將老先生的私人物品胡亂打包成好幾箱，就堆置在車庫門後。也沒花多少時間或心神。約翰・庫希馬諾房間的味道很難聞，凱洛拿高級地毯除臭劑噴了半天才消除。處理完時，夏日莓果芳香劑的強烈氣味嗆得人眼睛飆淚，可是她寧可這樣也不想忍受發酸啤酒和嘔吐物的臭味。

當時她說，爲什麼我們不住你的房間就好？可是邁可不知爲何堅持要搬進大房間。至於他的房間依然保持原狀，窗戶用一條毛毯遮住，衣櫥的門鉸鏈都脫落了，現在只用來堆放他們用不到的雜物。

「等你們決定了再告訴我吧，」她說：「要我幫忙說一聲。」說著便上樓，準備去上班。她一直很不喜歡涉入和他們父親有關的事務，甚至早在她和派崔克之間犯下出軌大錯之前就如此。清官難斷家務事。家就像大海，誰也不知道那底下，在你看不見的地方，藏著什麼。

凱洛車子的電瓶故障了。她一直很想換個新的，但家裡永遠有別的急用需要這一百塊錢。這天早上，她轉動車鑰匙——發動不了。邁可開車送她去上班途中，他說：「也許我們合開一輛車就好，比較省錢。」

「好主意，可是當你輪值換班，而我剛好在你值班的時候下班，就有問題了。」

「可以讓妲西載妳，或者派崔克。」

是啊，凱洛避之唯恐不及的正是和派崔克在車子裡獨處，看著他在紅燈前停車然後轉頭對著她，就像邁可這時所做的。兩人都有漂亮的眼睫毛，他們兄弟倆，只是邁可的眼睛是褐色，派崔克是暖栗棕色。

「不知道你注意到沒，這陣子派崔克很少開車。」

「他的車壞了。」

「他是這麼說的。」她的口氣帶著一絲尖刻，出乎她自己意料——最近常有的事——她趕緊望著窗外，低頭看著側線道一輛等候中的車子。邁可的貨車底盤很高，她只看見駕駛人的臂膀，穿著印花人造絲裙的大腿部，和一根輕敲方向盤、指甲修剪整齊的手指。

「妳覺得他在撒謊？」

她回頭。「他從沒向我借車。他向你借過車嗎？」

當然沒有。邁可摘下他的鋼鐵人橄欖球隊帽子，兩手順了順濃密的紅棕色頭髮（派崔克的頭髮是咖啡色，黑咖啡），結果頭髮豎了起來，他又把帽子扣回頭上。「這陣子他變得很古怪。自從辭掉倉庫的工作，他就一直陰陽怪氣的。」綠燈亮了，邁可嘆口氣。「所以妳打算怎麼做，停掉車子的貸款？」

「我的汽車貸款已經付清了。真要放棄一輛車，也應該是你這台耗油又笨重的大屌怪獸才對。」

「我喜歡妳講髒話。」車子在餐廳前停下。他湊過去親她，她聽見他深吸一口氣。「也喜歡妳身上的味道。」

「好好珍惜吧，下次你再看見我，我已經渾身臭油煙味了。」

他笑笑。「夠騷。」他說著又親她，然後她下車。

進了餐廳，妲西說：「我的天啊，這傢伙開車送妳來上班，和妳親吻道別，甚至還等妳安全進門了才離開。他該不會有兄弟吧。」

凱洛抓起吧台後方的圍裙。「他有兄弟。」

妲西面露喜色。「真的？結婚了嗎？帥不帥？」

靠窗口的桌位上有一組餐具和餐巾，凱洛坐下來，開始捲餐巾：刀子、餐叉，用餐巾捲起，翻過來，塞好。「是啊，他單身。」

「可是不帥。」

折刀叉套的技巧是她在俄亥俄州哥倫布市一家漢堡酒吧學的，那也是她待過的第一家使用布餐巾的餐廳。她和那裡的酒保約會，因此得到了工作，可是沒過多久他就爲了店裡的一個女服務生把她甩了。之後不久她離開哥倫布市。接著在雅典市、贊斯維爾市或西維吉尼亞區惠靈市發生的故事也都大同小異。一城鎮，一男友。如今在賓州雷契斯柏格鎮，一個在她開車下收費公路之前聽都沒聽過的地方。「他算是帥的，可是他的生活一團糟。」

妲西大笑。「誰不是呢？有機會把他帶來吧，我請他喝酒。」

「再說吧。」凱洛很喜歡妲西，她的外表略顯疲態，可是人相當聰明，思慮周密。總的來說，比起那種愁慘抑鬱的危險青少女，凱洛寧可派崔克和她上床。一疊刀叉袋在她面前逐漸增高，她的雙手靈巧得像是屬於別人的。刀、叉、折疊、翻過來、塞好。

當晚餐廳情況不算太壞。有個老頭子——噴了太多古龍水、手上戴著超大縞瑪瑙戒指的闊佬——點菜時伸手環住她的腰，離開時還彷彿當她是匹馬，準備放她去吃草那樣拍拍她的臀部。凱洛咬牙忍住了。還有七號桌的賤人——她腳上那雙皮鞋的價格恐怕超過凱洛一星期賺的薪水——說她要點「大比目魚，而且我一嚐就知道是不是眞貨，所以別想拿劣等的普通比目魚來矇我，只要用純奶油稍微燒烤一下，加點海鹽，不要精鹽，灑一點點就好。」這女人以爲這是哪裡，曼哈頓上東區？但凱洛還是接下她的點餐，然後告訴廚房裡的蓋利，又有人點了一份超難搞鮮魚高級特餐。

他做了個不屑的手勢。「眞該把它列入菜單，簡直跟薄煎餅一樣熱賣。」

「眞把它放進菜單，一定沒人會點。」凱洛說。事實上這道菜連七號桌的肥婆都不愛吃，一片昂貴得不得了的鮮美大比目魚，被戳弄了個把鐘頭，然後丟進垃圾筒。抱歉了，魚兒，你白白犧牲了。

上班時間過了一半，凱洛在收銀台遇見妲西。「邁可的弟弟幾歲？」妲西問。

「二六。」

「年輕又清純，男人最棒的年紀。」

凱洛努力回想四號桌點了什麼飲料。兩杯健怡可樂和一杯蘭姆可樂？還是兩杯蘭姆可樂和一杯健怡？

「他有份爛工作，一輛不能開的車子，每天換穿不一樣的齊柏林飛船T恤。」

「他喜歡齊柏林飛船？」妲西彷彿受了天啓般睜大眼睛。「我最愛齊柏林了！」

哇，那你們湊成一對算了，凱洛差點開口說，但忍住。到底是兩杯蘭姆還是兩杯健怡？

「他叫什麼名字？」

是兩杯健怡和一杯蘭姆。因爲蘭姆可樂是在野外派對喝的那類飲料，不太適合中檔魚餐廳。「派崔克，」她說：「我得去交代一下菜單。」

餐廳前方，吧台旁邊，有兩只水族箱：一只裝飾用，魚群有如色彩鮮豔的派對小道具，在清澈清涼的水中快活游著；還有一只龍蝦水箱。在後面那只水箱裡，棕色的龍蝦像是被丟棄的舊鞋疊成一堆。凱洛對龍蝦不太了解。牠們在大自然裡也會像那樣疊在一起？會不會是一種壓力反應？那些龍蝦是不是放棄希望了？因爲在她看來似乎如此。彷彿牠們已經沒了指望，知道這個陰暗的囚牢是牠們的終點站，甚至提不起勁來揮舞一下鉗爪，只像垂死的戰士那樣在戰場上緩緩拖著身體。基本上，餐廳的客人可以任選一隻龍蝦當晚餐。凱洛寧可吃鄰居後院的狗屎，也不想吃那些可悲、病懨懨的東西。可是大家就是愛點這道自選龍蝦，看著她用耙子把那可憐的東西撈上來並且抓住牠濕黏的外殼，然後一邊退縮一邊大笑，看她把龍蝦帶到廚房去讓蓋利宰殺。他們飽啖賭場蛤蠣和麵包，而在後面廚房裡，他們的晚餐正奄奄一息。會被這種用餐方式吸引的人，無疑地也是喜歡拿這種事開殘酷玩笑的那類人，替他們的龍蝦取名字，還說著風涼話。

「不痛的。」好像他們被宰過似的。

今晚點龍蝦的是一群新娘姊妹團，她們嬉笑尖叫著，觀看凱洛在水箱邊追著她們選中的受害者跑，在她拿著牠——高高抓著，唯恐碰到身體，牠則無奈地拼命扭動揮舞著腳爪——經過她們時又是一陣驚叫。那個點菜的傻瓜甚至不知道該怎麼吃龍蝦。她們賴著不走，佔著桌位將近三小時，這也沒什麼，因爲這天是週二。不過話說回來，誰會把新娘姊妹團派對訂在週二？當她們總算離開，大部份龍蝦肉都還留在甲殼裡。那位準新娘——聲稱她覺得吃龍蝦的程序無聊又麻煩——另外點了兩份甜點。凱洛幾乎已經習慣把整盤食物掃進垃圾筒——例如七號桌那位淺嚐大比目魚的女人的剩菜——可眼睜睜看著生物死掉讓人更加難受，原本活生生的，轉眼間就被宰殺然後丟棄。

低頭看著垃圾筒裡的半帶殼龍蝦，突來的一陣感傷直擊她內心最深處，一個她原本以爲絕不可能受傷害的地方。有那麼一瞬間，她呆住了。有那麼一瞬間，她差點落淚。可是她沒有。這種自選龍蝦的晚餐非常昂貴，那位喝醉的準新娘給小費也很大方。妳只想混口飯吃，就這麼簡單。

剛過十一點邁可開車來接她。當他們走進家門，電視機關著，派崔克已經出門上班去了。反常的寧靜讓她想起她在這個家醒來的第一個清晨，在其他人睡醒之前站在廚房裡準備早餐，光著腳，長滿雜草的後院瀰漫著霧氣，屋內滿是法式吐司和培根的香氣，一杯熱咖啡溫暖她的手。前一晚她才剛認識邁可，至於派崔克則是連見都還沒見過，她只注意到有件外套披在一張餐椅的椅背上，心裡猜想這位弟弟是什麼樣的人。當時這屋子感覺那麼平和，有如聖殿，更別提它的舒適，比她的車子後座椅勝過千百倍——她來到雷鎮之後的兩星期都是在車子裡醒來的——如今她知道那感覺純屬偶然。這房子幾乎不曾那麼平靜過。幾乎不曾這麼平靜過。

當她這麼想著時，邁可已經進了廚房，將客廳扶手椅旁邊那只紅色手提冰桶裝滿啤酒。她聽見冰塊窸窣作響，和啤酒罐輕微的噹啷碰撞聲。凱洛討厭那只冰桶：它那難以清洗的粗糙表面（凱洛試過了），在它側面用奇異筆寫的老先生的名字，還有每當邁可抱著大袋冰塊和一整箱啤酒進門，這時她就知道他們又要窩在家裡，不出門了。她搬進來之後，邁可曾經寫信給他父親，雖說只有一次：**她名叫卡蘿琳，可是她的小名是凱洛而不是卡蘿，你會喜歡她的，因為她人真的很好，而且很會做墨西哥辣醬**——不過派崔克沒寫，凱洛猜得出爲什麼：石膏板牆面磨得油亮的老舊修補痕跡，老先生房間還沒清理前的氣味，還有邁可和派崔克從不曾搬出去另謀生活，卻像那些垂死的龍蝦交疊在一塊兒的事實。她不必親眼見到約翰・庫希馬諾就知道她肯定不喜歡他，只要那只冰箱繼續端坐在扶手椅旁，持續不斷地滲出一股絕望的涓流，這裡永遠都擺脫不了他。

前不久，有一次她問邁可他們是否擺脫得了他，還極盡委婉地解釋，他父親的生活習慣不見得都是好的，可是邁可面無表情。「把冰桶丟掉？」他說：「這麼一來，每次我們想喝啤酒就得走到廚房去拿了。」

凱洛——有個得妄想型精神分裂症的母親，她在那個女人的恐懼浸濡下成長，一如邁可與他的父親；直到現在都還會被門鉸鏈的吱嘎聲嚇到，而且改不掉每次拿開罐器或轉動門把之前都要拉長袖子將手包住的習慣（「妳爲什麼那樣？」有一晚派崔克問她，那是在他們之間犯了出軌大錯，兩人仍然是朋友關係之前的事。「怎樣？」她說，然後，他相當識相地說：「沒事。」）——也沒費心對邁可說，有很多事情比走十呎的路去拿啤酒可怕多了。例如在別人的陳年醬缸裡浸泡一輩子。邁可強壯英俊，讓她很有安全感，可是他關心的不是這類事情。派崔克或許會了解，可是凱洛覺得派崔克生來就註定是悲劇人物，就算他心裡明白那只冰桶是醬缸，也不會把它扔掉。

她沖了澡，把這一天刷掉。當她走出浴室，樓下的電視機打開了，傳來陣陣歡呼和搖滾樂的聲音，顯然是運動競賽的高潮。她穿上T恤和運動套裝，下了樓。

「嗨，美女。正在等海盜隊得分呢。」邁可說。他根本不看棒球，他只是不希望匹茲堡代表隊輸球。在他旁邊，冰塊和銀色啤酒罐在冰桶裡閃閃發亮。「要喝啤酒嘛？」

她搖頭。「妲西要我替她安排和派崔克認識。」

「那個開大車的女孩？」邁可緊盯螢幕，看著下方的新聞跑馬燈。

「她還在唸高中，還是小朋友，他不該和小孩子約會。」

「約會？」邁可大笑。「怎麼，妳認爲他帶她去看電影？到美食園吃自助餐？」

「我不在乎他們做了什麼。一個二十六歲的男人就是不該和十七歲女孩牽扯不清。」她聽見自己聲音裡的火氣，提醒自己冷靜。「至少妲西是成人。」

他伸手環住她的肩膀，讓她躺在他大腿上。「別替派崔克擔心。萬一那女孩害他坐牢，那也是他自找的。誰知道呢？說不定她對他有好處，就像妳對我一樣。」他用鼻子磨蹭著她的下巴，他臉上的油脂讓他的皮膚滑溜溜的，鬍渣的刺癢感很溫柔。「妳解救了我。」

「我唯一解救的是你那堆髒衣服。」凱洛說，平靜許多。

他這麼說眞的很窩心，正是最能打動她的話。凱洛很渴望被需要。連她都覺得無聊、老套又肉麻得不得了，可是她少不了它，就像她少不了兩隻胳膊。當晚，她和邁可最後就在起居室裡做起來。她眞希望他先刮刮鬍子。他的細柔鬍渣貼上她臉的感覺就像鯊魚皮，她不禁擔心派崔克隨時會走進家門，儘管她知道他要到天亮才下班。當邁可在她耳邊的呼吸變得急促，她閉上眼睛。有那麼一瞬間——就那麼一下子——她放任自己回想起一個灑滿銀色月光的房間，那個發生出軌大錯的晚上。派崔克的頭髮比較柔軟，體毛也沒那麼多。他的吻味道不太一樣，他的雙手——

凱洛甩掉那些念頭。畢竟，第一次總是最美的。

次晨，邁可跳上凱洛的車去上班，好讓派崔克可以開他的車把車庫裡的垃圾清運出去。凱洛搭姐西的便車到餐廳值午休輪班，結果半個客人都沒有，只有一個女人進來填寫應徵履歷表。兩點鐘凱洛正在擦拭酒瓶上的灰塵，邁可進來，一身髒牛仔褲和舊T恤在餐廳的潔白桌巾和鮮花中顯得極不搭調。原來這天倉庫也沒什麼事，因此老闆讓他提早下班了。這時蓋利剛好到前面來查看訂位表，他要凱洛乾脆也回家算了。「我需要加班費。」她說。蓋利說：「我也很樂意給妳，可是錢又不長在樹上。明兒見。」

「那傢伙真混蛋。」兩人上車後，邁可說。

「其實他人很好。」她剛開始到蓋利餐廳上班那陣子，有天晚上打烊後只剩他們兩個。夏日夜空綴滿閃亮的星子，兩人喝了幾杯酒。當時她還沒遇見邁可，有那麼片刻——或許就那麼一下子——她凝視蓋利的時間稍微長了點，心想他人那麼好而她又很寂寞。他的年紀足足有她的兩倍，可是那不重要，年紀從來就不是問題。他察覺她的眼神，苦笑一下然後說：「凱洛，妳很漂亮，不過我絕不會和一個優秀女服務生上床，就像我不會用鑰匙把自己的車刮花掉。」有那麼一瞬間，他的拒絕讓她心裡痛了一下，可是那痛感旋即膨脹成類似自豪的東西。她是優秀的服務生。當時是。

邁可從酒吧打電話給派崔克，問他要不要他們順便替他帶份起司漢堡回去。和所有人一樣，邁可也有手機，但是每分每秒都是錢。起司漢堡也得花錢，還有汽油、有線電視、水費、污水處理、垃圾清運、電費和啤酒。有時她會愧疚地想，她應該逼他們把有線電視停掉，但事實上連她自己也不想停。有時候，在漫長的輪班工作結束後，她只想窩在一個地方，聽人家告訴她座頭鯨、黑洞的故事或者河馬的生態，讓她感覺除了蠢人類和他們的大堆蠢麻煩之外還有另一個世界。因此她讓邁可買漢堡和啤酒，同時保有她的有線電視。反正買速食比自己下廚還省錢。

回到家，派崔克正在車庫裡等他們。他已經清出不少東西，好幾只裝滿垃圾的黑色塑膠袋堆在貨車車尾，活像他愛看的電影裡那些滿身黏液的外星怪獸下的巨蛋，凱洛大老遠就聞到一股臭味。「太好了。」他們坐在擋土牆上吃漢堡，邁可說，很感動的樣子。

「還好啦。」派崔克的臉紅通通的，頸背的長髮又濕又黏。他似乎十分焦慮不安，像個努力裝正經的小慣竊：伸伸懶腰，兩手扒著頭髮，將手指關節扳得喀喀作響，不肯正眼看她。

「喂，派崔克，」她態度溫和地說：「你脖子上有口紅印呢，小子。」的確有：兩抹新月形的粉紅印子，就像廉價問候卡片上的吻印。「我們竟然以為你一直認眞在清理垃圾。」

她很得意自己淘氣開朗的語氣。邁可大笑。派崔克伸手摸著吻痕——他非常清楚它的位置——迅速把它搓掉，臉漲得更紅了。「我沒邀她，」他含糊地說：「她自己跑來的。」

「我想也是。」邁可說。

「是啊，眞好玩，眞有意思。」派崔克又揉著那印子，這時只剩一抹淡淡的粉紅了。「我拚死拼活把這完成了。晚上我還得値班八小時，可是我沒睡，整天都在清理老爸的垃圾。」

凱洛依然用嬉戲的語氣說：「不是整天吧？」

她為什麼說這些？為什麼？派崔克瞪著她，眼神含著某種微妙的東西。所幸，他沒聲張。「知道嗎？」他只說：「你們眞是混蛋！我要去補眠了。」他說著走回屋內，順手砰地把門帶上。

「他怎麼了？」邁可說。

凱洛聳聳肩。「我想那女孩果然對他很有幫助。我們要不要把這些東西整理一下？」

邁可說好啊。事實擺在眼前，他根本無意把他父親的東西丟掉。他只想摸摸看看，閒話當年，一件都不想丟棄。他拿起一包還剩一半的陳年口香糖，搖頭說：「老爸最愛嚼青箭薄荷口香糖了。」或者看著一件一九八九年卡車司機工會野餐會T恤說：「我老爸天天都穿這件衣服。」當他們翻出他老爸的色情收藏，一堆破舊的八零年代《好色客》、《花花公子》雜誌──裡頭滿滿的全是頭髮蓬鬆、畫著藍色眼影女郎的柔焦照片──凱洛終於受夠了。當邁可大笑著說：「以前我們常溜進他的衣櫃去偷看呢，精彩得很──」她丟下一疊她正翻看著的水電費帳單，說：「不，一點都不精采，這些東西都二十年了，而且起碼有三個男人曾經在上面打手槍，把它們丟了吧。」

「別緊張。」他翻到讀者欄，唸出聲來。「親愛的萬事通夫人，我的新男友讓我高潮連連……」

這時，一輛車在隔壁邊界街一四九號門口停下，引擎關閉，一個大臀部女人下車，抱著兩只沃爾瑪百貨塑膠購物袋和一大袋狗糧。當初規劃邊界街時，空間並未被列入優先考量，兩條凹陷車道之間只隔著一小片被夏日烈陽曬得枯黃的草皮。因此女人的距離近得凱洛可以看見她的護士服上衣的印花卡通狗，狗的兩隻小爪掌各舉著一大串五彩氣球。她肯定也聽見了邁可在唸什麼。

邁可沒注意她，或者注意到了但是不在乎。他繼續往下唸。女人停下，似乎聆聽著，接著臉色發紫。

「邁可，」凱洛說：「小聲點，寶貝。」

「精采的部份來了。」邁可說，可是凱洛受夠了。先是派崔克和他的情人口紅印，這會兒又來一個穿著氣球小狗上衣的臭婆娘——**少煩我**，她眞想大喊，**走開，別盯著我**。她伸手抓過邁可手上的雜誌，把它塞進垃圾袋。

他睜大眼睛。「怎麼了？」

「轉身看啊，白癡。」

邁可回頭，正好看見女人印著氣球小狗的背部消失在大門口。「噢。」他將手伸進垃圾袋，把雜誌又挖出來。「管他呢，那些人才是白癡。」

她努力表現出耐心和冷靜，可是周遭的空氣有如芥末瓦斯讓她肺部灼熱。「是啊，也許吧，不過對那些已經對我們很不諒解的鄰居，犯不著公開和他們對抗吧？」

「誰在乎啊？」邁可說，不帶絲毫怒氣或敵意，而是眞的感到困惑。可是凱洛在乎，她眞的在乎，因爲她曾經和母親瑪歌住在一起，而邁可沒有。瑪歌有時會在半夜把女兒叫醒，要她幫忙把一些鼓脹的塑膠袋綁在樹枝上，所有的樹，她們家的，還有左鄰右舍的。三更半夜把鄰居吵醒，讓他們聽一個穿著睡衣的女人高歌，看著她在他們的楓樹上綁塑膠袋，可不是一種低調含蓄的行爲，而且極容易吸引穿制服的人找上門來，詢問是否可查看一下妳的廚房、妳女兒有多大以及她都睡在哪裡等等。

邊界街一四九號大門砰地甩開，一個男人走出來。他穿著本地瓦斯公司的制服襯衫，擺著張臭臉。根據襯衫上繡的名字，他叫赫伯。

「喂！」赫伯大叫，沒走前面的馬路，兩個箭步直接跨過那片乾枯的草皮走了過來。「你衝著我老婆說髒話？你以爲那很有趣，對著一個剛購物回家的女人說髒話？」

邁可站起，一手鬆垂地拎著雜誌。「我們在自己院子裡進行私人對話，你有意見？」
「對，我對你們這些下流胚意見可大了。」
「邁可，」凱洛碰一下他的臂膀說：「我們進去吧。」
「整天鬧哄哄的，喝酒、大叫大嚷，電視機聲音大得吵死人，天曉得還做些什麼見不得人的事。還有你們這對狗男女，百葉窗從來不拉上──現在你居然敢對我老婆說髒話？」他手指著邁可。「你們的事我清楚得很，你和你那個人渣弟弟，你們都該和你們老子一塊兒去坐牢。」
邁可氣得咬牙，握緊拳頭，凱洛忍著沒後退一步。「少提我老爸，」他說：「你根本不認識他。」
「我知道他是個下流醉鬼，就跟你一樣。」那人充滿輕蔑嘲弄的表情和聲音誇張得有如卡通。「我還知道被他害慘的那可憐的一家人計劃打官司，讓你們滾出你們腳下那棟房子，我更知道你們被趕出去的那天，我將會站在我家門廊上高唱『哈利路亞，天佑美國』。」
人突然被踢一腳或者挨拳頭的時候，那痛感總會延遲個幾秒才會傳到腦部，這時你只會感受到一股衝擊。在這次衝擊的麻木感當中──對凱洛來說，那是熟悉得有如照鏡子般的麻木感覺──她想著：果然是這樣。這房子果然是在約翰．庫希馬諾名下，而且在他第一次、第二次甚至第三次因爲酒駕被捕之後，他們果然也想都沒想過，或許該把這房子過戶到別人名下。因爲這不是庫希馬諾家的作風。如果他們住在洪水區，他們大概會任由房子漂啊漂的，把電視機搬到樓上，牆壁被沖掉的部份隨便用塑膠板釘一釘就算了。
接著痛楚來了：她才剛粉刷過臥房，給廚房換了新的窗簾。高速公路上的車流聲遠遠傳來，還有某人的音響，還有一隻狗在吠叫──也許就是隔壁那隻被關起來的狗。她早該知道的，到頭來她什麼都沒有，她永遠找不到地方棲身。

邁可丟下雜誌，它飄落在龜裂的水泥地上，發出輕柔的一聲悶響。「你為何不過來？」他的口氣很平靜，然而不知怎地這比憤怒更令人害怕。「過來這裡，咱們好好聊聊。」

一四九號男子嘴角上揚，往草皮啐了一口。但是凱洛瞥見他眼神一閃，知道他害怕了。「我忙得很，沒空教訓你，」他說：「我可是個成熟的大人。」他說著轉身，大步進了屋子，順手把門甩上，留下邁可和凱洛呆立在突然變得窒悶的午後，被大堆舊衣服和雜誌包圍。過了好久好久——也可能只是錯覺——他轉身面對她。可是他什麼都不必說，她知道他想說什麼。

上週邁可就收到那封信了，只是信已不在手上。他一看完信就把它扔了。「別想了，反正我們也不能怎麼樣。」他說，然後把冰桶裝滿，打開電視。

當他忙著處理冰桶，沒頭沒腦地轉換電視頻道，凱洛坐在沙發上，嚼著指甲，之前吃的漢堡的洋蔥和番茄醬味道從指甲縫溢出來。那股麻木感來了又走，痛楚來了又走，現在競跑開始了。她和母親同住的時候，起跑信號通常是一張粉紅色的驅逐通知令，而不是律師信函，可是接下來是一樣的：你必須跑得比房東快，比郡警快，比那些等著趁你開門時窺探你罪行的討厭鄰居快。惶恐和沮喪啃咬著她的腳跟，憂慮重壓在她肩頭，越來越沉，沒有停止的時候，因為，半步也好，四分之一步也好，或僅僅一髮之遙，無論她和瑪歌領先多少，永遠都嫌不夠，她們總是差點就輸了。

可是她們從不曾停下來。她們從不曾乾坐在那裡喝啤酒，讓厄運將她們擊敗。凱洛已經歷過這種競跑無數次，已經跑了一輩子。此刻他們需要的是計畫。她是成人，邁可是成人，這是她以前從未有過的優勢；加上他們兩人都有工作，儘管只是在苦撐；這是另一個優勢。邁可的信用很糟（他的車，那輛該死的貨車，如果她早在他買車的時候就認識他，就算得拉著他的頭髮也要拖他離開那家汽車經銷商），她還算好，她沒有資產，但也沒什麼債務。也許他們可以另外找個住處，公寓或小房子，比邊界街好一點的社區。客廳裡沒有啤酒冰桶，廚房裡沒有過世女人留下，用了三十年的鍋碗瓢盆，沒有累積了數十年污垢的破洗碗巾。凱洛小的時候——那是母親情況惡化前的幾段好日子之一，當時瑪歌還能開車接她放學，而且頭腦相當清楚，還記得必須去接女兒——有一次她應邀到朋友家晚餐。那位朋友的長相已模糊，但她清楚記得她們用餐的廚房整理得潔淨剔透。白色流理台和吊櫃，搭配糖果般的紅色圓鈕，洗碗巾上印著艷紅的櫻桃圖案，地板是清爽的黑白棋盤磁磚。那晚她們吃了用鑲紅邊的白色陶盤裝盛的道地奶焗通心粉。在凱洛家，奶焗通心粉都是盒裝的，即使在那段好日子裡也很少有牛奶或奶油，因此她們總是把粉和水混合著吃。她想起又硬又冷的通心粉在稀薄的橘色汁液裡沉浮，還有醬汁滲進她們僅有的紙盤裡的光景，忍不住起了哆嗦。

自從她離開瑪歌的房子之後，她想著，到底換過多少住處？五個，十個？她沒數過，那只會讓她更沮喪。而且總是得努力讓自己融入別人的生活，有時是室友，但通常是男友。一次又一次在衣櫥裡找空間塞她的衣服，在浴室裡找空間擺她的化妝品。她想像著乾淨寬敞、等著舖上紙墊的吊櫃和層架。濃稠綿密的醬汁，烤得金黃的麵包粉，鑲著喜氣紅邊的雪白陶盤。

凱洛多麼渴望這些。這次得要有個真正全新的開始，和別人一樣擁有屬於自己的家。說不定這家裡的其他問題也可以順便一起解決；派崔克一定也想搬出去，找個自己的住處，到時他們就可以重新開始了。那次出軌事件將可以平和地被淡忘，他們再也不必爲它傷腦筋。只有她和邁可——穩重、心智健全的邁可，也許酒喝得多了點，企圖心小了點，但不管如何每天都能準時起床去上班，而且除了洗衣和愛之外對她別無要求。不再有派崔克：他那些恐怖電影和過時的重金屬音樂，那兩條總是走自己的路的腿，那兩道會笑的眉毛，還有那雙聰明過了頭、總是把人看透透的栗棕色眼睛——

突然間，驚恐的感覺又來了，緊追在她背後，多年來從未有過的逼近。她倏地跳起。「快起來。」她抓著邁可的雙手。「就算我們要喝醉，也得光明磊落的找個人多的地方。」

邁可臉色很差，而且已喝得有點昏頭了。「我在這兒好得很。」

「走嘛。」她帶著不自覺的淘氣笑著說，一邊使勁拉他的手，兩條手臂拖著他沉甸甸的身體。「家裡已經沒吃的了，我們總得吃東西吧？我們可以到傑克餐廳去。」

「他們可以外送。」

但是在凱洛甜言蜜語地哄騙勾引之下，最後他不情願地站了起來，換上乾淨襯衫，兩人一起出門去。他們開車來到傑克三明治酒吧——實際上是她開車，因爲他邊換衣服邊喝酒，這會兒已醉得無法握方向盤了。這家餐廳的酒吧部份很糟，一台無趣的點唱機，長期故障的洗手間，五、六個老臉孔酒客高踞在五、六張舊吧台椅上。不過這裡的三明治還不錯。溫熱柔軟的麵包加上義大利香腸的超大三明治。邁可和凱洛就是在這兒認識的，現在他們每次走進來，吧台後面的萊西亞總會朝他們倆眨眼，喜孜孜地微笑，彷彿他們之間擁有的快樂她也有一份。事實上，她唯一的貢獻就只是說了句，**我不管別人怎麼說，邁可是好人**。後來到了停車場，他告訴凱洛他父親正在坐牢，她一點都不在意。坐牢的人多得是，她甚至不在意老先生把人害死了，死掉的人多得是。當夜他們就在他貨車的後座做了，之後他把她帶回家，兩人又做了一次。老天，當時她醉死了，只記得那美好的感覺讓她相當意外。她想起當時她有多快樂。不管跟誰，第一次總是最美。

那晚邁可教她跳兩步舞，逗得她大笑不已。今晚他火氣來了，搞得周遭烏煙瘴氣。就像嚼他的雞肉帕瑪森起士三明治，他把怒氣嚼得嘎吱嘎吱響，一臉陰森無情。不爽三明治上的莫札瑞拉起司，不爽他的上司，不爽點唱機播放「拘捕令」（Warrant）合唱團的音樂，不爽「大白鯊」樂團[14]（羅德島那場表演死了那麼多人，有人趁機大撈一筆，卻由民眾買單，他媽的貪腐還眞是無所不在）。

「你不是氣大白鯊，你是氣房子的事。」最後凱洛說。她越過桌面，輕按他的手。「說不定沒那麼糟。我說搬家。」

他的肩膀陡地下垂，用一根指甲嚼得參差不齊、長出硬繭的手指抓起三明治上的起司。他向他們要帕芙隆起司，可是他們沒給。「我和派崔克是在那房子裡出生的，我是說，在醫院，可是不管，我們從小就住在那裡，我還記得派崔克坐在高高的嬰兒椅上吃飯的情景。我媽是在那裡頭過世的，妳知道吧？」

她柔聲說：「人應該要離開父母家的，應該要長大、搬出去自己過生活。我們就可以這麼做，擁有自己的住處，我們一起找的；擁有自己的東西，我們一起買的。不是我和你住在你老爸的房子裡，而是我們兩個住在**我們**的房子裡。」

看得出來他在考慮，在腦子裡盤算著。「派崔克呢？」

「派崔克可以另外找地方住。」

14 Great White 樂團於 2003 年在羅德島的夜店表演煙火引發火災，造成百人命喪火窟。

邁可哼一聲。「是啊。」

「怎麼？他又不是白癡。」

「的確，可是他連半點常識都沒有。妳知道我爸怎麼說他？只有腦袋沒卵蛋。妳看他的工作就知道了。」

**只有腦袋沒卵蛋**。「他的工作怎麼了？」

「怎麼了？他辭職了。有個傢伙取笑了我們老爸幾句，過了五分鐘，派崔克把起重機停在狗糧貨架中央，走了出去。後來他試圖打圓場，說什麼他是因爲害怕天花板塌下來，那根本是胡扯，我們心裡都清楚。他沒膽量在那裡繼續工作，因爲所有人都看著他，知道他幹了什麼好事。」邁可搖頭。「他受不了自己，凱洛。他可以高談邏輯、理性抉擇等等大道理，事實上，我爸去坐牢完全是他的錯，他內疚得不得了。他毀了我們的家，他很清楚，所有人也都知道。瞧他竟然和一個高中女生鬼混，如果他是有意讓自己被捕，我一點都不會意外，妳知道？下意識這麼做。」

凱洛發現自己皺著眉頭。說派崔克故意讓自己被捕，或者天花板塌下來什麼的，這些她都不覺得意外，可是她一直有種感覺，庫希馬諾家早就毀了，若非如此，派崔克也不必面臨那種可怕的抉擇關頭，而約翰・庫希馬諾也絕不會逼迫他作出抉擇。邁可眞的認爲他父親身上發生的事都是他弟弟的錯？如果他眞這麼想，如果罪咎是拖垮派崔克的主因，那派崔克爲什麼還留著？他爲什麼不趁自己還沒陷入深淵之前一走了之？

她的眼眶一陣灼熱，像是要哭的徵兆，可是她沒哭。專注，她堅定地告訴自己。派崔克的事不歸妳管。

「要是我們不管他，到頭來他一定會自殺什麼的。總之，他能活到現在完全是因爲我，換成別人早把他踢到一邊了。」她在邁可語氣裡聽到的不盡然是憂慮。他的口氣平靜，充滿自信，而且說眞的，甚至有點沾沾自喜。他注視著她。「妳可以接受他一起住，對吧？妳和他處得還不錯。其實他不算是壞人，當然，他這人不太可靠，可是一旦了解這點，妳會發現他不算太壞。」

「那當然。」凱洛說。

「知道嗎，這事我越想越覺得樂觀。我們可以養條狗，乖巧的狗，不像隔壁那隻光會叫的小討厭。以前我就很想養狗，在我小的時候。」邁可緊捏她的手。

人就算不想笑，還是可以笑得出來。凱洛是餐廳服務生，難不倒她。「好啊，我很喜歡狗。」

他咧嘴一笑，笑得燦爛又迷人。「瞧，我就這意思。原本我在這兒獨自生悶氣，對人世間的一切無奈憤怒到了極點，然後妳出現，一句話就讓我的心情大逆轉。妳救了我，一直是如此，妳眞的救了我。」這話讓凱洛也跟著微微一笑，連眼睛的灼熱感也甩開了。也許派崔克終究還是會想逃離的，也許他會認清這一切，明白這是清理雜亂的過去、遠走高飛的好機會。她希望他辦得到，希望他順利。她也希望約翰・庫希馬諾不曾當著小兒子的面說他只有腦袋沒卵蛋什麼的，因爲這不是一個做父親的人該對孩子說的話。以前瑪歌偶爾會告訴凱洛，說她的生命力枯竭、不順暢了，然後要她面對一道外牆坐個幾小時，來汲取房子的力量。當然，凱洛長大以後便明白，所謂生命力那套完全是胡扯，可是人在小的時候難免被呼攏。

回到屋內（只要她耐心等待，遲早將會成爲回憶的房子），凱洛上樓去沖澡。她背後肌肉有個硬結，她希望熱水能讓它舒緩點。浴缸的塗層已經剝落，當她站在蓮蓬頭底下，低頭看著那一片片灰褐色的斑駁，不禁想著到底有多少女人曾經站在這裡：邁可的眾女友，派崔克的眾女友，老先生的眾女友——他有過女友嗎？還有在她們之前，邁可的母親艾莉絲。艾莉絲・庫希馬諾有著和派崔克一樣輪廓分明的五官，同樣充滿防備的聰慧眼神。凱洛長得像父親，至少瑪歌是這麼告訴她的。瑪歌還說她們房子的牆壁裡住著一群矮精靈，每次她和母親觸摸某種活動的金屬物品（像是門鉸鏈、開罐器或者門把），他們就會追蹤記錄她們的所在位置、體重和體溫；因此凱洛才養成習慣，也是派崔克注意到的，每次打開衣櫥或關門之前，都要先拉長袖子把整隻手包住。有時瑪歌會站在鏡子前，凝視著自己的影像，而凱洛也會站在她身邊。**那是我嗎，凱洛？**她會問。**那是妳嗎？妳確定？說不定那些精靈把我們掉換了，那說不定是個小戲法呢。**然後母女倆會在那裡站上老半天，往往一站就是好幾小時。

**別騙我，妳不是妳，那是小戲法，他們非常狡猾的。妳不是妳。**

淋浴間裡，凱洛仰臉對著蓮蓬頭，緊閉眼睛任由熱氣和水打在臉上。**別想了，**她堅決地告訴自己。妳沒事，妳是妳，妳一定會找到新的住處，而派崔克會搬出去，一切都會順順利利。

肌肉痛得真難受。

「妳還好吧？」她圍著浴巾走進臥房時，邁可問。他躺在床上喝啤酒，看著斗櫃上的小電視。

她穿上T恤，在他旁邊躺下。「背有點疼。」

「轉過去，我來替妳揉揉。」他說著撩起她的T恤。

邁可按摩的力道總是太大，因此她說：「不必了，沒事。」她的上衣還撩高在腰部上方。邁可拿起床頭桌上的啤酒，用手肘撐起上身，將啤酒罐放在她裸露的肚子上。鋁製的金屬拉環冷得發燙，可是她知道他很快就會把它移開。

「我們結婚吧。」他說。凱洛大笑，邁可卻沒笑。「我是說真的，我們應該結婚，然後生他十個小孩。」

「十個？」她的背肌陣陣抽痛。她連一個都不想要，孩子又小又脆弱，一不留神就會傷了他們。光是生下他們就足以傷害他們。光是你的基因，你的DNA就足以傷害他們。

邁可喝光啤酒，把鋁罐捏扁然後放在床頭桌上。他揉著她肚皮上剛放過啤酒罐的地方。「起碼十個。妳懷孕的樣子一定美極了，挺著大肚子。」

「不要。」她說。

「好吧。」他說，顯然誤解了。應該不是故意的。他不是會故意會錯意的那種人。「先生一個再說，除非妳生了雙胞胎。」

「我不想要小孩。」

「大家都想要小孩。」他眼裡閃著興奮。他偶爾會這樣：突然被某個新鮮的念頭勾住，像被釣鉤拖著一路往前衝。「別這樣嘛，就像妳自己剛才說的，妳不也說想要自己的家？我們可以建立屬於自己的家，我們可以——那叫什麼來著？新人結婚，告訴大家他們要什麼禮物的時候做的那件事？」

「登記結婚。」她背部的硬結痛得讓她幾乎要虛脫。

「對，我們可以去登記結婚，派崔克當伴郎，說不定妳媽也會來參加。」

「不。」她又說。意思不只是說，不，**我媽不能來**——邁可對她母親幾乎一無所知，因爲凱洛根本不曾向他提過——而是對結婚這件事說不。

可是邁可已經欲罷不能。「她當然能來，哪個做媽的會錯過女兒的婚禮？」他開懷大笑。「妳知道嗎？什麼都別說了，我要去買戒指，這事要照規矩來。」

「我不想要戒指。」

「這話我不信。女孩子都說不要訂婚戒指，其實心裡超想要。」他輕捏一下她的大腿。「再沒有比這更好的主意了，我們就先訂婚吧！」

稍後，當他沉沉睡去，她再度想起艾莉絲・庫希馬諾，就躺在這臥房裡，盯著同樣的天花板，在她的子宮內，即將長成邁可、派崔克或癌症的種子正蠢蠢蠕動，逐漸滋長成形。她是否感覺到自己的一生就懸在頭頂，隱約瞥見它的一角？當她仰望天花板龜裂的灰泥，是否和此刻的凱洛一樣胸口緊縮，是否曾想張開嘴喘氣，卻發現連口空氣都吸不到？

凱洛偶爾也看電視上的情境喜劇，這種節目長達三十三分鐘的劇情往往是以一個單純但潛藏著誤解的事件作爲開端，經常看得她火冒三丈，眞想把那些劇中人搖醒，對他們大吼可不可以暫停十秒鐘，然後向他們解釋事情原委，一切就沒事了。次晨，當她半醒著躺在床上，聽邁可在房間裡走動——這天他上早班——卻發現她沒辦法讓打起精神起床，要他坐下，向他解釋她根本不想結婚生小孩，或許有一天吧，可是目前絕不考慮。她心裡沒有半點猶豫，但就是說不出口。

因此，當他進了淋浴間，她想也許昨晚他喝醉了，已經把這事忘了。當他走出來，她假裝還在睡。床微微下沉，他坐在床沿穿靴子。她清楚聽見穿鞋、綁鞋帶的窸窣聲響。她緊閉著眼睛。等她中了樂透，一定要買一組那種就算把一只裝滿的酒杯放在床上，然後在上面跳上跳下，酒也不會灑出來的床墊。

換好衣服，穿上靴子，他重新在她身邊躺下，親吻她的頸子。「我得開妳的車去上班，讓派崔克把車庫的垃圾清運完。今天妳得上晚班嗎？」

**我不想結婚因為被套牢很恐怖。因為精神分裂症可能會遺傳，我不想把自己得到的基因傳給任何一個小孩。**「嗯。」

「妳能不能搭妲西的便車？我去接妳可能會太晚。」

還有，我和你弟弟上床了，而且不知為什麼一直無法忘懷。「嗯嗯。」

「我得去一趟大賣場。」他說著又親她一下。「到珠寶店去。上班順利。」

是啊，有什麼問題。

等到確定他出門了，她起床，穿上短褲和T恤然後開始煮咖啡。派崔克的房間很安靜，很好，因爲她心情惡劣極了，甚至一想到邁可打算去珠寶店就煩躁起來。爲了止住胡思亂想，她進了車庫。派崔克還沒清理完老先生的雜物，之前她和邁可也沒幫上什麼忙。這會兒她想，說不定她可以在上班前一個人把東西整理完畢。畢竟，處理別人的垃圾比處理自己的要容易多了。

幾只箱子裡裝的大都是舊衣服、舊雜誌之類的雜物。沒有色情收藏了，謝天謝地。她迅速順利地收集了一箱她推測兄弟倆可能想要保留的東西——像是照片，看來相當重要的文件，或者她找到的一只舊懷錶——然後把其他東西分成幾落：衣服類、紙類等等，讓他們可以迅速看一眼便決定要不要。她努力不去想她正忙著分類的是誰的所有物，不去想那臭味、裸露少女雜誌還有客廳那只冰桶。

她正在看一本舊釣魚雜誌關於下加州的文章時，突然聽見背後有動靜，派崔克說：「妳不需要整理，不該妳的事。」

等個十年，也許就變成她的。「沒關係。」她說。

一陣尷尬的沉默，凱洛不知爲何很想哭。她繼續看文章，可是他站在那裡讓她很難專注。反正她本來就不是太關心下加州的事。

「我要去跑步。」最後他說。她說：「噢，好。」

她整理完最後一箱雜物，把分類好的東西分別裝進三只空箱子，其餘的就堆上貨車後車廂。她忙進忙出時，一四九號的女人又回家了，這天她穿著有彩虹的護士服上衣。凱洛揮手招呼，可是女人眼睛直視前方，大步進了屋子，門砰地甩上。狗吠叫著，窗簾啪地關上。

凱洛看著派崔克停在他們家門口的車子。車窗蒙著層污垢——灰塵，花粉，誰曉得還有什麼——輪胎陷在枯葉堆裡。邁可和派崔克大可以裝傻不管，可是凱洛很清楚那些看不慣你生活方式的鄰居會招來什麼麻煩。她在大門口旁邊的桌上找到派崔克的車鑰匙，就埋在層層堆積已久的雜物底下。擅自開他的車門感覺很怪，感覺像偷翻他的抽屜。可是他說過可以讓警察把車子拖走，說他不在乎。而且，不管車輪定位系統是否故障，他畢竟一路開回來了。前進個二十呎開入車庫應該沒問題。

車內熱得她喘不過氣。她搖下車窗，好了點，但還是很悶。派崔克顯然不太在意車子的整潔。杯架托著一只插著根歪扭、嚼爛吸管的佐奈店裡的隨行杯——柔軟的吸管塑膠上清楚烙著他的齒痕——副駕駛座躺著一張過期的手機帳單。將車鑰匙滑入點火器這動作有種異樣的親密感。引擎毫不遲疑地啟動，車身立刻隨著震耳的音樂顫動起來。凱洛忍不住笑了；派崔克的音樂品味實在嚇人。她對重金屬音樂沒意見，不過對她來說Megadeth樂團屬於某個久遠的年代和場景，那個年代是一九八七，而那個場景是高中的自修室。

不過話說回來，這陣子派崔克似乎很熱中於重溫高中生活。她推動排檔，將車子往前開，轉彎然後後退幾呎，接著再轉彎進入車庫。

車輪定位系統一點問題都沒有。定位系統正常得很。

她從外面關上車庫門，通過大門回到屋內。廚房的後門敞開著，她往外一看，派崔克躺在後院草坪上，膝蓋彎曲，一隻手臂壓著眼睛。他的臉紅得不像樣，胸口急遽起伏著。他的MP3播放器躺在他身邊的草地上，一只耳塞落在他胸口，另一只消失在雜草堆裡。

她打開紗門，跨了出去。湊近看，他的氣色更糟，渾身汗濕，眼睛下方浮現許多灰斑。「你還好吧？」

他點點頭，眼睛依然緊閉，喉嚨痙攣般地抖動。「跑過頭了。」

他用力擠出聲音的樣子不太妙。「要不要喝點水？」她問。他又點頭，於是她回到屋內，拿了一杯水和晾在水龍頭上的擦碗巾出來。她把水杯放在他身邊的草地上，用擦碗巾蓋住他的額頭，邊留意著不碰觸他。

他已經好了點，但她還是坐了下來。「車庫的東西清理完了。」她說。

他點頭，但沒說話。她身體底下的草涼涼的，泥土很濕冷。隔壁的狗又叫了。一絲微風吹過，輕撩著她的頭髮和衣服，也帶走隔壁狗兒的屎臭味。派崔克拉高了T恤散熱。他太瘦了，她想著。比起邁可簡直是皮包骨，又走又跑的不瘦才怪。邁可算是個大塊頭，經過十年太少運動和太多啤酒的生活，高中時代的肌肉已經鬆垮了，但仍然相當高大。他的魁梧讓她很有安全感。派崔克則是四肢瘦長型，肚子扁平，幾乎是凹陷的。他的皮膚非常光滑，當你在黑暗中用手指在上頭輕輕滑過，尋找痣或疤痕時，感覺很不眞實，就像——

他張開眼睛，看著她。他頰上的紅熱已經消褪，胸口的起伏也平緩多了，長睫毛後面的栗棕色眼睛是深海的顏色。

「和我一起上樓。」他說。

她很想。她兩手頂著背後的草地，撐起身體，指甲陷進泥土裡。「邁可要我和他結婚。」

派崔克注視她片刻，仰頭看著天空，什麼都沒說。

「你的車沒壞，對吧？」她想也沒想，脫口說：「你不開車是因爲你撞了那頭鹿。」

他的肩膀動了一下，她推測應該是聳肩的細微動作。「那不重要。」

她沮喪得縮起手指，感覺泥土鑽入指甲縫裡。「當然重要，」她說：「你沒辦法振作起來開車，沒辦法守著份正經工作來支付你的手機費，怎麼會不重要。而你竟敢要我——跟你——」

她停住，不知該怎麼說才好，該怎麼對他說，他不能因爲撞了頭鹿就不肯繼續開車，不能就這麼放棄。她可以說，但光說是沒有用的，光說是不夠的，這時她突然明白，昨晚她爲何無法向邁可開口解釋，因爲光說是不夠的。隔壁的狗又叫了。這些人，抱怨別人把車停在他們根本用不到的地方，卻讓自家的狗成天吠個不停。當然了，狗眞要叫你也阻止不了，但你至少可以別把牠整天關籠子裡，如果你的生活方式不能讓狗活得舒服自在，那就不要養狗。如果說誰有權利抱怨，也應該是他們，是她，是那條狗。派崔克仰望著雲朵。凝視著他的臉，她什麼都看不出來。她希望他說說話，說什麼都好；她希望他活絡起來，就像發生出軌事件那晚在她懷裡那般火熱。她希望他再邀她上樓。如果他再次開口，她會答應的。

可是他沒有。他的臉冰冷呆滯得像塊鐵板。他站起來，進了屋子，留下她獨自在晴空下的草坪上坐著。狗還在狂吠。

# SIX · 6

派崔克在警方拖走老爸的車子之後，第一次重新拉開車庫門那天，也是個舒爽溫暖、微風輕拂的好日子。在那之前，他最後一次看見車庫的內部是從裡面，看見那輛擋泥板染了血的別克。這次，他只看見車庫。滿是油污的骯髒牆面，水泥地上黏著液體狀的污漬。還有他的舊腳踏車，三只裝滿空啤酒罐的垃圾袋。那些空罐都是老爸的，他認定鎮上的資源回收方案是一種詐欺，試圖奪走他把東西賣給回收廠所換來，每磅四分錢不等的收益。在車庫另一頭有一、二、三、四…八個紙箱，仍然是邁可和凱洛當初把它們丟下時的光景，凌亂地堆在地下室門口。就連邁可都萬不得已才會走進裡頭。有那麼會兒，派崔克認眞想著乾脆把那些箱子直接搬上邁可的貨車，讓它們直接被載到垃圾場去，只不過他還是得親自開車把它們運過去。這件事前晚他們也談過了，邁可不想這麼做。

「他又還沒死。」邁可說。當時凱洛不在場，讓他們的對話容易許多。經過那晚在門廊上的爭吵，她的在場總讓派崔克覺得自己像個乖戾粗暴的青少年。「說不定有一天他會用得到。」

派崔克想起老爸的一系列卡車停靠站圖案T恤（**為妳口交五分錢！**），可是沒說話。就算邁可眞認為父親這次被判刑入獄只是一時受挫，派崔克也不打算糾正他的想法。此時，站在車庫裡，他從口袋掏出一把拆箱刀，走向第一個紙箱——不理會那個吶喊著，**在這裡！染血的擋泥板在這裡！**的尖銳金屬聲音——把它割開來。一股腐味衝了上來：黴菌，啤酒，汗水和煙味。就像老爸的味道，感覺就像坐在他身邊，聽他大喊，**老天，真的讓我給碰上了**。聞起來就像開庭日，套裝領帶，還有無數次在公設辯護律師辦公室電話裡留言，卻偶爾才接獲一次回電的記憶。接著是判決，接著是漫長的無聲無息，彷彿暴風雪的中央，一片死寂。派崔克想起後來上班逐漸變成——痛苦的事。他記得自己站在打卡鐘旁邊，幾乎喘不過氣來；他記得他放眼看著倉庫裡的一排排長長的貨架，覺得要是他把起重機開過去，它們就會全部倒塌。他記得法蘭克・迪克里西歐開玩笑說，無論誰搭庫希馬諾父子的車都得冒生命危險，然後他就辭職了，知道這麼做很蠢，也知道他沒得選擇，再在那倉庫裡待上一分鐘他準會沒命。

當時他真的相信那棟建築會要了他的命。

瘋了。

他硬起心腸，將手探入紙箱。法蘭絨襯衫。他把它往地板一丟，又伸手進去。髒運動襪，襪筒已經穿破，襪底也磨得泛黃了。他又拿起一件。內衣。

第一只箱子全是衣服，很容易整理，可是第二只就比較耗時間了。他花了將近一小時過濾一大疊文件：裡頭夾雜著老頭子的出生證明和派崔克的疫苗接種記錄。一長串他母親已經褪色的親筆簽字讓他起了短暫、強烈的對她的思念。第三只箱子大部份還是衣服，可是他在底下找到一只裝滿照片的鞋盒，照片都褪色了而且全黏在一起。照片中那些人他一個也不認得。如果這些人是老爸的好友，那麼他受審的時候他們在哪裡？如果是母親的，那她臨終時他們又在哪裡？

現在不是想這些的時候。他把盒子放在要保留的那堆，然後繼續整理，一邊隱約聽見邊界街上來往車輛的隆隆引擎聲。當他正埋頭忙著整理第四箱雜物（衣櫃裡的：舊領帶，棒球帽，口袋裡還放著半包變質香煙、樂透彩券還有——老天——保險套的夾克），其中有個引擎聲逐漸增大、接近而且沒熄火。重低音的音樂撞擊著他的耳膜。

他的胸口也怦怦跳動著。聲音停了。他從箱子裡抓起一樣東西，但沒留意那是什麼，只顧凝神聽著她的靴子踏在水泥地上的足音。當聲音來到眼前，他冷冷抬頭，十足淡定。「又是順道經過？」

「我剛好到附近。」蕾拉的黑色牛仔褲像是粉刷過，深紅色胸罩的肩帶從上衣的寬圓領口露出，而那件上衣也絕不能算寬鬆。他從週一晚上她送他回家之後就再沒見過她。當時他們並未發生關係，可是那晚他做了怪夢，夢裡他們在幾十個（多半是公共場所的）地方狂做那件事，像是高中實驗室或大賣場美食街。週二早上醒來時他覺得自己像個痞子。之後他一直努力不去想她。這會兒她就在眼前，令人不安的活生生的肉體，那股怪異的感覺又湧了上來，而且前所未有地強烈，隨之而來的是一股疑似興奮感的焦慮。

「妳應該在學校的。」他說。

「我今天已經聽夠道德訓話了，謝謝。」她皺著鼻子。「什麼怪味？」

「我的人生。幾點了？」

「一點左右。」她在他旁邊坐下。「在為自己添新衣？」

他低頭看手上拿的，一件醜斃了的藍綠色運動夾克。老爸什麼時候需要運動夾克了？他把它丟進回收衣物堆。「想騰出一點空間。鄰居抱怨我們車子太多，佔了他們的地方。」

「所以你想整理一下車庫，把這些紙箱清掉？」

「是啊，反正最近很少用到。」

停頓了一下。「原來如此。」她好奇且大幅度地轉動著眼珠，仔細掃瞄著這個沒有窗戶的水泥空間。

他討厭這感覺，討厭自己沒要她走開。「歡迎來到死亡車庫，想不想參觀一下？」

她神色篤定。「謝了，該看的我已經看得差不多了。」她伸手到紙箱裡，拉出一條有著精美鉻鋼扣環的黑色皮革腰帶。「可以給我嗎？」他聳聳肩。「那輛卡車是誰的？」

「我哥。」

她把腰帶繫在腰上，讓它鬆垂著。很好看，讓他不由自主想起兩人在車子裡，她坐在他腿上，他的雙手探入她臀部底下，將她抬高、拉近。「原來你哥哥是威猛拉風的卡車男。」她說。

邁可的卡車的確是，威猛又拉風，配備了超大輪胎和賓夕法尼亞州法律允許的最大尺寸舉升器。派崔克還沒討厭開車之前就討厭開這輛車了。「大概吧。」

「爲了彌補他的小陽具？」

「他的車貸確實挺可觀的。」

「眞傻，人眞傻。」

「還說呢，」他指著她停在路邊的車子說：「要是那輛車花妳爸媽的錢少於三萬，我就是隻飛猴。」

「要是上帝不想讓我開好車，就不會讓那麼多少女買我爸的純潔戒指了。」她拘謹地說：「那些父親替女兒戴上這戒指的時候還會舉行儀式呢。有點像婚禮，可是非常噁心。」

他看著她的手。「妳沒戴。」

「對那沒興趣。」她說，顯然相當得意與自豪。「這堆東西到底是誰的？」

「妳猜。」他說。她說：「我想也是。說不定哪天他還用得著？」

「所以我在篩選，不是全部丟掉。」

「會難過嗎？」

「我只後悔沒經常叫他清理東西。」

「換作是我，我會專注想著酒駕的事。」她說。

他看著她，有些驚愕。「妳帶著妳那惹人厭的白目滾蛋吧。」

她連眉頭也沒皺一下。「要是你還沒這麼想過，勸你該認眞想想。喂，你家裡的味道會不會也跟這車庫一樣難聞啊？」

她起身，朝地下室門口走去。他狼狽地站起，可是來不及了，她已搶先一步。他又氣又焦慮，有點想把她抓住——他甚至不知道他想做什麼。他從來沒打過女孩子，想都沒想過要這麼做，可是心裡的壓力逐漸增大，有種曖昧、卑劣的東西蠢動、推擠著試圖衝出。他穿過地下室門口，剛好瞥見她的靴子消失在樓梯頂端。等到他趕上她，她已經進了廚房，把吊櫃門開開關關的。

「你有五包泡麵，沒有調味料。」她報告說。

「我沒說妳可以進來。」

「我沒在徵求你同意。」她關上吊櫃，打開冰箱。「啤酒，杏桃果醬，蕃茄醬。你怎麼還沒死於營養不良？」

他走到她面前把冰箱關上，同時彆扭地意識到她的胸部幾乎貼上他的臂膀——可是她已經走了，進了客廳。「太怪了，你只吃泡麵，卻裝了數位有線電視？還有這兒爲什麼擺著一只冰桶？」

「裝啤酒。」派崔克說。她聽了大笑。

「以防萬一沒辦法走十呎路到冰箱去拿？」蕾拉打開冰桶，看了幾眼，又關上。「你說得沒錯，這裡距離奇幻仙境差得可遠了。樓上是什麼樣子？」

他想抓住她的臂膀，可是她那雙軍靴敏捷得很。他追她到了邁可舊房間——已成了他們堆放雜物的地方——門口，總算抓住她的手臂。或許太用力了點。「夠了，」他說：「妳該走了。」

「不，我不走。」她擺動臂膀，硬推著他的大拇指，才幾下他便鬆手了。「我這是在幫助你看清真相。」她興趣缺缺掃視著房間——邁可高中時代保留至今的CD和乳酪蛋糕海報，去年凱洛硬逼他們買的假聖誕樹，釘在窗口遮擋陽光的毯子——然後穿過走廊來到邁可目前使用的房間，拿起一只金屬珠片抱枕，嘴裡嘔了一聲。「漂亮。這是誰的房間？肯定不是你的。」

「邁可和凱洛的。」他心中的那東西蠢動得更厲害了。

她轉身看著他。「也就是你哥哥，還有背著他和你在一起的那個女孩？」

「我哥哥，」他把她手中的抱枕拿開，說：「和他女友。」

她笑笑。「隨你怎麼說。」她在房間裡來回走著，不時拿起東西來看然後又放下。「你想他們會不會藏了什麼有趣的東西？性玩具、色情書刊之類的？」

就算邁可和凱洛收藏了性玩具，他也不想看。她打開衣櫥，查看凱洛的衣服。站在一旁任由她這麼做感覺好像拿著封情書讓她看。明知道該阻止她，但就是拿她沒輒。蕾拉拉出一件印花背心裙，他曾經看凱洛穿過幾次的，還記得裙襬在她膝上飄動的樣子。「嗯，我想這兒是不會有性玩具了。她是做啥的，小學老師？」

「不是，」他說：「她是餐廳服務生。」

蕾拉看一眼裙子背後的標籤，把它往床上一丟。「八號。起碼她沒得厭食症。」她走向床頭桌，打開抽屜看著裡頭。「避孕丸，護唇膏，無聊透頂。連瓶潤滑油都沒有。」她指著桌上的照片。邁可和凱洛在餐廳聖誕節派對上的合照，凱洛戴著聖誕老人帽。「就她？」

「明知故問。」

她含糊應了一聲，然後朝斗櫃晃過去，櫃子上有一只凱洛用來堆放化妝品的柳編籃。「柳條！」她打了個哆嗦，卻開始在那些瓶罐、軟管和塑膠盒當中翻找著。「柳條是反暗黑的東西。把它和粉紅色格紋布放在一起的話，簡直是暗黑剋星。佈置這房間的人看來像是會在沃瑪百貨特賣活動中搶購整組寢具的那種人。」

派崔克非常確定這正是凱洛做過的事。「並不是每個人都買得起三萬塊的車子。」

「供得起樓下的數位有線電視和車道上那輛醜陋的大怪物，你還裝窮？」蕾拉抽出一支口紅，檢查了下底部標籤然後打開蓋子。

「該死。」他試圖把口紅拿下，可是她身體一扭，上了床，在床鋪中央跪著。他可以抓住她，問題是那很可能會一個不穩，演變成兩人一起滾到床上。她用凱洛的口紅在嘴唇上胡亂抹了幾下，是一種和她的濃重眼妝和一身黑衣極不搭調的深莓粉色。

「快下來。」他說。她說：「拉我下去。」從她微張的嘴唇、弓起的背部和兩手放在大腿上的姿勢看來，她腦子裡想的和他完全相同，知道一旦他去抓她將會發生什麼事。她用眼睛勾他。

可以的，他心想，他可以去抓她。

接著她丟掉口紅，從床鋪靠近斗櫃的那一側溜下去。她拿起一瓶凱洛的香水，聞了聞噴頭，滿意地點了點頭，然後噴在頸子上。「不難聞。喂，閉上眼睛。」

「如果我照做，妳會不會滾蛋？」

「閉上就是了。」

他閉上眼睛。他聽見一陣窸窣聲響，她朝他走來。接著他聞到唇膏和凱洛香水的氣味，和蕾拉身上濃烈香味全然不同的森林甜香，同時感覺頸間有股熱氣。還沒來得及反應，兩片溫熱黏膩的嘴唇已經壓住他的耳朵。他感覺她整個身體貼著他的——軟的硬的部位黏成一氣——接著雙手摸上她的臀部，從她繫上腰帶那刻起它們便蠢動著想這麼做；緊按著它隆起的尖端。她輕咬他的耳垂。蕾拉的尖牙，蕾拉的靈活舌頭，然而他鼻腔裡充滿凱洛的味道，不只是她的香水，還有房間本身、洗衣精和她的廉價地毯，還有性愛的氣味

「要不要我穿上她的背心裙？」蕾拉在他耳邊輕語。

他有點想。「不好笑。」他的聲音有些濃濁。心中的那東西冒出頭，他吻了她。凱洛的口紅在兩人的嘴唇間柔滑滾動，蕾拉張嘴，兩手按著他的後腦杓。他感覺一切已由不得他，有人主控著，而他只是搭順風車。他微張眼睛，剛好看見凱洛的背心裙，就躺在之前被蕾拉丟下的位置，突然有種任性的念頭，想把蕾拉推倒在衣服上。有那麼會兒他眞害怕自己會動手。

然後她把他鬆開。「帶我去你房間。」她說著和他十指相扣。

於是他帶她通過走廊，邊感覺腦門血液澎湃。當他們進了房間，她說：「這才像你。」

「怎麼說？」他問，努力找回主控權，放慢速度。

「一團混亂。不過這樣很好，我喜歡混亂。」她在他床上躺下，穿著靴子的雙腳高高翹在窗台上。她躺下時襯衫稍微翻起了一點，她的手指在裸露的地方不耐輕彈著，彷彿想吸引注意。她似乎不打算起來了，那露骨的挑逗表情讓他內心有一部份很想大笑。

然而他腦子裡卑劣的部份對他說，**喂，有何不可？**有千百個不能做的理由——他沒時間，他不喜歡她，她不是他的意中人，這麼做可能會害他被捕——可是最後派崔克還是朝她走去。就在他那張凌亂不整的床上，就在他曾經和凱洛在一起、後來被她拋下的地方。**我不要和這女孩上床**，他反覆告訴自己。當他脫去她撩高的襯衫，當她伸手到背後解開她的紅色胸罩，他一直緊閉著眼睛。他不想知道她裸體的樣子，不想在日後孤單一人時輕易回想起她的身影。她的乳頭在他掌心的感覺，當他的手指滑過她的肋骨時她微微顫抖的動作——光這些已夠糟的了。但是她——她的雙手，她的嘴唇——的觸感並不糟。**我不要和這女孩上床。**當她拉開他的牛仔褲拉鍊，他沒阻止。他沒要她這麼做，是她自己動的手。**我不要。**當她蹲下身，將他含在嘴裡，他的思緒頓時化爲噪音，一股同時充塞著愉悅和憎惡的激流。誰也說不準什麼時候一種感覺會突然中斷，而另一種感覺湧現。從他見到她的那一刻起——比那更早，從車子的事，從惡夢連連的夜晚，從凱洛的事之後——惡魔便在他內心不斷滋長，但蕾拉是那麼溫暖、柔滑而且老練得令人不安。他可以說住手，可是他沒說，他什麼都沒說。她兩手爬上他的髖骨，他唯一說的一句話在他腦子裡，她聽不見的地方。

**我不要和這女孩上床。**

快感竄過他全身，冰冷如鋼但舒服極了。他眼睛背後是一片空白，無數黑白的抽象形體在他眼皮底下跳動。

當迸裂的感覺逐漸緩和，他感覺她的舌頭在他軀幹上下滑動，她溫熱的身體鑽入他的臂彎。他沒張眼，拉過被單蓋住兩人的身體。他剛在她嘴裡射了，但還是不想看見她的裸體。他腦裡那卑劣的部份平息下來，惡魔消失了。激怒的湍流過後，一片沉寂。感覺像手淫——快感爆發，接著是無聲的孤寂——但比那難受千百倍。環著她身體的手臂是他的，只是手臂盡頭那隻手卻像自有主張似的摩挲著她的肩膀。他痛苦地想著還要多久她才肯離開。

「好了——」她說，自滿的語氣讓他安心不少。這女孩可不是天眞無邪、害臊的小可憐。「如何？」

「很棒。」這話很難開口。他裡裡外外似乎沒一個地方對勁。

「我就知道你會喜歡。」她既然蓋著被單，他把眼睛張開了。他只看見她的頭皮和金色的髮根。他曾經和許多花光所有薪水只求把頭髮染成那種顏色的女孩約會，而蕾拉卻把一頭金髮染成黑色。這女孩究竟是誰，她爲何闖入他的生活，他又爲何允許她這麼做？「我想我終究不算太年輕，對吧？」

最後一絲怒氣消失，剩下的只有罪咎以及猛然驚覺，他十八歲那年蕾拉才九歲。「不，」他說：「妳確實是太年輕了。」

她翻身，在他胸口叉著雙臂，兩手撐著下巴，相機鏡片般的黑色眼瞳定定看著他。「也許是你太老了，你有沒想過這點？」

「我天天都在想。」

「年齡根本不重要。」

「司法系統可不這麼認爲。」

「司法系統會把我吃了，就好像我一滿十八歲，我就會奇蹟似的突然有了理性，但同時我那未成年的腦袋只是一團漿糊。」她一手在他胸膛滑動。「我知道我要什麼，我想你或許也發現了。」

他嘆了口氣。「知道嗎？妳對枕邊悄悄話的品味還眞怪異。」

「你表現痛苦的時機才怪異呢。你這樣子不像剛享受完口交，倒像是剛動完牙根管手術似的。」

「對不起。」他說。

她用一根手指輕撫他的鎖骨。當這動作讓他背脊起了陣陣顫動的同時，他發覺她這一整套性交後調情技巧完全是從好萊塢電影學來的：交疊的手臂，用手指輕撩鎖骨等等。只不過這算不上是性交後調情，因爲根本沒有性交。就技術面而言。

**我沒和這女孩上床**，他告訴自己。

「你愛她嗎？」她問。

「她很酷。」他謹慎地說。

「那我呢？」

在蕾拉獨特的冷酷底下，他似乎偵測到一絲急切，某種深沉的渴求——也許正是這份渴求，驅使一些誤入歧途的少女願意爲年齡和她們極不相稱的老人渣口交。這麼一想，他的手臂將她擁得更緊了。他輕撫她的背部，在他手指底下，她那一顆顆隆起的脊椎骨有如埋在河底的卵石。這愛撫的動作讓他感覺自己像個騙子，但至少不像人渣。「妳也很酷。」

她扮了個鬼臉，爬到他身上。「我很酷？我剛吞下你的精液，而你只能用酷這個字來回報我？」她眉毛一聳，半開心半期待。儘管看不見，他可以感覺她柔軟的胸部壓著他的胸口。

「非常酷。」他說。

她彎身，兩人的鼻尖幾乎碰在一起，下垂的頭髮有如簾子圍住兩人的臉，然後親他一下。「我漂亮嗎？」

「非常漂亮。」他說，心裡明白這只是應酬話。只不過是和女友玩的無聊遊戲，在親密和滿足之餘迸出的傻話。然而他感覺很不對勁，就像正坐下準備享用一頓大餐，卻突然發現食物全是塑膠樣品。

她又親他一下，這次逗留得稍久，舌頭才剛抽出，便又像蛇信一樣舔著他的下嘴唇。當她再度開口，聲音輕得有如耳語。「比你哥那個賤女友漂亮？」

一場遊戲——儘管打開始就是錯的——就此結束。「溫柔點。」

「你會喜歡的，對吧？」她說。「你會喜歡我對你溫柔。」在毯子底下，她緊貼著他的身體以一種充滿撩撥的方式蠕動著，幸好他已決定要遠離她和她那好萊塢式的性感小貓秀，也幸好他的電話正好響了。

他把她推開——沒看她——從地板上一堆倒塌的摺好的乾淨衣服當中抓起一件T恤來丟給她。「穿上吧。」他說著站起，將牛仔褲拉鍊拉上。「別出聲，好嗎？」

她看著他的眼神足夠引發一場跨越三個郡的森林大火。他沒理她，直接拿起床邊地板上的電話。

「喂，車庫整理得如何了？」邁可在電話那頭說。

「差不多了。」派崔克說。他留下蕾拉一個人，拿著電話走進邁可和凱洛的房間，一眼看見那件印花裙還躺在床上，那景象讓他突然一陣慚愧。他把它掛回衣櫥裡，慶幸那不是凱洛常穿的衣服。

「我正在餐廳，凱洛和我都下班了，我們打算繞到麥當勞一趟，要不要替你帶點什麼？」

派崔克把口紅放回柳籃，將抱枕放整齊，然後環顧著房間，看還有哪些被蕾拉弄亂的地方。「我吃過了。」其實他從早餐後就一直沒吃東西，可是他這會兒實在不餓。他們很快就會回來——十分鐘，運氣好的話十五分。他通過走廊回到他的房間。

蕾拉還躺在床上，穿著他丟給她的上衣。黑色安息日T恤。她穿起來太寬鬆了，顯得非常年輕——她本來就年輕。他希望她離開。

「起來，」他說：「妳得走了。」

她注視著他，嘴唇緊抿。「先是閉嘴，接著滾蛋？謝謝妳替我口交，馬上給我走人？」

「我沒那意思。」其實多少有一點。「是我哥打的，他們快回來了。」他伸手想扶她起來。她沒接受。「所以？」

「所以妳得走了。」他找到她脫在地上的衣服，遞給她。她盯著看，像是從沒見過那衣服。接著她把它丟回給他。

「喂。」他嚇一跳。

她抓起地板上的靴子。「你運氣好，我丟的不是靴子，混帳。」她說著把靴子套上。性感小貓不見了，她怒氣沖沖的。「坐下，閉嘴，吸你的屌，好個豪放女。我也是有感情的好嗎？我可不是什麼讓你玩完就丟的玩具。」

派崔克心裡一陣刺痛，注視著她。「等等，是妳自己——」

「接下來該怎麼演？」她的表情異常兇猛，嚇得他倒退一步。只見她眼裡泛著淚光。「我是不是該哭哭啼啼，苦苦哀求？拜託別趕我走，拜託讓我留下來讓你糟蹋？事情是不是該這麼發展？」

「等等。是誰提過——」

「唉，算了。」她穿好靴子，越過他面前，衝下樓去。他尾隨著她，一方面是爲了親眼看她離開，但主要還是因爲他感覺自己像個大色胚。她說的話大部份他都當耳邊風，但還是有那麼幾句命中要害。而且老天，萬一她去報警呢？再說這瘋婆子說不定會亂編造故事害他坐牢。她就快到達她的車子時，他追上了她。

「蕾拉。」他抓住她的臂膀。

她用力掙脫，猛地轉身面對他。「去死。」她憤憤地說。

他舉起雙手，彷彿她拿著槍。「等一下。」

她的臉頰濕了，幾絲頭髮黏在上頭。她的眉毛低垂，嘴角憤怒地噘起。可是她沒上車。

「我是笨蛋，」他說：「對不起。」

他再也想不出別的話了。她的嘴唇抽搐了幾下，用力吞嚥著。「你是大笨蛋。」最後她說，輕蔑地從鼻孔哼了一聲。「起碼親我一下再道別吧，笨蛋。」

於是他親了她。由於內疚，他格外投入，而她也慷慨地回應。當她的手往下溜向他的牛仔褲前襠撫摸著，他也沒阻止，儘管他知道應該要阻止。她是個瘋婆子，而邁可和凱洛就快回來了，而他根本也談不上喜歡她——

她把他推開，充滿鄙夷地瞪著他。「好好享受你的勃起吧，窩囊廢。找你哥的女友解決去。」她說。他畏縮了一下，果真被她給說中了，感覺自己沒用到了極點。然後她就走了。

十五秒不到，只見凱洛的小喜美繞過邊界街另一頭的街角。等他們停下車，他已經跪在車庫地板上，埋頭在紙箱裡翻找，假裝他已經忙了大半天，假裝沒做任何羞愧的事。

那晚當他出門去上班，邁可和凱洛還沒回家。晴朗的白天已轉成寒涼的夜晚，他也在經過幾個月之後再度穿上了外套。空中，一輪卡通化的月亮在雲朵間飄浮，他很慶幸自己是走路上班。關於他的不開車生涯的小秘密就是，他並不在意步行，尤其在晚上某些適合步行的時段。換作下午四點的話可就不同了，這個時段雷契斯柏格鎭的街道照例塞滿了車輛、煙塵噪音。然而在午夜，步行實在是件賞心樂事，儘管路上的警車經過他身邊時總會放慢速度。

工作可以擺脫蕾拉，光這點他就很感恩了。有次凱洛告訴他，**精神失常的定義就是，期待同樣的行為產生不同的結果**。如果眞是這樣，那他可以算是瘋狂透頂了。因爲他心裡有個部份期待蕾拉出現，想要開著她那輛黑色大車一路飆到遠方，找片空曠的玉米田，讓肥滿的卡通月亮穿透車窗，將她的一身蒼白皮膚映得熒熒發光。他清點了收銀機，補足飲料杯然後重新煮了壺咖啡；**在這同時，他內心低劣的那部份回到了他的臥房，重溫那次口交，人站在街上卻感覺她的手在他陽具上**。那部份的他希望他把被單掀開而不是蓋住她的身體，剩餘的部份則是很想拿磚頭把那個齷齪的他打到動彈不得，然後把屍體丟進附近的深水溝裡。

凱洛知道他曾經和那女孩在一起，這點讓他很困擾。應該沒什麼好在意的，但他就是在意。

他下班回家時，太陽正從東方甜美粉嫩地升起，可是對派崔克來說依然是昨天。他沖澡，躺下，卻睡不著，而且他枕頭上全是蕾拉的味道，加上蕾拉噴的凱洛的香水味。兩者的融合很色而且令人心煩。過了片刻他又爬起，穿上跑鞋。正要出門，他聽見車庫裡有動靜，於是走過去看。

不是邁可。是凱洛，正坐在牛奶板條箱上，光著腳，頭髮挽在腦後，看著一本雜誌。在她周遭堆著一落落物品，衣服、紙類和各種生活雜物——派崔克父親的。她那樣子眞美：兩腳在面前交叉，頸部的線條無比纖細。車庫的味道那麼難聞，這事不該由她來做的，他心想，不該讓她來整理老頭子的東西。他把這意思向她說了，結果被她打槍，於是他留下她，出門去跑步。

才九點半，雷鎭的街道早已一片喧囂燠熱，而清晨那輪甜美粉嫩的太陽正從所有車輛彈射出一道道凌厲的光刀。他一直跑到鐵路壕溝，然後左轉沿著軌道往前跑，兩腳陷進碎石子裡，一邊避開啤酒罐、空香煙包和圓型塑膠口香糖盒。派崔克邊跑邊想著蕾拉，邊跑邊想著凱洛，然後想著蕾拉和凱洛和邁可和老爸和蕾拉和凱洛，然後他開始感覺有東西在追他，開始有一種和法蘭克・迪克里西歐在倉庫開了拙劣玩笑，所有貨架向他推擠，空氣全被抽光的那天同樣的感覺。他的肺部和小腿肚燒燙得厲害，兩腳的骨頭感覺像玻璃。可是他加倍努力地跑，逼自己超越那個該要停止的極限點，然後離開鐵路壕溝，穿過公園，沿著商店街往回跑。他唯恐跑得不夠快，跑得不夠遠。等到他一路穿過巷子，癱倒在後院的冰涼草地上，他只覺眼前一片昏黑，心跳快得就要停了，那卑劣的怪物正躲在他肌肉裡猛烈擠壓著。終於要了他的命。

他隱約聽見一陣窸窣響。凱洛說：「你還好吧？」

不，不好，他不好。可是他只說了句：「跑過頭了。」

她替他倒了杯水。一條濕涼的抹布神奇地貼上他的額頭，舒服極了。然後她告訴他，她已經把車庫清理完畢，這下更好了。不必再回到那裡，不必再聞那臭味。接著她在他身邊的草地坐下，再沒有比這更棒的了：她沒回屋裡，留下他孤零零一個人。漸漸地，攫住他心臟的那東西鬆開，空氣一點點回來。當他睜開眼睛，無邊無際的天空讓他一陣暈眩，於是又把眼睛閉上。

脈搏緩和下來，汗水也乾了。她沒走。兩人之間的沉默一點都不彆扭。

他總算張開眼睛。他躺下時把T恤撩高了，這會兒她正盯著他的肚子。看就看，無所謂。說不定她根本視而不見，心思不曉得飛哪兒去了。重點是他們上床的那晚他失去了她，重點是從那時候起她就一直臭著張臉，但這時不一樣了。這時她的臉好柔和，眼神好哀傷，她那可樂色的頭髮披在肩頭的模樣是那麼哀傷，她整個人是那麼哀傷。她抬頭，直視他的眼睛，突然間他看見一條出路，這條出路就是她，就是他們倆。整個下午有如教堂門嘩地敞開，引入一道讓一切，甚至她，變得可能的清朗亮光。甚至和她一起回他房間，回到那個直到和她在一起才終於找到的安穩空間，也都變得可能了。他們怎會把事情弄得那麼複雜呢？真正重要的東西就擺在眼前啊。

「和我一起上樓去。」話就這麼溜出口，連他自己都嚇一跳。有那麼瞬間他以為她會說好，可是她沒有，她拒絕了。從她臉上看來她其實很想答應。那份尷尬，那份罪咎和絕望，或許加上難得在她臉上看見這表情，照理說應該會讓他稍微好過些，可是他沒有。邁可是好人，不算聰明但非常忠貞，他絕不會背叛凱洛，絕不會幻想和別人上她的床，絕不會讓別的女孩塗上她的唇膏然後替他口交。這些都是她應得的，而派崔克連一樣都不能給她。他頭頂那片原本無比寬廣的天空這會兒顯得那麼堅硬又靠近，像要壓在他身上。派崔克發現自己無話可說。和她一起坐在那片不斷逼近的天空下讓他難受極了。就像當年知道母親快死時，和她坐在一起那麼難受。當時他只希望既然她非走不可，那就早點走算了。苦等，磨人的別離拖得太久，對誰都不公平。

當年他希望事情速戰速決，此刻他也希望這事速戰速決。他勉強撐起酸痛的身體，轉身進了屋子。他決定放手。

# SEVEN · 7

週六花娜醒來時陽光耀眼，可是到了傍晚驟雨就像千百隻小靴子在屋頂狂舞。那聲音趕也趕不走，就如同她的焦慮思緒。因爲她，花娜·艾席爾，吻了一個男孩，讓他把舌頭伸入她嘴裡，兩手放在她胸前，還讓他的身體——包括她羞於去想的那些部位——緊貼著她。雲開開合合，雨停了又下，但花娜始終滿腦子想著杰瑞德家地下室發生的事。她早已習慣對許多事情抱著不確定感，但是對於自己的乖女孩身份卻毫不懷疑。**我不乖**，她會這麼想，然後咯咯發笑，接著又很想哭。她內心有一部份一想到就興奮不已，他們做的那些事，還有他們居然眞的做了；但另一部份又很想跪倒在父親腳下，坦白一切，哀求他把她送到一所專收女生的基督教學校去。

週日她想找蕾拉談，可是蕾拉說：「老天，花娜，妳想和整支足球隊上床隨妳高興，少煩我，我在睡覺。」

蕾拉整個週末都在睡覺，或者不在家。她堅稱她沒事。到了週一她毫無怨言地起床、換衣服。開車到學校的途中，一條條綿密黏稠的雨水在擋風玻璃上奔流，道路上也積了淺淺的一潭水。即使全力衝進教室大樓——這天沒人在卸貨平台抽清晨香煙——花娜的靴子裡仍然發出嘎吱嘎吱的水聲。走廊和教室瀰漫著股濕頭髮的味道，地板被滲進來的雨水弄得濕滑滑的。在灰暗的光線下，大樓顯得好陌生，有點像晚上開校董會議或者開放參觀日的感覺。

花娜都是到了美術課才會看見杰瑞德。她尋找他的身影，可是一直沒看見他。到了第二堂課，空中的低垂雲層是柴煙般的霧灰色。上代數課時，外頭開始起風，小雨轉成了暴雨，雨水猛烈鞭打著窗玻璃。花娜望著外頭的樹被吹得彎腰顫抖，漫不經心想著不知道雨是不是也遵守幾何學，每一滴雨落下的軌跡是否都能預估得出來並且可以連成一串串。她小時候，每次下大雨，母親都會告訴她，上帝正把世界開進洗車場。如果打雷，就是上帝在丟保齡球。年幼的花娜不禁想，上帝是不是也要給院子割草，修理信箱，站在洗衣機前把祂的襪子翻面？上帝的洗衣機是誰製造的？祂爲什麼不發明會自動翻面的襪子呢？問題是上帝穿襪子嘛？祂是不是也會手腳冰冷，或者長水泡，光腳丫的時候是不是也會踩到尖銳的東西？那刺中上帝腳丫的東西又是誰製造的呢？

她還記得小時候這些問題，這些和腳有關的問題有多麼令她困擾。

到洗手間的途中，她遇上查士丁尼。「和我一起去走走。」他說。有何不可？反正她已經變壞了。灰濛的天光，空蕩蕩的走廊，靴子裡濕答答的腳；總之這天的感覺很夢幻，很放肆。查士丁尼推開二樓走廊盡頭的逃生門，倆人閃了出去。他拿一本平裝書夾在門縫中當作門擋。外頭，一個壁架和兩面牆形成一處磚造凹穴，比蕾拉那輛車的車廂還要狹窄。暴雨大致上被阻擋在外，但偶爾會有一股強風掃進來，挾帶著一陣水花。

查士丁尼點了根煙。在上課時間跑到教室大樓外面，這已經夠糟了。要是被逮到抽煙那就更不得了。花娜心中一陣忐忑，但仍然保持鎮定，靜靜看著風把樹梢攪打成泡沫。她一邊凝神聽著門內的腳步聲，同時又想著，反正我已經變壞了。

查士丁尼遞香煙給她，被她拒絕之後——彷彿看透了她的心思——突然問她和狼男孩的約會進行得如何。

「蕾拉告訴你的？」她說，不過不怎麼意外。

「妳覺得難爲情？」

不會。會。「我們去看了《烈焰》。」花娜沒正面回答。「有點血腥。」

他吐出一口煙霧。「狼男孩呢？」

我該去上課的，花娜心想。「你說杰瑞德？他人很好。」

「妳打算跟他上床嗎？」

「什麼？」她一下紅了臉。

「上床。」查士丁尼啪地彈開他的Zippo打火機，按了幾下，又啪地闔上。花娜聞到丁烷的味道。

她搖頭。「蕾拉或許——她可以——可是——我跟她不一樣。」

「妳們都是人，都有身體、感情和神經系統。」

「我不是那個意思。」

他笑笑。「我知道不是。可是妳我都清楚，其實妳不像別人所想的那麼膽小。所以囉，也許妳可以認眞想想他是不是夠格。就這麼簡單。」

花娜感覺自己臉頰燒燙。「蕾拉說性並不重要。」

查士丁尼把煙灰彈到樓下的卸貨平台邊緣。「性不重要，跟誰上床卻很重要。蕾拉有時會弄不清楚這當中的差異。」花娜聽出他的聲音帶著某種味道，不算是怒氣，但絕對稱得上冷淡。她想起這個週末蕾拉冷漠乖戾的樣子。她裝了整整一小時信封，幾乎沒說話，更別提發牢騷了。

「你們兩個吵架了？」她問，感覺自己有些冒昧。畢竟，查士丁尼什麼時候找她商量過他的困難了？甚至，查士丁尼什麼時候遇過困難了？

「她這麼說？」

「她什麼都沒說。只是，好像很不開心。」

「痛苦可以讓人成長。」他說。

眞是怪異的一天。回教室的途中，花娜聽見有人在走廊裡汪汪地學狗叫。她心想大概是某種新的遊戲，或者她沒聽過的集合令。外面的暴風雨洶湧澎湃。體育課時，他們在室內打羽毛球，而卡莉一如往常，故意把大部份的球對著花娜的方向打。有一度，當羽球從花娜鼻子前咻地飛過，她似乎聽見那紅髮妹大喊，「快撿啊，來福！」可是花娜忙著讓自己不動聲色，因此沒聽清楚。

午餐時間，雨水沖下學校中庭的階梯。大家聚在體育館大廳內。上課鈴響時，大夥紛紛往前走，蕾拉卻停在原地。「妳臉色不太好。」她說，好像眼睛四周多了灰紫色眼圈的人是花娜而不是她。「不舒服嗎？」

「我很好。」

鈴聲又響，周遭的同學鼓開始譟推擠。蕾拉四處張望，就是不看花娜。「也許妳該打電話給媽，要她來接妳。」

這下花娜眞的糊塗了，說：「可是我很好啊。」

蕾拉點頭。「考慮一下吧。如果妳想找我，我整個下午幾乎都會待在三樓。」

有人經過時吠了一聲，接著一陣狂笑。「我爲什麼要找妳？」花娜說。

「我也不知道。」蕾拉的口氣異常嚴肅。「只是說萬一。」

當花娜走進生物課教室，她的實驗桌上放著一只狗的頸圈。綴著萊茵石的粉紅色皮革頸圈。起初花娜以爲有人弄錯了，不小心把它放在那裡。她拿起頸圈。在她手中，它感覺起來和查士丁尼送她的手環那麼酷似。

教室裡靜悄悄的。她抬頭，發現一張張期待的臉孔和好奇的眼睛對著她。他們是她的同班同學，她的同輩，她的友伴，然而他們看著她的表情是那麼冷酷，甚至有些飢渴。

她顫抖起來。

凱爾・杜布勞斯基是笑得最冷酷的一個。他沒露出飢渴的樣子，他看來很飽，吃撐了。往後靠著椅背，兩手叉在胸前。「戴戴看吧，花柳娜娜，」他說：「看尺寸合不合。」

笑聲有如潮浪湧向她。她差點被那力道扳倒，但勉強站穩了。她對著他擠出最輕蔑、最蕾拉式的表情，說：「你這話什麼意思？」

又一陣笑聲。凱爾笑得誇張了。「妳知道我的意思，花柳娜娜，妳清楚得很。」

就在這時，嘉達先生走進教室。「好啦，各位，翻開第八十頁。」他說。花娜坐了下來，感覺同學在背後緊盯著。

整堂課那只頸圈一直躺在她桌上。同學間似乎流傳著某種病毒，花娜不時聽見一聲咳嗽在背後的某個角落迸出，所有咳嗽聲聽來都像是狗吠。下課鈴響時她待著沒動，讓其他人先離開教室。父親常說遇上醉鬼開車最好禮讓著點，別讓他落在你後面，免得被撞上。凱爾經過時拿起頸圈，往她的一疊課本上一丟，說：「別忘了帶走，花柳娜娜，等會兒妳或許用得著。」

又一陣大笑。

這應該算是花娜遭遇過的最令人難堪的羞辱。

她抱起課本，一併帶走了頸圈。稍後她會奇怪爲何沒把它丟掉，可是當下她深陷在謎團當中，想都沒想到。她把它帶到了美術課。

杰瑞德在他們的桌位上等著。她一看見他，週五晚上發生的那一切瞬間湧了上來——他的吻，他的氣味，彈珠機的鏗鏗聲響——讓她好想哭。

她放下課本，頸圈就像條死蛇盤在上頭。杰瑞德盯著看了會兒，然後回頭看她，搖了搖頭，一臉憎惡的表情。「老實告訴妳，」他說：「沒人眞心喜歡凱爾那混帳東西，他們不敢反抗完全是因爲害怕成爲下一個受害者。」

她注視著他，心底像開了一個大洞。「這話什麼意思？」她說。她對凱爾也說了同樣的話，但那不一樣。這次她是眞的想弄明白。

杰瑞德臉一沉。「我還以爲妳知道。」他拿起鉛筆，凝視著面前的素描，像是突然發現有個線條需要修改。「有個網站，高中匿名網，就像Facebook、4chan或eBaum之類的社群網站。」

在花娜聽來這些東西毫無意義。她知道Facebook，可是從沒登入過。杰瑞德大概發覺她的茫然表情，說：「沒什麼大不了的，只不過是留言板，懂吧？差別在於，在4chan或eBaum，大家討論的話題多半是動畫、電視節目或日本成人漫畫。可是高匿網談的都是學校生活。雷鎮也關了留言板，裡頭全是八卦流言，貼文的沒一個敢用眞名。記不記得，去年有個啦啦隊員說她發生車禍，可是大家都說其實她去做了隆鼻手術？高匿網聊的就這些。」

「可是，這跟我有什麼關係？」

杰瑞德很痛心的樣子。「有一則留言和妳有關。」他回頭對著素描，頭髮落到眼睛前。「說得很——難聽，可是高匿網的內容都是這樣。網際網路把人最醜陋的一面挖了出來。可是他們說——」他頓了會兒，又繼續。「他們說妳和賈斯丁・肯柏在搞曖昧。」他指著狗頭圈。「有人就拿這事開了個蠢玩笑，說——算了，那不重要。大家都知道那全是胡扯。」他看著她。「是胡扯，對吧？」

他的口氣太過輕鬆，花娜心底的深洞愈往下沉。「關於什麼？」

「妳和肯柏。」

「你自己都說是了，你說大家都知道。」

起碼他很識趣地裝出羞愧的樣子。「我只是問問。有時候這種事還是有點眞實性的。」

花娜生氣了。「不對。事情不會只是有點眞實性，要不就眞的，要不就假的。」

杰瑞德畏縮了一下。他逞強地說：「可是那也沒什麼。我是說，發生肉體關係。」

她瞪著他。「你以爲有？就因爲有個蠢網站說有？」

「不，當然沒有。可是大家常談論肯柏、妳姊——對不起——他們那伙人做的一些事，詭異的事，像是邪教崇拜之類的。」

「是什麼事？」

杰瑞德淡淡一笑。「吸血鬼鬧酒狂歡。」

「太可笑了，你也知道那很可笑。」

「我只是告訴妳大家說了什麼。」杰瑞德嘴唇緊抿，脖子都紅了。他也很氣，花娜不懂他在氣什麼。

被網民罵的人是她，必須坐在那兒聽他說這些事的人也是她。「因爲他們說妳也有一份。」

「那又如何？」花娜說。「難道因爲我被別人中傷幾句，我們就不是朋友了？」

「我不是這意思。」杰瑞德說。可是這時瓊奇歐先生開始上課了，杰瑞德只好把想說的話吞回去。下課後，花娜起身，不吭一聲走了出去，頭也沒回。她隨手把那只狗頸圈丟進了垃圾筒。

在埃瑞克家，他們用查士丁尼的筆記型電腦瀏覽那則留言。「小蕩婦的故事。」埃瑞克模仿《經典劇場》播報員低沉宏亮的嗓音唸著。「草原上的小蕩婦，又名花柳娜娜。」

心情絕佳的蕾拉故意將尾音拉高，讓每句話聽來都像是問句。「花柳娜娜表面上正經八百，其實骨子裡是個大騷貨？賈斯丁・肯柏用狗趴式和她做那檔子事？她和她那個花癡姊姊？他要她們戴上狗頸圈？她們愛死了？」她看著查士丁尼，眨著長睫毛。「汪汪！」

大伙兒狂笑不已，花娜也跟著笑。留言的內容很可怕，可是蕾拉朗讀的方式卻很有趣。讓她想起有一次她拔牙，牙醫讓她吸笑氣。她笑個不停，但其實一點都不有趣，笑得好痛苦。

「啦啦啦。」查士丁尼故作正經地說。只見電腦螢幕上寫著ＬＯＬ（大笑）。花娜笑得前仆後仰，差點沒斷成兩截，眼睛都被淚水刺痛了。「咱們買牛奶骨給她吃，聽說她喜歡吸那話兒。」

「蕾拉是傲慢的娼婦？」蕾拉繼續唸。「她妹妹也是？眞希望她們，還有那個蕾絲邊，叫克麗絲・艾金的？統統染上愛滋死掉？」

「哪，噁心的在這兒。我就是看了這個才退出的。」埃瑞克說。

「只要能讓那怪胎不到學校開槍掃射，」查士丁尼用新聞播報員的聲音說：「我才不在乎他把他的屌插在哪兒。不過我敢說那些娼婦一定很愛。」

大伙兒大聲起鬨。「啦啦啦！」

埃瑞克的髒房間充滿笑聲。他們溫暖的軀體有如繭將她包圍，蕾拉邊握著她的手。談笑和親暱的小動作讓網站的內容變得可笑，可是螢幕上的文字仍然那麼怵目驚心而醜陋。

小艾席爾看來已準備好大幹一場

我和她做了，她身上有舊衛生棉的味道

上星期我才幹過她和她姊姊

我的狗也加入了（大笑）

「我們要不要也貼點什麼？」克麗絲說，查士丁尼說：「何必麻煩，要板主把它從系統刪除就是了。」

她也和杰瑞德．伍德本幹了，他全告訴我了。

連杰瑞德都遭殃了。

趁著空檔，花娜偷偷溜了出去。到了客廳，這兒和公寓其他房間一樣雜亂，但是沒人。髒兮兮的咖啡桌上散置著槍械雜誌，沙發旁邊高高堆著啤酒罐。牆上掛著一幅畫，一隻老鷹傲立在美國國旗前面，一滴淚水流下牠羽毛豐滿的臉頰。多節瘤的木框有一角鬆脫了。

花娜依然能聽見其他人的聲音。她的臉和肚子因為笑多了有些酸痛，喉嚨由於強忍淚水而熱辣辣的。她試著在這房裡聆聽上帝的聲音，可是什麼都沒有。只有廚房裡的冰箱呼呼運轉著。

過一會兒，臥房門打開，查士丁尼出現，一手夾著香煙，另一手握著打火機。房間裡的笑鬧聲一下子湧出，又隨著他順手帶上房門而消失。他看見花娜坐在破沙發的一角。「喂，」他說：「我想去外頭抽煙，想不想來？」

花娜看著地板上一只快裝滿煙蒂的咖啡錫罐。「你不能在這裡抽嗎？」

「可以，可是這麼一來妳會渾身煙味，蕾拉也是渾身煙味，然後妳們的獨裁父母準會嚇得尿褲子。和我一起到外面去吧，妳可以坐在逆風的位子。」

花娜點頭，兩人走出拉門到了後院，這兒的草地上放著三張淌著水珠的塑膠庭園椅。椅子沒一張完好的，他們只好將就著坐在門外的小片水泥地邊緣。這院子是公共的，由整棟公寓的住戶共用。不同區域用短塑膠圍籬分隔開來，一段段僅僅幾呎長的籬笆插入大片草地。公寓的住戶努力在他們小小的專屬草地上擺設一般家庭院子裡會有的東西：烤架，盆栽，還有飽受曝曬而變髒的小孩玩具。彷彿就算草地十分寬廣，只有塑膠圍籬裡頭的小片空間才是重要的。想到這兒的人家擁有的狹窄空間，以及他們是那麼珍惜它，花娜有些傷感。也可能她只是沒來由地傷感。

「要知道，他們說的那些，」查士丁尼說：「都只是些噪音。他們只是群鴨子，就愛呱呱亂叫。妳算很幸運的了。」

花娜一點都不覺得。

「想想看，他們一起去踢足球，踢完球一塊兒去喝酒，可是他們一點都不關心彼此。他們其實很孤單。但妳不是，妳有我們。」

他伸手環住她的肩膀。驚訝、感激之餘，她沒阻止。他不是杰瑞德，他是蕾拉的男友。他讓她感到安心。不知爲何，這個不倫不類的空間，這片被分割得支離破碎的草地，也讓她覺得安心。凱爾和布雷一定是住在小鎮另一邊，像是日落湖或天堂村之類的高級住宅區。他們一定沒來過這裡，絕不可能會來。

「我猜妳大概也看見那則關於狼男孩的留言了。」查士丁尼說。

她點頭。

他彈一下煙灰。「我們是今天早上才知道這網站的事。我要大家等一等，讓他有機會替自己辯護。他怎麼說來著？」

「他想知道你跟我的事是不是眞的。」她看著他。「他氣壞了。」

「是啊，他整個週末到處宣傳他跟妳上床了，到了週一大家發現他只不過是其中之一，有點戳破他的牛皮。」

她越想越覺得有道理。杰瑞德應該是替她感到氣憤，他應該表示關心才對。可是他兩者都不是。他生氣是因爲全世界都知道他帶了個蕩婦去看電影。她讓他隔著襯衫撫摸她的胸部，她讓他的身體，他的——她連那字眼都想不太起來——勃起，緊貼著她。

花娜閉上眼睛，頭靠在查士丁尼肩上，希望全世界都消失，除了他，除了他們，除了這一刻。

她的寄物櫃被人寫了**我酷愛狗趴式做**幾個字。斗大、潦草的白色印刷大寫字母。當她打開格柵金屬門，幾十張小紙片滾了出來：上頭全是陽具、女陰和各種霧煞煞的人體器官做著各種霧煞煞動作的圖片。

用某人老爸的彩色印表機列印的，裁剪成能夠塞入通風格柵的大小。他們花了多少時間進行這計畫？她好奇地想，為了折磨她，他們早上幾點就起床了？

她走向校長辦公室，在數學課本裡夾了幾張圖片準備當作證物。薩里安科校長不想看那些東西，要她把它們丟掉。他是一位有著紅潤臉頰、一年到頭穿戴著灰色套裝和灰領帶的高大男子。灰頭髮，灰眉毛，連他辦公室窗外的天光也是一片灰。「到設備組去。妳知道在哪裡吧？」花娜不知道。他告訴了她，接著又說：「保羅先生應該會在那裡，向他要一些清潔溶劑，跟他說妳的櫃子被人塗鴉了。我替妳寫張條子，讓妳不必去上第一堂課。」

「為什麼？」

薩里安科校長盯著她看。「清理櫃子啊。妳不想留著那些東西吧？」

「可是，為什麼是我來清理？難道寫這些東西的人不該負責？」

「妳知道是誰寫的？」

花娜沮喪地握緊拳頭。「要不是凱爾・杜布勞斯基，就是布雷・阿拿斯特羅。也可能是卡莉・布琳克。」

「只是可能。妳也無法確定是誰。」他看來有些惱火。「好吧，我會找他們談談。可是話說回來，保羅先生的工作也很忙。如果妳希望妳的櫃子變乾淨，恐怕還是得自己動手。」

花娜一肚子悶氣走到設備組，拿到了有股噁心檸檬味的溶劑。它可以把塗鴉擦掉，但是很慢。她有很多時間思考，很多時間想這到底是個什麼鬼世界，有人在她的寄物櫃上寫了猥褻的字眼，她卻得犧牲上課時間來把它清掉。溶劑讓她的雙手變得粗乾，皮膚陣陣刺痛。感覺像是懲罰，像是她自找的。

午餐時間，她把校長說的話告訴其他人，他們聽了猛搖頭，似乎一點都不意外。「他不會幫妳的，他和他們是一伙的，」查士丁尼說：「交給我們處理。」

「別讓那些瘋子逮到妳落單。」蕾拉說。這話讓花娜想起她們放火燒姊姊頭髮的事。她開始後悔去找了薩里安科先生，開始希望他別眞的找凱爾或卡莉談話。

到生物課的途中，她盡可能拖著腳步，也許就因爲這樣她遇上了杰瑞德。也可能他正好在等她。「昨天的事很抱歉，」她還沒開口，他劈頭就說：「我們還是朋友嗎？」

「可是你到處跟人家扯和我上床的謊話。」她說。

他睜大眼睛。「什麼？」

「謊話。」這一切會不會早在他計畫中，從最初天使翅膀的事就開始了？「我根本沒做你說的那些。如果說我眞的做了某些事，那是因爲——因爲——」

她說不出來，因爲連她自己也不知道她爲什麼會那麼做。他不像她想的那樣，她自己也不像她想的那樣。杰瑞德說：「花娜，撐著點。」可是她撐不下去了，她沒辦法正眼看他。她匆匆溜上二樓，閃進第一間洗手間。

洗手間的地板是藍綠色，小隔間是糖粉色。她躲入其中一間，順手拉上門栓，一直等到想哭的衝動緩和下來。然後她走出來，在臉上潑冷水。

她的頸背一陣發麻。她轉身。

卡莉，還有另外三人。一個是一起上體育課的，另外兩個沒見過。

「我得去上課了。」花娜說。

卡莉微微一笑。和凱爾一樣，她笑得很燦爛。「不，告密鬼，妳哪兒都不必去。」

起初，花娜心想就當是生物課吧，只不過場地換成了二樓的女生盥洗室。她以為只要自己不斷說不，不，不，最後她們一定會覺得無趣然後走開，或者會有走廊糾察員剛好過來巡視什麼的。可是沒人過來。沒有同學，沒有走廊糾察員。四個比她大的女孩朝她走來，逐漸逼近。門口距離她彷彿千哩遠。

她們說的話讓花娜耳朵發疼。肯柏是不是同時和花娜、蕾拉姊妹做；他是不是讓她們互相做；她們是不是也跟他的狗做，聽說他有一條超大的老大丹狗，不知那是什麼感覺。還有那個愛舔女生的小肥婆克麗絲，她是不是也跟這對姊妹互舔；不知道她的嘴一次能含幾支屌，聽說她是口交專家，或許可以教教她們。

等卡莉拿出一根香蕉時，花娜已經由於恐懼和羞辱哭了。沒有大哭，也不是啜泣，可是淚水已在眼裡打轉。卡莉衝著她露出甜得發膩的微笑，把香蕉遞出。

「拿去，親愛的，」她說：「讓我們瞧瞧妳是怎麼做的，然後妳就可以走了。」

「我們想學習一下。」

「我們可不是賤貨，不像妳，跟誰都可以來一下。」

「讓我們瞧瞧，花柳娜娜。」

花娜看著香蕉。「我沒辦法。」她小聲說。

卡莉開始把水果拿在手中搖晃，像是用骨頭逗弄狗兒那樣前後晃動。「快點，不然我們打得妳屁滾尿流。」

不，花娜隱約想著，她們不會的。她們是有人氣、受人尊敬的女孩。排球代表隊主力，返校節公主，不是會在樓梯間互扯頭髮的那種人。這只是玩笑罷了，一個殘酷到了極點的玩笑。「不要。」她說。

某種重物——書本——擊中花娜的後腦杓，她感覺自己的膝蓋撞上了磁磚地板。

更多書，砸向她的雙腿，她的背，她的手臂。除了臉，全身沒一處倖免。當花娜哭了出來，她們要她閉嘴，繼續沒完沒了地狂扁。花娜這輩子沒被揍過，這會兒卻落得在洗手間地上痛苦扭動，拼命想抓住什麼，卻只得到殘酷——剛才她還覺得門口似乎距離好幾哩遠，這時它彷彿在數光年之外，隔著無數星系。透過刺痛的眼睛她幾乎看不見它。

以前她常想那些殉道士如何能忍受可怕的鞭笞、酷打和砸石子。現在她明白了，他們忍受是因為他們沒得選擇。花娜也正咬牙強忍著。痛了不知多久，她被她們拉起，跪著。她們拿出手機，花娜則是啜泣發抖著接過某人遞過來的香蕉，然後顫抖著將它粗短的尾端像冰棒那樣放進嘴裡。它的味道苦澀又不潔。

「不對，」卡莉說：「認眞點。」

花娜不懂她們到底要什麼。卡莉抓住她的手腕，把香蕉在她嘴裡一進一出地抽動。「這樣才對。」

花娜試著照做。她只想她們快走開。她只想這一切盡快結束。

「老天，妳眞的什麼都不懂？」卡莉抓起花娜的頭髮，將她的頭往後拉。

「小心，」一個拿著手機的女孩說：「別入鏡了。」

可是花娜的臉，沒錯，正是她們要的。只見相機鏡頭的黑眼瞳眨也不眨地對著她。

「像這樣，蕩婦。」卡莉說，強勁的雙手硬讓香蕉深入花娜嘴裡。粗糙的尾端刮痛她的喉嚨，但卡莉繼續推擠。花娜已開始窒息了，她仍然繼續推得更深，更深，香蕉皮的可怕苦味瀰漫她的口鼻，還有牙齒咬下果皮時粗硬纖維的噁心感，讓她忍不住嗆了起來。幾個女孩笑成一團。

「好啦，」卡莉說：「夠了。」

在房間的極度死寂和她內心的極度死寂之中，時間一點點流失。寂靜有如深水，壓著她的耳朵，像是在教堂夏令營營區湖水的底部，水草輕撩她的雙腿，軟泥吸吮著她的腳趾。混濁的水，褐黃的光，湖水的澀味。有時別的小孩會向你下戰帖，說我們來比賽誰憋氣憋得比較久，於是你潛入水底，你的肺被壓縮得沒了空氣，最後你朝著亮光用力一蹬，在水面激起無數亮閃閃的水花，然後你大笑起來，因爲重獲空氣和陽光的解脫感而開懷大笑。

花娜滿嘴都是香蕉味。她吸氣，鼻腔裡全是香蕉味。上不去了，變壞沒得解脫。

有那麼片刻，蕾拉來了，躺在她身邊的床上，揉著她的背，輕聲告訴她不會有事了，一切都過去了，她沒事了。花娜無法相信她，無法回應。

晚餐桌上，沒她，家人閒聊著。走廊裡，餐廳燈光的盡頭，她蹲在敞開一條細縫的房門裡，聆聽著。

「可憐的東西，」母親說：「我到護理室接她的時候，她臉色好蒼白。」老爸說：「一定是病菌。很多人被傳染嗎，蕾拉？」

「噢，對啊，感染的人非常多，整支女子排球隊都染上了呢。」

「眞糟糕。」

「她們活該。」

瓷器的細微鏗鏗聲有如一陣風，吹向街坊鄰舍。「要知道，蕾拉，高中生活——也是妳人生的最重要階段——好壞都是妳自己決定的。我高中時就懷孕了，妳想那會有多好過？」

「我打賭一定比墮胎更不好過。」

「上帝要我們生下妳，蕾拉。」

「憑著祂的全知全能？」

母親說：「祂的事功是圓滿的，祂的道是正確的。我的意思是，只要妳以善意待人，必然也會得到善意的回報。」

「妳到底是活在什麼樣的奇幻世界啊？」

「就是妳曾經也待過的那個世界，」老爸說：「也就是上帝要我們看見世間存在著美善，而非只有醜陋的那個世界。」

「醜陋的事媽的才多咧。」

「蕾拉，嘴放乾淨點！」可是母親的斥責不是太認眞，無法令人信服。

「信什麼，得什麼，蕾拉，」老爸說：「托比最早來參加禮拜聚會時曾經告訴我，他好羨慕妳們姊妹倆，因爲妳們在一個充滿上帝光明的世界裡長大，而他直到那時候才開始體驗。可是瞧妳說話的方式，目空一切的態度，老愛冷嘲熱諷。托比拼命努力，只求能窺見那光明的一角，妳卻似乎巴不得把它全部丟棄。」

「那你領養托比啊。」花娜聽見椅子嘎地被推開。

「走吧，」老爸說：「別回來了。我已經懶得勸妳了，蕾拉。」

單獨在房間裡，花娜是巴比倫的妓女拔示巴。她是世界末日四騎士，她是莎樂美，她是反基督的獸，她是蘋果。她是索多瑪城的天空降下硫磺雨時死亡的大批無名孩童當中的一個。

# EIGHT・8

這晚凱洛得值班，她難得一次覺得開心。把頭髮梳整齊，戴上耳環，站在蓋利舖著潔白桌巾的餐廳內，彷彿她屬於這裡，彷彿她的人生也像周遭的環境一樣整潔有條理。這晚她有個桌位坐著兩對男女，一對很普通，另一對十分漂亮體面、應對自如而且很有錢。尤其是那位男士，也可能那種考究的打扮在男人身上特別顯眼。他的頭髮剪得很有型，牛仔褲也是。當凱洛招呼他們點酒時，她聞到一股非常特別、顯然不是在藥妝店特價活動買的古龍水的香味。他和他妻子——她的無名指戴只碩大的結婚鑽戒——兩人都三十多歲的樣子，比凱洛年長大約十歲。凱洛忍不住想，她可不敢奢望未來的十年歲月會待她如同對待這對夫妻那樣地慷慨。這位男士點蔓越莓和汽水時直視著她的眼睛，親切溫暖的眼神帶著淡淡的笑意。她腦中掌管風花雪月的那部份覺得他實在太有魅力了，可是其餘部份只能接受點餐然後走開。因爲這位美男子有個美人妻子，他們的婚姻生活顯然也十分美滿。家裡有台安靜得出奇的洗碗機和專人負責操作，牆上掛著藝術眞品，經常到所有標誌全是法文的島嶼度假。她想像他們穿著厚軟白浴袍懶洋洋坐著，就像飯店廣告裡的模特兒，喝著義式咖啡，讀著有學問的書。經典作品、時事分析或者重要歷史人物的傳記。說不定還生了幾個從來不流鼻涕的乖巧兒女。

他點了烤牛肉沙拉和燒烤鯖魚。時髦但不做作。另一對點的就普通多了，蟹肉餅、魚柳捲和龍蝦餃。她給他們送開胃菜時，那位漂亮男子正說著，「你們不需要把錢花在買車或度假上頭。你們可以用他的名義設一個紀念基金會或獎學金。需要的話我可以把我的會計師介紹給你們。」

「不過，如果買車或度假可以讓你們舒緩心情，那也無妨。」他的妻子說。不像她丈夫，她看都沒看凱洛一眼。

「付完律師費之後，也沒剩多少錢了。」長相平凡的男子說。

稍後，她送主菜來，漂亮男子又給了她親切的眼神，和她目光接觸，淡淡笑著。感覺像是在她手背碰了一下。服務人員的基本期待：讓人覺得被重視，讓他們覺得受到注意。在凱洛輾轉於多所學校的學生生涯當中，她曾經被送去見一位輔導員。（因為她加入同學的群毆，如今想來不太像她，可是當時瑪歌狀況很糟，凱洛經常睡眠不足。）那位渾身煙味的胖輔導員給了她溫暖的眼神。那麼親切，那麼率真。

**好啦，凱洛，今天妳想聊點什麼？**

沒有，她什麼都不想聊。這話她反覆說過不知多少次了。那位輔導員似乎準備要放棄的時候，剛好瑪歌決定她們應該住在有水流的地方，隨著住進河邊的一間破房子，她有了新學校，因此再也沒見過那位輔導員。也許那個漂亮男子是個精神科醫師。她會不會去找他檢查一下腦袋？她會不會躺在他的辦公室沙發上對他坦露一切？她又替他送上一份蔓越莓加汽水，他的眼神溫柔得有如愛撫。

她收到一則邁可的簡訊——**妳對鎳過敏嘛？**——回信說，不知耶，怎麼？儘管她非常清楚他在挑戒指。

**沒事☺愛妳。**

凱洛猶豫了一下，然後回信，**也<3**[15]**你**。看起來好像代數方程式。

她替他們的水杯裝滿水。漂亮男子的妻子始終沒伸手整理她的頭髮或衣領。她丈夫不願在帳單上留下電話號碼。這女人的一切都完美得無可挑剔。用餐巾墊著醬汁陶壺，免得濃汁滴在衣服上。凱洛想像自己處在那完美女人的位子，在設備齊全的廚房裡啜著公平貿易咖啡，欣賞窗外的風景。片刻後，在採光絕佳的化妝台前塗抹昂貴化妝品，一旁擺著那種插著精油線香的香氛陶罐，散發著優雅的森林香氣——像是檀香或絲柏之類的。她感覺得到腳下的地毯，感覺得到絲絨浴袍的觸感。她聽得到。那份寧靜，那份平和。

幻想逼眞生動得令她害怕。她是怎麼了？只是太無聊，還是她腦袋的化學作用開始造反了？今天幻想自己過著貴婦生活，明天會不會開始對抗牆壁裡的矮精靈？萬一她和邁可結了婚，經過兩年或者三、五年之後，某天她突然半夜醒來，苦苦哀求他保證他們依然保有個別的自己，或者讓她看她在自己兩隻手掌上切割出來的一雙眼睛？他會不會說，**沒什麼大不了的，寶貝**，然後遞一罐啤酒給她？

凱洛回想她下班回家，發現瑪歌把屋裡所有門把全部拆掉的那天。當時是冬天，鎮上的聖誕節裝飾依然燦爛無比，可是家裡卻充滿了明明是佳節卻沒什麼可慶祝的悲涼，冷風不斷從所有門孔呼呼地灌進來。

**末端**，瑪歌說，**末端神經側支。貓群。要抓貓群。**

凱洛站在起居室裡，聽著風雪呼嘯聲和母親滿口的胡言亂語，心裡明白要是她繼續在這屋裡待上一晚，準會沒命。她的心臟還會跳動，可是她將會心寒至死。這時，醫院用的那種會發出嗶嗶聲，不是爲了救她而是爲了救瑪歌的維生系統的畫面讓她下了決定。她當即轉身，步出了家門。兩小時後她在一處公路

15 網路語言中等於love或心型圖案。

休息站打電話報警，告訴他們有個無法自理生活的女人獨自在家裡，然後就掛了電話。

如果她和邁可結了婚，如果，很不幸地，他們有了小孩。萬一她瘋了，他們將面臨許多困難的抉擇。邁可是否做得到？是否能妥善作出抉擇？他會不會像她拋下母親那樣拋下她？

當凱洛撤下他們的甜點，那兩對夫妻正談得熱絡，她盡力裝成隱形人，盡力不打擾他們。那位漂亮女人正說，「她目前的狀況讓人喪氣到了極點，妳絕對想像不到。」

「妳已經盡力了。」長相普通的女人說。

「我只能告訴自己，上帝對她另有安排，」漂亮男子輕觸妻子的手說：「我們經歷這一切不是沒有理由的。」

凱洛用除屑器清理著桌面，邊注意保持笑臉。

「眞正讓我擔心的是花娜，」他妻子說：「她是個善良女孩，但實在稱不上意志堅定。」

「是啊，」漂亮男子嘆了口氣說：「就這點麻煩。」

照理說，發現這對漂亮的夫妻在子女方面也有不少問題沒什麼好開心的，但她還眞有點開心。凱洛的心情一下子高昂起來，而且她瞥見那位妻子眼角的魚尾紋，還有男子突出的喉結。送上帳單之後，凱洛遠遠看著他們，看見他拿出一支看來相當昂貴的手機，低頭用裡頭的計算機功能算著該給多少小費。她去收錢時，看見他多留了幾塊錢。

凱洛心想上帝對吝嗇給小費的人是否也有一套安排。她希望那些人的女兒在公園裡幫毒蟲吹喇叭。她希望上帝對她們的安排包括長大後變成靠小費過活的餐廳服務生，讓他在女兒的保釋金和性傳染病治療上花大錢，來抵銷他欠她的每一分錢。

下班後，她發現她的車子無法發動。唯一還沒走的只有蓋利，他翻著白眼說：「又來了？」但還是把他的休旅車開到凱洛那輛小喜美的停車位前，來協助她啓動。邁可曾經告訴她，連接別人車子的電瓶來啓動車子，大約得花五分鐘才能完成。站在冷冽的秋風中，被車煙包圍著，凱洛說：「喂，蓋利，你結過婚沒？」

「結過一次。」

「滿意嘛？」

他大笑。「瞧妳說得好像上餐館吃飯。婚姻可不是任妳用完就丟的東西，它就是妳本身。有些人就是適合，有些人就是不適合。」

「那你是哪一種？」

「我是個頂尖的主廚，這就是我。」又一陣大笑，這次是兩人一起。凱洛很喜歡蓋利，她很慶幸他對她沒意思。

他摳著手指上的燙傷疤痕，邊說：「和邁可有關？」

他的口氣很淡然，不具侵略性。她聳聳肩。

「想不想聽點好玩的？這鎮很小，我認識他母親。」

「眞的？」凱洛被激起了好奇心。

「艾麗，詹斯勒，我們高中時代曾經一起在美食園當服務生，這女孩機靈得很。我一直很喜歡艾麗。」他說著露出苦笑。「唉，我老了。」

「你認識他父親嗎？」

他搖頭。「只看過他偶爾來找她。後來他們進了雷契斯柏格高中，我進了聖約瑟夫高中。他看來人還不錯。**人不會和父母一樣的，凱洛。**」

「相信我，這我非常了解。」她等他繼續說點什麼。可是他沒開口，於是她笑笑，說：「還有什麼忠告沒有？」

「換個新電瓶。」

「那替我加薪。」

他咧著嘴笑。「把這列入妳的結婚禮物清單好了。」

她小心翼翼地說：「事情還很難說。」總覺這話難以啓齒。

「妳也很機靈，遲早會想清楚的。」他說，然後對她說明兒見，她謝謝他的幫忙。

眼前有不少困難的抉擇，將來還會遇上更多。她不認爲邁可・庫希馬諾有能耐處理，她不確定這對兄弟誰有那能耐。派崔克不久前作的那個抉擇差點毀了他，或許已經毀了他，或許他只消輕輕一碰就會崩潰。

凱洛把車開往通宵營業的折扣商店。其實她沒有特別想買的東西，只想找個人多熱鬧的地方。除了那個家什麼地方都好。可是一到了那裡，她才想到這麼一來她必須讓車子持續運轉個二十分鐘，不然電瓶又會掛掉。要是兩週前她可能會到佐奈的店去，可是現在想都別想，她沒辦法信任自己。

於是她坐在空轉的車子裡，在停車場的暗淡燈光下想著那個漂亮男人和他的漂亮妻子。不知道他們和他們那雙難搞的女兒是否都已經窩在舒適的床上。她終究還是不希望他們的女兒在公園裡幫毒蟲吹喇叭。透過敞開的車窗，她聽見一列貨運火車穿過鐵道坑呼嘯著往西疾馳而去。再沒有比這更悽涼的聲音了。一個滿臉倦容的女人推著輛滿滿的購物車走過停車場，腳步沉重，身體隨著步伐左右搖擺。凱洛坐在車裡，任由車子空轉。邁可該已帶著戒指回家了。她無處可逃。

# NINE · 9

天亮時邁可在上班途中繞到佐奈的店裡，笑得像個傻蛋。他把一只小巧的絲絨盒子拿給派崔克看，盒子裡裝著一枚黃色金屬環上鑲著心型小鑽的極小的戒指。看起來廉價得要命。不符凱洛的品味，但是派崔克猜想她還是會接受。只要不考慮曾經和他上床的事，她實在沒有理由不接受。況且冷靜一想，和他上床似乎也沒那麼可怕。邁可和凱洛會結婚的，她會懷孕，變成潑婦。再過個一年，他這個叔叔將會把他們所生渾身乳臭的小嬰兒抱在膝蓋上玩，看著凱洛的雙下巴，心想他到底迷上她哪一點。邁可會拖著他到傑克餐廳，向他抱怨他那個兇老婆的事，然後漸漸地，派崔克將會失去她：她的髮香，她那清脆的朗笑聲，那個漂亮又聰明伶俐的原來的她。

或者他會搬到奧克拉荷馬，加入牛仔競技表演團然後被公牛踩傷。

他回家，上床睡覺。剛過六點被床邊地板上一陣刺耳的喀啦噪音吵醒，心想，我得把那討厭的鬧鈴聲改一下。是蕾拉。在匹茲堡那晚他給了她電話，可是之前她從沒打過。這很奇怪，因爲在他印象中，她這年紀的女孩都是一出生就在頭骨被永久植入了手機的。

果然，她劈頭就說：「你的電話爲什麼不能接收簡訊？」

「因爲簡訊得付費。」

「那就申請優惠套餐啊。」

「是啊，我爸媽會幫我付費。」

「唉喲，別這麼惹人厭好嗎。」她竟然有臉裝出被欺負的樣子。「我上次是有點失常，對不起，可以嗎？我還在青春期，本來就該喜怒無常，一團亂。你自己還不是一樣亂糟糟。」

這倒是眞的。「妳到底想說什麼？」

「我想說的是，咱們就亂在一起吧。」

他嘆口氣。「少胡扯了，蕾拉。」

「才不是胡扯，」她很快地說：「只是約會。我們可以去看電影，吃爆米花。」

他沒說話。

「拜託嘛，」她說，接著又用不怎麼讓人信服的激將法加了一句。「如果你表現得不錯，到時我說不定會允許你上二壘。」

派崔克看著時鐘。邁可十點就會回家。邁可和他的小絲絨盒。「二壘，是吧？」

「看你的表現囉。」

「九點來接我。」他說。

他沖了澡，換上衣服，刮了鬍子，還煞有其事地噴了邁可的古龍水。他沒靜下來思考他在做什麼。前晚他出門上班前一如往常聽見邁可和凱洛在樓上的動靜。他們不在乎他聽得見。她不在乎，不管是這個，或者她在後院看著他的那種眼神，或者他們那晚在他房裡做的事。他也不想在乎。

蕾拉早到了幾分鐘。天色幾乎已暗下。在大賣場電影院外面的停車場中，他們在車內坐了一陣子。隔著幾排車子，一群年輕人——大約是她的年紀——正像小狗似的滾下車。派崔克看著他們邊談笑邊東倒西歪地走向電影院，恨死那些孩子，每一個。那些孩子可以盡情享受他們的未來，什麼都不缺，有的是時間和精力遊戲人生。就和蕾拉一樣。

可是她在他身邊，凝視著那群人消失，彷彿和他頗有同感。他越來越意識到她身體的存在。不只看見而且感覺得到她的嘴唇輪廓，她伸手到毛線衫的大領口底下去搔後肩的癢，她的短裙在穿著網襪的大腿上翻起。他們一下車，她第一件事就是把裙襬拉整齊，這動作只讓他更想把它撩高。

「這部電影——」她說。

「去他的電影。」派崔克說著吻了她。他個子比她高，親吻時依稀感覺到他在她唇上施加的力道迫使她的頭往後仰，不得不在他把舌頭探入她嘴裡時抓著他免得跌倒。可是他連這也不在乎。

「輕一點，」他鬆開她時，她有些吃驚地說：「我差點以爲你喜歡我呢。」

那群孩子已進了電影院。四下無人，一股強風吹過賣場停車坪，四周亮著整排弧光燈，每盞燈底下都吸引了一大圈細小的飛蟲，有如搞不清降落方向的雨滴那樣胡衝亂轉。派崔克可沒這困擾，他非常清楚哪個方向是往下。「咱們離開這兒吧。」他說。

她朝賣場看了幾眼，咬著嘴唇。「樹林裡有個地方，是我朋友祖父的房子，可是他住在養老院，除了我們沒人會過去。」

「很好，」他說：「咱們走吧。」

蕾拉開車往東走，出了小鎮。最後車子進入一條勉強可容一輛車通過的無名小徑。樹枝刮撓著車窗和車頂。當她終於停車，兩人踏出車門，他以爲會看見保險槓上掛著帶血的鉤子，就像都會怪談描寫的那樣。她說得沒錯，這地方非常偏僻。他以爲或許是打獵小木屋之類的，可是他從沒見過那樣的房子。蕾拉從後車廂拿出半打啤酒——瓶裝，不是罐裝——然後往灌木叢裡走了幾步，樹林裡似乎有條小徑的樣子。

「來吧，」她說：「那裡有塊空地。」

他跳上車子的引擎蓋。「我寧可待在這兒。給我一瓶。」

「可是——」她遲疑著。「算了，你說得沒錯。」她走回頭，靴子將林木的碎屑踩得嘎嘎作響，半打啤酒放上引擎蓋，然後在他旁邊倚著車身。「沒什麼，只是我們一向習慣到空地去。」

「我們？」他用他鑰匙圈上的開瓶器撬開兩瓶啤酒。引擎空轉著，讓酒變得又溫又苦。這招他倒從未試過。他比較喜歡Coors，但啤酒終究只是啤酒。

「我那群死黨和我。」

「是啊，我想也是。」他說著大笑，笑聲聽來還算眞切，可是他內心就像林地上的落葉，乾枯脆弱得可以。「我猜你們一群人一定是穿著貴氣的衣服，開著貴氣的車到這兒來，然後圍成一圈坐著，朗誦著感嘆人生糟透了的詩句，對吧？」

「說不定我們的人生眞的很糟，」她說：「你又不知道。」

「我知道我是。」

她從鼻孔呼氣。聽來像是大笑。「那麼，說出你心裡的感覺吧，派崔克。」

**他十分討厭的說法，因為當有人對你說這句話——說出你心裡的感覺吧——其實他們的意思是別說。**

派崔克望著天空，望著那片聽得見卻看不清，幾乎紋風不動的樹葉。「我覺得我已經死了，只是身體還能動，我遲早會被某個有本事看完那部殭屍電影的人轟掉腦袋。」他大笑。眞的大笑。「特種殭屍六號，持有加油泵鑰匙的殭屍。」

他把啤酒瓶拿到嘴邊，可是瓶子已經空了。他的心麻木了，但腦袋很清楚，就好像喪失了感受痛苦的能力，再也沒什麼好害怕的了。蕾拉卻反常地安靜。他聞得到她的味道，廣藿香和丁香；看見她低頭盯著雙手，把玩著棺材戒指時，頭髮散落在臉上。他滑下引擎蓋，站在她身邊，一手攬著她的腰，一把將她抱起，將她放在引擎蓋上。她兩條手臂環住他的肩膀，兩腳腳跟在他背後交叉，短裙緊繃在大腿上。

「我感覺，」他說：「很想和妳打炮。」

在幽暗中，她猶豫著。「就這樣？」

「就這樣。」他說。

**當然，性不是說做就能做的**，**因此實際上是幾分鐘後**的事。可是當你知道自己要往哪裡去，也就沒必要多耽擱，而派崔克知道他要往哪裡去：他正要往懸崖下跳。上一個和他上床的女孩是凱洛，那次也是黑漆漆的。他的雙手帶著對凱洛的記憶，積極探索著女孩的頸子、頭髮、背部、雙腿和乳房，兩手鑽入她毛衣底下然後摸上她的肋骨。她輕輕顫抖起來，手指掐入他的肩膀。她呼喚他的名字，他回喊了什麼，但說完馬上忘了。應該是**閉嘴**吧。當他感覺自己就要射了，他突然想起應該要拔出來，可是他沒有。當下，在此刻，那似乎不重要了。

之後她把衣服拉整齊，牽起他的手，帶他進了車子後座，拉過他的手臂圍住自己的身體。他由著她去。他已經耗乾了。不，已經空了。他以爲她可以把凱洛的影子從他腦裡、身體裡驅走，以爲性可以緩和他內心那股要命的麻木感，然而，如果兩人之間本來就沒什麼，性也就什麼都不是。這會兒他們已經做了，可是什麼都沒改變，不同的只是他人生的這部份——蕾拉——已經成了必然，而他再也不必抗拒。他可以讓步了，他們可以只做這麼一次，也可以連續做他個七天。

不過，做完之後，他有點後悔他們沒帶保險套來。可是這種事總不能對一個剛和你發生關係的女孩開口。

「你看。」她指著車窗外。

他轉頭，看見灌木叢裡有一小團模糊的亮光。是她的內衣，他發現，正像裝飾品掛在樹枝上。

「我常好奇在這種地方，內衣最後都跑哪兒去了，現在我知道了。下次我和朋友來，我會看見它，然後想起現在。」她偎著他慵懶伸展著肢體，發出唔——的滿足聲音。「因爲實在太美妙了。」

似乎不太可能，因爲他想都沒想到要令她感覺舒服。他多少有點希望不是這樣——她當然不是處女，但畢竟還年輕，經歷過的男人能多到哪兒去呢，他應該多用點心善待她才對——然而基本上他只覺不安又懊惱，因爲她這話聽來又像是在模仿電影對白了。剛才那一切根本談不上美妙。

她撐起身體，跨坐在他腿上。「請注意，我本來沒料到會有這種發展的。我想的是到迪尼冰淇淋店去吃冰，最後在我家門口吻別。我爸媽要是看見你吻我，不瘋掉才怪。」她扭動著貼近他，手指輕撫他的胸口。「你喜歡我，對嗎？」

「我當然喜歡妳。」他機械地答說。有時候他確實喜歡，只是現在不一樣，畢竟兩人才剛辦完事。他的罪惡感又隱隱蠢動著。

「比起她，你更喜歡我嗎？」

「誰？」

「你明知道的，你哥的女友。」她刻意保持淡然的口氣。他沒回應，可是蕾拉很執著。「你比較喜歡我對嗎？」她又問，這次他的心有如被利刃劃過。他硬把痛楚壓回它那令人難堪痛心的原點，一手伸進蕾拉的裙底。因爲蕾拉在這裡，凱洛不在；因爲蕾拉一路苦苦追求他，而凱洛還沒開始就放棄了。因爲他看過凱洛的裸體，感覺過她在他底下興奮地彎起背弓，那次他是在乎的。他在乎，而她把它奪走了。這時候她或許正對著那枚醜到爆的戒指尖叫落淚，不斷說著，**噢，我願意，邁可，我願意嫁給你**。

「就現在，我的確是。」他說。

蕾拉微微一笑，不是那種疲倦的苦笑，而是連眼角都帶著笑意的眞心的微笑，讓他突然想到過去他從沒看過她露出這樣的笑容。她在他腿上變換姿勢。「你常得聽他們做愛的聲音嗎？」

「是啊。」他將三根手指放進她體內。

她猛抽一口氣。「也許哪天可以帶我去，也讓他們聽聽**我們**做愛。」

她的思考方式讓他突然感到一陣喪氣的心痛。像個孩子。莫非她以爲他們此刻是約會，以爲他會帶她去參加高中舞會？

他把雙手縮回。她兩手捧著他的臉，說：「說點好聽的。」渴切、哀求的意味是那麼明顯。他不知該如何回應。她並不美，而是可愛，而這絕不是她想聽的。剛才的性愛還不錯，幾天前的口交也還不錯，可是都談不上精采。他不知道有什麼好話可說。

「過來。」他只說，這似乎令她相當開心。她彎下身吻他，他也回吻她。這次可得表現得好一點了，他想著，邊拉住她毛衣的下襬，將它往上脫掉。

當他的手指摩挲著她的肋骨腔，他感覺她的皮膚有點異樣，像是黏著某種熱燙的東西。她的肩膀抽搐了一下，並且發出怎麼聽都不像叫床的細弱聲音。他把她推開。

「妳沒事吧？」然後往下一看。黑色胸罩襯著她的雪白身軀，這他料想得到，可是在胸罩下方，他看見她的肋骨腔上有幾道淡淡的印子，筆直、幾何形的線條不太像是傷疤。

「好得很。」她又彎身吻他。

「等一下。」那些印子很像刺青，但刺青摸起來不是那種觸感，不會黏黏的。

「不要。」她說。

他又把她推開，這次沒那麼溫柔了。他伸長了手，打開車頂閱讀燈。蕾拉僵住，像被逮到做壞事的小孩動也不動。

那些印痕不是刺青，是割傷，好幾道呈交叉狀的平行割痕分布在她體側，像是全世界最殘酷的井字遊戲圖案。每道傷口都起碼有兩吋長，俐落筆直但相當深。傷口還很新，周圍的肌肉組織是鮮紅色，浮腫得像一圈肉墊，割痕本身結了暗紅色的硬痂。他看見在這些新的傷口後面還有別的傷痕，舊傷口，有些還是粉紅色，有的已褪成白色。

他的麻木感有如窗遮簾，啪一下打開。「老天，這是啥？是妳自己割傷的？」

「不是。」蕾拉的口氣異常平靜，而且絲毫沒有想要遮掩裸露皮膚或傷口的意思。

難受得想吐，他說：「誰幹的？」

她昂起下巴。「一個朋友。」

「妳讓人家這樣對妳？」

她的裙子撩到大腿上，兩條手臂軟軟搭在他肩頭，用幽靈般的手將派崔克的一縷亂髮撥到耳後——動作輕柔得讓他畏縮了一下——她說：「是一種儀式。他喝我的血，我喝他的，其實和性愛差不多，只是

——更強烈一點。」

派崔克注視著她。「天啊（Jesus）。」他又驚呼。

「耶穌只是神話。」曲解了他的意思——也許是故意的。她的嘴角微微彎起。「我爸媽曾經說，如果我愛耶穌，可以把祂放在心裡。查士丁尼在我心裡，還有我的血管和微血管裡。我想他們大概不是這意思，對吧？」

她的聲音很柔和，甚至帶著點淘氣，可是她的臉卻空白平板得有如塑膠娃娃。派崔克胃裡那股想吐的感覺更強烈了。

「剛開始他只是淺淺劃個幾刀，例如在我臂膀上。可是他不想讓別人看見我的疤痕，就開始劃別的地方。」她的手往下，觸摸那些傷口，輕得幾乎像愛撫。「以前還可以，但現在怎麼都嫌不夠。我總想有點新的體驗，總是想感受新的情緒。**我需要被捆綁然後才能體會自由**，我需要和他的某個討厭我的朋友上床然後才能了解愛，我需要讓他傷害我然後才能體驗快感。而且他常說，**妳夠堅強，承受得了的，別讓懦弱控制了妳，要霸氣，要勇敢**。每當我和他在一起，總有那種奇怪的念頭，覺得他傷害我是應該的。不然又能如何呢？」

派崔克背後是柔軟的座椅，兩側是堅硬的金屬車門。車子的濃烈合成皮革味非常嗆鼻，她壓在他腿上的身體又那麼沉重。

「**他常掛在嘴上的一句話就是**，我永遠都不可能和別人在一起，因爲我喝過太多他的血，而他也喝了太多我的血。可是他錯了。瞧瞧我們，我們彼此了解，我們是那麼相像。和你在一起感覺好棒。」她拉起他的一隻手，將它壓在那些割痕上。傷口摸起來很燙，突起的稜脊好像縫線。派崔克腦子飛馳著。這可不太妙，這太過火了。他內心慌亂極了，身體卻無法動彈。只見她眼睛緊閉，發出一聲細小尖銳的嘆息，讓他想起之前她在車子引擎蓋上發出的叫聲。她的身體突然僵直。「就這樣，很舒服。」

**他感覺手指有點黏，而且聞到血的味道。他低頭，發現有一道傷口被她撫弄得裂開了，鮮血染上兩人的手指。一股銅腥味，加上車子廢氣。外頭只有樹林，可是車裡卻彷彿有著水泥地板，煤渣磚牆，整個世界嘩地崩落的聲響，還有手指上的黏膩感，死亡的逼近。他把她推開。十分用力。**

她往後倒，頭撞上了車門。在極短卻又彷彿極長的時間裡，她凝視著他，一手緩緩移向後腦杓。他不知道自己是什麼表情，只看見她那雙眼睛由於驚愕而睜得大大的，然後她哭了起來。

「別那樣看我。」她說。他根本沒空看她。他胡亂轉動著車門把，下了車。他弓著背蹲在地上，感覺就要吐出來了。

可是沒有。他可以聽見她在車子裡大叫大嚷，規則的砰砰聲可能是她用拳頭敲打座椅的聲音，比較尖銳的撞擊聲則可能是她正用靴子狂踢車門。他兩腿顫抖著走向前保險槓坐下。在他頭頂，風中的樹葉沙沙作響。他聽見遠方傳來車聲。空氣十分濕冷而黏膩。

片刻後，車內靜了下來，她終於也下了車。她已經把毛衣穿上，在他身邊坐著但沒碰他，兩條腿伸直在前方，低頭把玩著她的棺材戒指，把它彈開又闔上，彈開又闔上。他沒回頭看她。他不了解她。他們不是同類。車庫，訴訟，兩手捧著腦袋的老爸——加上他的喘不過氣來的母親——那些事非常可怕。可是蕾拉衣服底下的東西只是遊戲，他怨她不該把他拖進來，不該接近他。

**「我還以為你和別人不一樣。」**她說，語氣充滿一種麻木、異樣的平靜。**「原來你只是又一個滿腦子漿糊的雷契斯柏格鎮的靈長類。我以為我們可以拉彼此一把**，可是你根本不值得我費力。查士丁尼說我們比你優，他果然沒錯。」她注視著他，眼神空洞洞的。「十五分鐘前我才和你做愛呢，想想還眞嘔。」

「妳和妳朋友根本不了解我。」他說。

「我知道澤帕克家打算凍結你們的房子。萊恩的爹在禮拜聚會中都跟我們說了，說耶穌要他們拿光你們所有的錢，好給你們一個教訓。看來你就要變成街友了，**混蛋**。**你活該**。**我當過萊恩的褓姆，他是個天眞可愛的小孩，喜歡汽球、熱狗和海綿寶寶——**」

這下他眞的要吐了。他搖搖晃晃走向灌木叢，在那裡大口乾嘔起來，被剛才喝的溫啤酒接著被空胃裡的酸液嗆得幾乎要窒息。他聞到一股煙味遠遠傳來。他眞希望他只是做了一場你驚醒，然後對人生、汗濕的床單和腳下地毯的踏實感充滿感激的那種惡夢。

**「你眞可悲，」他聽見她說：「自個兒想辦法回去吧。」**

車門砰一聲關上。引擎啓動。

他落單了。

派崔克用手背抹了抹嘴巴，手在大腿褲管上擦乾淨。他待在原地，頭垂在兩腿之間蹲著，凝望著底下的黝黑地面，聽著樹林裡的風聲。這一整天天空一直是水泥色，且飽含著水氣，他知道就算他抬頭也什麼都看不見。沒有星星，沒有月亮。沒什麼東西可看的。

**他不該和她做愛。他不該和她扯上關係。她已殘破不堪，就像背部的絲線被抽掉的布偶。他一直都很清楚，卻蠢得不願去面對。**

過了好久——或許也不算太久——他的兩腿開始抽筋，這才發現他蹲在一灘他自己的嘔吐穢物前面。他聞得到那氣味，膽汁和啤酒，而且像這樣彎著身子，他也聞得到剛才和蕾拉做愛的味道，他最後一次碰觸她的那股辛辣味。他的手指上帶著她的血乾掉後的殘留物的黏滑感。他的頭髮太長了，落在臉頰上，癢得很。無論他是誰，無論他做了什麼，他仍然在這裡。這世界不會就這麼化為一片黑暗，而他的腿又痛得要命，他除了站起來沒別的法子。於是他站了起來。

走了四十分鐘，他總算到達一個他認得的地方。走到半途，天空開始降下細密如針的大雨。不久他開始發抖，包在濕透的運動鞋裡的腳趾頭都麻了，而他突然想到，這是他停止開車以後第一次遇上下雨。最後他找到一個Citgo加油站，這裡的二十四小時營業加油泵在白光下閃閃發亮，平板玻璃窗上凝結著點點水珠。他躲入停車坪外頭的狹窄水泥突簷底下，拿出手機。

值得記他一筆的是，他在打給凱洛之前確實先打給了比爾和邁可。

半小時後，她的喜美開進停車坪。當她傾身過來替他開車門，他透過水濛濛的車窗看見她穿著睡褲，那件印著紅色骷髏頭的黑色法蘭絨睡褲。以前他覺得這件褲子相當俏皮有趣，現在它卻讓他想起蕾拉，他眞希望她穿了別的衣服。

「趁車子還沒熄火，快上車。」她的口氣相當惱火。「你讓我懷念起當年的恐怖鯊魚秀了。」

「對不起。能不能開一下暖氣？」

她把暖氣開到最大。「你喝醉了？」

「應該沒有。」他解開鞋帶，脫掉濕透的襪子。「我灌下一整瓶啤酒，但是吐光了。」

「難怪那麼臭。」她說著讓通風孔對著車底板吹。

「是啊，再次對不起。」

然後便安靜下來。公路上的寂靜，只有車輪滑過道路的平穩嗡嗡聲。凱洛車子的音響壞了，從他認識她的第一天起就一直是壞的。他很想說說話，把腦子裡的東西清光，就像之前在樹林子裡清光胃裡的東西。「今晚——」

「你知不知道大白鯊可以聞到好幾哩外的一隻死掉的大白鯊的味道？有人做過實驗，他們把死掉的鯊魚提煉成，呃，死鯊魚濃縮液之類的東西，然後只用一小滴——」

「凱洛。」

「只用一小滴，好幾哩範圍之內的大白鯊全部消失了，眞是全世界最棒的鯊魚驅逐劑。」

「凱洛。」

「你能想像自己做那種工作嗎，死鯊魚濃縮液提煉員？想想你在高中同學會上該怎麼介紹自己？」

他沒了耐性。「凱洛，聽我說好嗎？」

「不好。」她的聲音比平常高亢。「我不要聽你說話，因爲你會告訴我，你和那女孩，那個小孩，做愛了，我不想知道這些。我不想這樣看待你，不想知道你是會做這種事的人。」

「我和妳做愛了，不是嗎？」

「噢，天啊，拜託你閉嘴。」她的語氣充滿絕望，幾乎像是嗚咽。

他沒理會她。「妳是我哥的女友，我想都沒多想一下就和妳上床了。還有什麼比這更糟的？我報警來逮自己的親生父親，甚至沒先打電話找律師商量。還有什麼比這更糟的？」他發現自己惱火起來。「她不斷來找我，一次又一次跑來找我，或許眞的有人能夠一路拒絕到底吧，可是妳憑什麼以爲那個人是我呢？」

「因爲你很優秀！」她沮喪地用兩手的手掌根猛敲方向盤。「因爲你是我認識的人當中唯一會三思而行的人！因爲你太聰明、太正直，不該和那孩子發生關係，然後跑來對我瞎扯，說什麼她太想要，其實你我心裡都清楚她根本不知道自己要什麼，她只想有人帶她去參加學校舞會，有人關心她——至於你，渾球一個！」

她用力打他，用緊握的拳頭往他的大腿重重敲下，另一手仍然放在方向盤上。車子連偏斜一下都沒有。他的腿一陣陣僵痛抽筋，可是他只能緊抓著，什麼都沒說，什麼都不能說。那可不是打情罵俏，她是眞的打，而且確實很痛。他痛得要命，卻無法替自己辯解。

有好一陣子，車內沒有一點聲音，只有公路上的寂靜。

最後她長嘆了一聲。「唉，派崔克，」她搖著頭說：「爲什麼你就不能放過她呢？」

「我知道妳不會相信，可是眞的是她倒追我。」他揉著大腿。「老實說，我爲了妳的事，根本提不起勁去追別人。」

帶著淡淡的哀傷語氣，她說：「這都是我的錯，要不是我——」

派崔克的怒火又起。「怎麼會是妳的錯？今天晚上妳在嗎？是妳鑽進我心裡，逼我和她發生關係？」

父親發生車禍之後，他一直沒告訴邁可車庫裡的事，小孩牙齒的事。他從沒對任何人說過，因爲太可怕了他說不出口。現在他很想把蕾拉的事告訴凱洛，告訴她蕾拉肋骨腔上的割痕，還有她是如何拉著他的手去觸摸她的傷口，可是他還是開不了口，無法告訴她那些突起的肉芽腫得有多厲害，摸起來有多熾熱。

「要是我那晚沒進你房間，」她說：「你就不會變得那麼火爆，也根本不必和她扯上關係。是我把事情弄擰了，本來一點問題都沒有的。」

「沒問題才怪，問題已經存在不知道多久了。」接著彷彿有支鑰匙轉了一下，開啓了一切，他的舌頭腦袋和一切，他只聽見自己說：「她讓她男友把她割傷，喝她的血，還有——好多好多——天啊。我早就知道她不正常，可是我怎麼也沒想到，我發誓我眞的沒想到——」

這些話就像斷裂的牙齒從他嘴裡滾出。凱洛把車停在路邊，用雙手的手掌根壓著眼睛。「眞的很不妙，派崔克。你說不定得去坐牢，我不知道這個州的性自主年齡是幾歲。」

「妳認爲我是犯罪的人渣？」派崔克輕聲說。

凱洛兩手一攤，望著車窗外。「對。不對。我認爲——」她頓了一下。「我認爲你和我很像。」

「我愛妳。」他說。

「不可能。」

「爲什麼？」

「因爲沒什麼好讓你愛的。」她說著把車開回公路上。

剩下的路途中，兩人沒交談半句。一進家門，派崔克馬上洗了個超久又超燙的澡，將全身上下狠狠刷了兩遍。然後水也沒關便出了淋浴間，渾身濕答答走向洗臉槽底下的櫃子，在裡頭翻找邁可每次在車庫幹活後用來清洗雙手的東西。他把整瓶都用光了，聞起來像松節油加上古龍水的味道。刷洗時，他感覺得到它把他皮膚的水份刮掉了一層。

回到起居室，凱洛正坐在沙發上，一腿弓在胸前，另一腿縮在身體底下。電視機開著，他聽見水花潑濺、叫嚷聲和不祥的音樂聲。螢幕投在她臉上的光閃動搖曳著，十分美麗，可是她的表情是那麼冷漠愁苦。他不知該對她說什麼，但就是很想說。

「這房子就快沒了。」他終於開口，卻又覺得自己很混帳，因爲她的問題已夠多了，不該拿這事來煩她。

可是她的反應讓他很意外。「我知道，邁可接到通知了。你哥有種奇特的天賦，不想處理的事情他可以當它沒發生。」凱洛關掉電視機，把遙控器小心翼翼放在旁邊的軟墊上。然後她抬頭看派崔克。「你那天向我提議的事。在後院那次。」她的口氣平穩。「再說一次。」

一股震顫爬上他的背脊然後橫過臂膀。過了好久，他才說：「這好像不太妥當。」

她的嘴角抽搐了一下。「我想也是。」

邁可明天上早班。派崔克知道。他可以聽見哥哥在樓上打鼾，在起居室聽來很小聲，可是在樓上肯定吵死人。邁可只有在喝醉時才會發出那種鼾聲。凱洛穿著睡衣坐在沙發上看著他，等著。他很想要她。不是誰都好，不是爲了排解寂寞，而是她，只要她。**凱洛：好玩又神經兮兮的凱洛，喜歡把手藏在袖子裡，對鯊魚很有研究的凱洛。**那晚跑進他房間，那麼勇敢又愚蠢，把他已夠悲慘的生活攪得四分五裂的凱洛。

「不行，」他說。接著又急著解釋——「我不能老是闖禍，凱洛，我得——振作點。」

她用雙手蒙著臉。他想起當時他就站在這同一個位置，告訴哥哥和父親他剛報警了。邁可當時說，為**什麼，小派？你為什麼要這麼做？**一種充滿難以置信和羞辱的怨怒語氣，然而老爸只是用兩手抱著頭，就像凱洛現在的姿勢。當時他覺得自己實在是混帳透頂，卻沒有此刻的感覺。當時他沒覺得自己有錯。

他兩個箭步衝到她面前蹲下，將她的雙手拉開，一手潛入她髮叢中然後親吻她。她像水，傾瀉在他身上，像海洋的水，深沉而豐盈。他不能再犯錯。他得讓自己變得更好。爲了她淚濕的臉頰，緊抓他胸口的雙手，以及此刻在他內心爆發的一股幹勁，也爲了他們往後的無數個日子。

最後，他確實也問了要不要和他一起上樓，當然這時他已經知道答案了。

她必須回自己床上去，因爲邁可醒來時她必須在那裡，可是邁可出門之後她又回到派崔克房裡。他一點都不在意她剛從哥哥那兒過來，聞起來有點像他，身上的汗水也有一部份是他的。事實上他不但不在意，還衝著這一切驚嘆不已，但就那麼一會兒。因爲，凱洛既然在他身邊，他還有別的事情得考慮，別的事情得去做。在一些不入流的恐怖電影裡常有一種場景，就在關閉地獄之門的當中，或者逃離長尾鸚鵡之類惡魔的途中，兩個主角突然停下來做愛。每次遇上這種情節，派崔克總忍不住犯嘀咕，心想誰會在那種緊要關頭停下來打炮？可是這天上午，邁可隨時可能被遣回家，蕾拉說不定正和她父母坐在警局裡報案，而在某處，某家法律事務所正準備毫不留情地把他們的房子奪走—不知怎地這一切似乎全消失了。陽光從窗口流瀉而入，那麼耀眼溫暖；他爲兩人準備的早餐煎蛋又翻得漂亮，儘管他的眼睛由於睡眠不足而有些酸澀，他卻一點都不累。

不久後，他光著上身站在冰箱前，盯著裡頭空蕩蕩的層架，只看見他第一次吃就覺得不太喜歡的一片蘑菇披薩。冰箱的冷氣吹在他胸膛上，冰涼涼的。凱洛從後面走來，將整個身體靠在他身上，頭放在他肩上，她的氣味那麼甜美、溫熱，充滿戶外的氣息，因爲她坐在屋外曬了好一陣子太陽，這會兒把外面的空氣、陽光和溫暖也帶了進來。他轉身，將她摟進懷裡，告訴她，她眞的好美好美——她的確是——她聽了一把將他推開，問他知不知道這話她聽到耳朵都長繭了，討厭死了。他大笑，但是她說：「我是說眞的，我不想聽這種廢話，不想聽你說。」他看見她的表情，還有胸口劇烈起伏的樣子，連鼻子都泛紅了。他立刻停止大笑，可是太遲了，氣氛已經弄僵。她趕緊道歉，但也是太遲了，況且這並不是她的錯。生活中總會有些問題，人心中總會有些疤痕，這世界就是如此，你不能整天懶洋洋躺在大片溫暖的陽光下和你哥的女友做愛，儘管這感覺很棒，儘管你正在戀愛。

不過，你可以——派崔克發現——利用在便利商店值班的一整晚時間重溫那片陽光。一遍又一遍回味，不去理會外頭雨水正鼕鼕敲打著柏油路面。

到了週日早上，疲勞終於找上了派崔克。他在下班後冒雨走路回家，然後直接上床睡覺。等他醒來，發覺樓下的空氣十分濕冷。雨仍然下個不停，而且邁可把後門打開了。他坐在門檻上，一手拿著罐啤酒。隔壁的狗正狂吠著，叫聲尖厲得像是敲榔頭的聲音。

他朝派崔克勉強露出苦笑。「晚上要不要和我一起到大賣場去？把訂婚戒指退掉？」他搖頭。「沒聽過比這更慘的事了。」

「很遺憾。」派崔克有點意外，他說這話時絲毫沒有喜悅的感覺，他心裡有某個部份是眞的遺憾。凱洛根本沒提求婚的事。「你什麼時候向她提的？」

「週五晚上，她在上班的時候。單膝跪下等等的，還繫了領帶，你眞該瞧瞧我那樣子，簡直像個大白癡。」

「她怎麼說？」

「笨蛋，她當然是說不了。」

「還有呢？」

有那麼會兒邁可什麼都沒說，只小口啜著啤酒，低頭盯著自己的腳。「就說她還沒準備好要結婚，她覺得自己不是那塊料，根本是鬼扯。」邁可抓抓臉。「我呢，我認爲她一定是跟別人搞上了。」

派崔克心裡一緊。邁可知道了。他們搞砸了，邁可已經猜出來了。接著他又想，要是邁可已經知道，應該不會坐在這兒平靜地討論這件事。「什麼原因讓你這麼想？」

「今天早上。我們之間沒問題的，你知道？我是說，沒錯，我很懊惱，但也沒辦法。既然她說暫時還不想結婚，我們就先別結婚。可是她一直不肯——你知道，跟我做，說她不想要。」

派崔克有些彆扭地小小得意了一下。「也許她眞的不想。」

邁可點點頭。「是啊，可是以前凱洛幾乎沒拒絕過我。不是我愛吹牛，但這是眞的。你記不記得她過年以後感冒了？」派崔克點頭。「她生病的前一晚，那次她拒絕了。接著，就在幾週前又一次，我猜是因爲我不肯帶她去那個鬼墓園，惹她生氣。也不是說我們有多常做，事實上，很多時候我們兩個根本累到沒心情想那些，可是她多半很有興致，直到今天早上。」

「你向她求婚而她拒絕了，」派崔克說：「也許她覺得不自在。」

「不對，一定有問題，她在隱瞞什麼。我好愛她，想到這裡我都快吐了，你知道？想到她跟別人在一起——我連她的前男友都不敢多想。有些男人老愛說，我得不到妳別人也休想得到妳，似乎很變態。可是等你自己碰上了，才會眞正了解。」他把空啤酒罐放在水泥台階上，用運動鞋後跟用力一踩。派崔克猜想他或許在子宮裡就開始聽啤酒罐被踩扁的聲音了。那是一切聲音的原點，沉沉負載著他二十六年的人生。

「你不會做傻事吧？」派崔克說，盡量把語氣放輕柔。

邁可大笑。「是啊，我是打算做件蠢事。我打算裝作沒事，讓她自己好好想清楚。」他彎腰，從套著塑膠環的剩餘啤酒裡抽出一罐。「你沒必要問她。她不會說實話的。」

「凱洛不會撒謊的。」

「那你試試問她關於她母親的事。她是精神科護士。不對，等等——她是社工人員。不對，等一下——她病了，好像是得了狼瘡還是關節炎還是那種慢性倦怠的病。我們認識那晚她好像告訴我她母親已經死了。說眞的我根本不在乎。就算她告訴我天空是魔術黏土或薯條做成的，我都會相信。我愛她，就這麼簡單，我眞的好愛她。」

派崔克望著哥哥。邁可臉頰佈滿鬍渣，襯衫上濺了油污、油漆還有天曉得什麼東西。他塌著肩膀，兩手軟軟垂在膝蓋之間的樣子讓派崔克想起老爸，隨之而來的是一股莫名的重壓，就好像他背叛了每個人，背叛了全世界所有人，只因爲他忠於自己。

「我知道你愛她。」他說。

「**當你愛一個人，你不會在他們做錯事的時候棄他們於不顧，你會為他們力爭到底。**」他沒正眼看派崔克，可是他的口氣隱約帶著自負，讓派崔克不禁懷疑他是否仍然是指凱洛的事。他沒問。

當晚還有次晚，她都在下班後繞到便利商店探他的班——生意清淡的大夜班。這時邁可爲了早班準時打卡，正在家裡睡覺。穿著餐廳的白上衣、黑裙子制服，她倚在櫃台上，面對著身穿佐奈店裡的彩色條紋襯衫制服的派崔克，四隻手在刮痕累累的壓克力板平面上緊緊相扣，談著心。週日，當他們聊完了，他便帶她到後面的儲藏室，在那裡盡情廝磨大半天，然後她才回家。到了週一，他們連進儲藏室都省了，她直接到了櫃台後面。要是有人肯花時間看一下監視錄影帶，派崔克肯定會被炒魷魚，可是他一點都不擔心。這是大夜班，全世界只剩他們倆。

# TEN · 10

「起床了。」蕾拉說。

幾點了？花娜只知道之前還亮著的天空，現在已經暗下，原本屋子裡鬧哄哄的，現在安靜了。蕾拉站在床邊，拎著花娜的靴子。她自己則是一身出門打扮。

她的口氣嚴肅，但並不兇。「妳不能一直賴在床上，快起來吧。」

花娜把臉轉向牆壁，但蕾拉還是不肯離開。最後，花娜吱吱嘎嘎地在床上把身體撐起，身上被那些女孩打的地方一陣陣酸痛，光是吸口空氣都難受得整個肺部像要爆開來。空氣全變成了黏膠。

可是每次花娜退縮時，蕾拉的雙手總是在那兒，推她進浴室，替她把糾結的亂髮梳開——母親到學校接她回來之後，她洗過一次澡，幫她換好衣服，穿上靴子儘管還無力顧及梳頭這種細節。

「星期幾了？」蕾拉把車開離車道時，花娜茫然地說。

「星期三。別擔心，沒什麼重要的課。」蕾拉將車子朝鎮上駛去。

花娜心想她們究竟要去哪裡。缺課的事讓她很在意。「真的沒有？」

在紅燈前停下，蕾拉手指輕彈著方向盤。「妳想知道什麼？凱爾和卡莉那批人都沒有遭雷劈，杰瑞德不敢告訴我說他想邀妳參加舞會，還有自助餐廳開始供應章魚了。」

花娜沒說話。

轉綠燈，蕾拉猛踩油門，車子快速衝過十字路口。「沒錯，小花，所有人都看見那段影片了。世上充滿了騙子和混帳，只有咱們算得上好人。」

花娜內心殘存的一點勇氣就此瓦解。

「那些看好戲的人反應不一。」蕾拉咬牙切齒地把話吐出。「可是那些咂著舌頭說，『唉，好可憐』的女生，她們看那段影片的次數可不少於那些跑來問我，我小妹從哪兒學來口交技巧的傢伙。」她頓了一下。「有幾個人對我說妳應該去報警，妳那位準男友是其中一個。」

報警。腦中浮現卡莉那伙人戴上手銬被帶進警局，把排球校隊制服拉高遮住臉孔的畫面讓花娜暗暗得意了一下。就像當初殺害萊恩・澤帕克那傢伙被捕時大伙兒歡欣鼓舞的情景。可是花娜也記得當那人被判刑時，蕊秋・澤帕克的表情有多麼空洞，丹尼也不曾在禮拜聚會時談這件事，還有他們那兩個還活著的孩子是如何變得像松鼠似的驚惶不安。那名醉鬼自訴有罪。可是卡莉說什麼都不可能承認自己有罪的。一定得開庭審理，也會有人出庭作證。那段影片將成爲證物。到時法庭上一定會有電視轉播，或者嘉達老師上課用的那種電腦投影機。父親將會出庭，他會看見，他會觀賞——她可以想像他的表情——充滿沮喪失望——

「我該報警嗎？」花娜說。

蕾拉嘆了口氣。「爹會把事情做大的，小花。他會把那段影音檔寄給他知道的所有新聞網和脫口秀，扯些救救孩子們之類的鬼話。他才不會管妳的感受。」

花娜想像著父親說：這件事不只是卡莉・布琳克逼妳吞香蕉那麼單純，花娜，而是關係到全國所有女孩和所有的香蕉。妳必須為他們挺身而出，為他們作證。真正要緊的是像這樣的日常小戰鬥和像妳這樣的平凡小人物。

花娜不想爲全國的女孩挺身而出和作證。她只想死。

「我做不到。」她說。

「明智的決定。自從人類脫離樹上的生活——或者離開伊甸園，隨便啦——像卡莉那樣的虐待狂就一直在世上作威作福，那種人不是現在才有，也絕不會消失。唯一的自保之道就是離她們遠遠地，讓自己堅強起來，讓她們不敢欺負妳。」

「我們要去哪裡？」花娜說。

停頓了一下，接著她說：「查士丁尼家。」

查士丁尼住在鬧區一棟夾在跆拳道會館和酒吧之間的髒舊磚房子裡。「他母親上夜班。」蕾拉邊說邊走進沒上鎖的大門。屋內陳設相當簡單，談不上裝潢，只是所有桌面都擺了薰香燭——屋內瀰漫著殯儀館的味道——還有幾尊陶偶，大半是鳥類。淡棕色地毯被煙蒂燙得坑坑疤疤，牆壁是深紅和深褐色系，窗簾拉桿看來像鑄鐵槍矛。

花娜很難想像查士丁尼也有母親，更別提和她住在這個擺滿她的薰香燭收藏和鳥類陶偶的地方。「她是什麼樣子？」

「他母親？」蕾拉聳聳肩。「人還不錯。對他言聽計從。老實說我覺得她有點愛上他了，不過他倒是不介意。他說每個大君都需要一個寵臣。」

花娜聽見音樂聲從一條曲折、陰暗走廊裡的一道房門傳出。當她們走近，她聞到香煙和焚香的味道。房門打開，查士丁尼站在那兒：高大瘦長，一如往常一身黑。他看見她們，也沒笑一下。「很好，」他說：「進來吧。」

她們進了房間，感覺像是從一個洞穴移往一個更小、更陰暗的洞穴。查士丁尼臥房的牆壁刷了黑色，房間本身纖塵不染，幾乎像苦行者的房間。床整理得非常乾淨，黑色被子鋪得很平整而且看不見一點棉屑。所有書本的書脊全部往外拉，和書架邊緣對整齊。大部分是哲學書，很多尼采作品。有如聖物端放在書架頂層的是兩根粗短的紅蠟燭，一串念珠和一只小木盒。一條鍍鉻鍊子纏繞在床柱上。當花娜明白那是什麼，忍不住畏縮了一下。

查士丁尼順著她的目光看去。「那條狗鍊只是玩笑。去年蕾拉送我的，不是因爲妳才有。瞧。」他解開鍊子，把它放到花娜手中，有種很不舒服的滑膩感。她很想把它丟開，可是它似乎緊黏著她。他將兩手放在她手上，感覺暖呼呼的。

「不過是件小東西。」他把它繞在花娜手腕上，扣上鉤環。「傷不了你的，看見沒？」

花娜點點頭，然而沉甸甸的感覺讓她起了哆嗦。他放下她的手臂，鍊子鏗鏗滑下，垂在她手邊。這時蕾拉已脫去外套，將它整齊地掛在衣櫥裡，並且拉掉靴子，放在門邊。這時她正動也不動坐在床的最外沿，像是怕把被子弄亂。她兩手撫著身邊的床單，似乎有點不安，花娜看見她緊身褲裡的腳趾縮起又鬆開。看她處理外套和靴子的方式，顯然對這房間很熟悉，可是她的樣子似乎不太自在。

「過來，小花。」她說著拍拍身邊的床沿。「坐下。」

花娜照做了。查士丁尼在她面前蹲下，兩隻手掌放她膝蓋上。「我看見那段影片了。」他說。

她僵住。

「全部看了，她們做了什麼，妳做了什麼。」他那雙邋遢貓眼睛直盯著她，讓她無法把目光別開。「這世界會把妳給毀了，花娜。妳的作風——妳父親的作風，善良、溫順、服從——是行不通的，只會讓妳變得軟弱無能，讓別人能夠趁機欺負妳，結果就是痛苦。結果永遠是痛苦的，」他看著蕾拉說：「對嗎？」

蕾拉點頭。他也點了下頭。「妳父親的做法害得妳呑香蕉的樣子在網路上到處流傳。妳也知道，網路是永遠的，無論妳到哪裡這段影片都會跟著妳。妳認識的每個男人，妳做的每份工作。說不定就在我們說話的同時，有個阿肯色州的變態狂正邊看邊打手槍。」

他說得沒錯，她知道他是對的。她可以想像阿肯色州的變態狂。她看得到他，清楚得就像查士丁尼看得見學校二樓盥洗室發生的事。多年後的某天，當花娜走進某個宴會、某家餐廳或大學教室，一個她從沒見過的人會猛抽一口氣然後說，**我的天，妳就是那個香蕉女孩！**她報不報警不是重點，警方根本幫不了她。往後的人生裡，她就只能當香蕉女孩。這樣的人生將是一片廢墟，一片荒蕪。

突然間，花娜內心燃起一股深沉猛烈的怒火，一種她從未體驗過的感覺。這怒火無法被安撫，無法被勸說而平息下來。她要回到那間盥洗室，她要奮戰。在往後的人生裡她也只能奮戰了。她恨自己在事情發生的當時沒反抗。她想像著卡莉的臉，想要像貓那樣在上頭撕抓，毀掉那張純淨白嫩的臉孔，把它抓得血跡斑斑。

「該改變做法了。」查士丁尼輕聲說。

花娜好不容易回到現實，面對他。「例如？」

「有誰敢惹我嗎，花娜？有誰敢傷害我嗎？」他搖頭。「這就對了。知道爲什麼嗎？因爲他們害怕，因爲我有能耐，他們也知道。我的做法行得通。別人的做法——」奇妙的是，他只輕輕把頭一甩，便涵蓋了世上所有人。「行不通。如果妳照他們的方式去做，便會受傷、被羞辱、被利用。蕾拉知道，她試過了。」他轉向蕾拉，她仍然在床上端坐著，兩手放在腿上。「對吧？」

蕾拉緩緩點頭。「查士丁尼說得沒錯，」她說：「他的方式的確有用。」

花娜想起蕾拉走路時那種輕飄飄滑行的步伐，似乎有股難以穿透的力量罩著她。蕾拉一向很有自信，但某種東西拿走了她那不成熟的自信，將它塑造成了盔甲。父親常提到上帝的盔甲，能護衛你免受世人的傷害；提到人可以被他的信仰，以及認知到俗世的一切皆無足輕重的堅定信念保護著。可是花娜的身體，她的人生——這些並不是無足輕重的東西。不管她死了以後會如何，這是她此刻身處的地方，這些經驗都是她必須承受的。無論她必須怎麼做，無論查士丁尼的做法究竟是什麼，都絕不會比在學校盥洗室裡被毆打得跪倒在地上，喉嚨裡被硬塞進一根香蕉更糟。

在蕾拉臉上，她看見愛、憐憫、憂慮和懊惱。在查士丁尼臉上，她只看見愛。

「怎麼做？」她問。

他拿著一把刀：有著做工精緻的把手，看來像是從異教徒墳墓盜來的一把小巧的銀刀。當他捲起她的袖子，他的雙手極其輕柔但堅定，就如醫生的手。他用那把刀在她手臂上遠離血管的多肉部位劃下淺淺的一小道。痛楚讓她吃一驚，但很快就消失。一道細細的血痕從傷口滲了出來。有那麼一陣子，三人只是站在那裡，看著血痕變得粗大、閃亮。花娜有種異樣的滿足感。

查士丁尼朝她的手臂彎下，頭髮垂在頰邊。當他一次次舔著那血，她感覺到他舌頭的溫熱滑膩，和一股刺痛。每舔一次，便有一股微微的刺痛衝上臂膀和肋骨腔後方。痛楚不算劇烈，但她還是忍不住屏息。這是花娜從未體驗過的親暱感受。他兩手輕握著她的手臂，彷彿撐著她的整個身體。他的氣息，他的嘴唇貼著她的皮膚，有如親吻。

傷口很小，和快就止血了。當查士丁尼抬起頭來，花娜有點難爲情，她的臂膀太赤裸了。蕾拉拿一塊紗布壓著傷口，她的手很溫暖而且舒服。

接著查士丁尼讓她看他的臂膀，上頭佈滿了疤痕，然後也給自己劃了一刀。他連眉頭都沒皺一下。他的血的顏色比她深一些。可能嗎？

從她背後的某處傳來蕾拉的聲音，小得幾乎像耳語。「花娜。」她說，可是沒有下文。花娜沒回頭，沒看她。她將嘴唇對著他手臂上的傷口，舔了起來。他的血嚐起來像帶鹽味的金屬。

「很好，」他說：「這就對了，就這樣。」

他說他需要一小束她的頭髮，於是她編了細細一條辮子，讓他把它剪下。蕾拉從他的書架上拿來那只小木盒。他把它打開，說：「這裡頭有妳們各自留下的一樣東西，代表妳們潛在的轉變能力。」盒子裡有一團揉皺的面紙，一只看來很廉價的彩虹造型的別針，和一束金髮辮子。他拿起辮子，看著蕾拉。「還記得嗎？」

蕾拉點頭。「那天卡莉想放火燒我的頭髮。」

「妳的第一次。」他說。她接著說：「許許多多體驗的開端。」

他笑笑，將花娜的紫紅色髮辮纏繞著金色的那束。「妳們總算在一起了。」

蕾拉把克麗絲和埃瑞克叫進來。他們和全宇宙所有人一樣，也都看了那段影音，但他們對待花娜的方式一如往常。她很感激，但並不意外。在這裡，和查士丁尼還有他的朋友在一起，恐怕是唯一能讓她感覺安心的地方了。她臂膀上的傷口有點痛，像是被貓抓傷。像是一首歌，唱著：**別小看自己的能耐，讓他們**

**瞧瞧妳的厲害**。

「歡迎加入我們的家族。」埃瑞克說。他手上的啤酒罐，手腕上的手銬，臉上油亮的皮膚在昏暗顫動的燭光中閃閃發光。他看她的眼神變了，多了幾分肯定。這讓她十分開心。每次他在場，她總覺得畏縮。現在不會了。

「謝謝。」她說。

克麗絲遞了罐啤酒給花娜，她接受了。查士丁尼的血她都喝了，一點酒精算什麼？「很美妙吧？」這位藍髮女孩說，口氣充滿夢幻。從克麗絲的放鬆表情看來，她手上的啤酒應該不是她的初次嚐試。「刀子輕輕劃過皮膚的感覺？」

「讓我好想找人做愛。」埃瑞克說，克麗絲聽了咧嘴一笑。

「我也是，」她說：「唉，我也是。」

花娜沒說話。流血並沒有讓她想要做愛，可是在這房間裡，和這些人在一起，她感覺自己就像一片好不容易歸位的拼圖。查士丁尼讓她看之前他爲了大伙兒，在自己手臂上劃下的幾道刀痕，最早是克麗絲，接著是埃瑞克，最後是蕾拉，他逐一細數著。**這條是蕾拉的**，他說，彷彿他身體的那一小部份是屬於她所有，永不改變。**這是妳的，永遠都屬於妳。而這一條**——說著觸摸她臂膀上的傷口——**將永遠屬於我**。

花娜很想看看蕾拉的疤痕，可是查士丁尼大笑著說，再說吧。蕾拉的表情幾乎像是鬆了口氣，這讓花娜突然想到，以蕾拉和查士丁尼的關係之親密，也許蕾拉的某些疤痕是在比手臂更微妙的部位也說不定。

查士丁尼和全世界除了艾席爾家之外的所有人一樣，也有一組電視遊樂器。當他和蕾拉從廚房回來，他們把它打開。是獵殺殭屍的遊戲。因爲他們的外表不像人類，感覺起來不像埃瑞克有時玩的戰爭遊戲那麼恐怖，老是出現許多痛苦扭曲的臉慢慢崩潰解離，殘破肢體噴出深紅色鮮血的畫面。花娜試喝啤酒，味道有點苦，氣泡在喉嚨裡刺癢癢的。她不喜歡，心想她再也不喝了，可是遊戲還沒完，過了會兒她又啜了一小口，接著又一口。當她起身走向洗手間，她發現自己有點醉了，全身關節沒鎖緊似的，通過走廊時還得一手扶著牆壁來穩住身體。進了洗手間——更多蠟燭——她伸手在水龍頭下沾了些水，然後按著太陽穴。她看著鏡子，心想，原來我喝醉時就這德性。鏡子裡的人影彷彿從遙遠的距離回望著她。也許這就是一直以來別人眼中的她：一頭亂髮，油膩暈開的眼線，浮腫泛紅的眼睛。

起居室傳來電子爆炸聲，接著一陣哄笑。

花娜在洗臉槽底下找梳子，發現櫃子內壁塞著一本色情雜誌，就像書架上的書那麼整齊。她打開雜誌，冷靜瀏覽著那些伸展、放大、肉貼著肉的人體部位。所有模特兒的身體都刮了毛，他們的臉不是像在生氣就是很痛苦。其中一頁，一個女人張大嘴巴含著一支血管浮突的巨大陽具。照片中看不見男人的臉，但是他的一隻手按著女人的後腦杓，也不知道是輕撫著她還是抓著她。花娜久久打量著女人的臉。哪天我結了婚，她心想，死也不要這麼做。

她把這念頭甩開。任何男孩看了她都只會想到香蕉女孩。她和蕾拉和查士丁尼和克麗絲和埃瑞克。沒有人會要她的。她把雜誌放回櫃子裡，在醫藥箱找到一把梳子，整理了頭髮然後回到起居室。

克麗絲醉得很厲害。「我們到底要不要給那幾個混蛋一點厲害瞧瞧？」花娜坐下時，她說。

查士丁尼按了暫停，遊戲停止在一隻手伸向門把的畫面。「要。我們絕對要給所有那些混蛋一點厲害瞧瞧。」

克麗絲拍著雙手。「好極了。有什麼計畫？」

「查士丁尼和我正在擬定計畫當中，」埃瑞克說：「一定要她們付出代價。」

「眞希望我們能遠走高飛。」蕾拉說。

查士丁尼點頭。「我正在考慮蒙特婁。不會太遠，而且在國外。」

遠走高飛。花娜腦中浮現她在家裡的臥房，她的衣櫃，她的拖鞋。「我們爲什麼要出國呢？」她問。

埃瑞克大笑。「因爲妳那位變態父親不打國際電話。」

「而且也因爲克麗絲和蕾拉都還未成年，」查士丁尼說：「除非到了十八歲，否則妳就只是父母的財產，他們可以對妳爲所欲爲。但現在可不行了，除非先通過我這關。」

他要克麗絲去廚房再拿幾罐啤酒來，一罐給花娜。她喝了。不久又喝了一罐，最後花娜發現自己在浴室裡，對著馬桶嘔吐。有人已經發現那本雜誌，把它攤開來丟在地上。她跪在冰冷的地磚上時，那些憤怒的、交媾中的男女全都盯著她瞧。吐完了，她在手指上塗了些牙膏，用力刷洗著嘴巴內側，然後搖搖晃晃出了浴室。可是走廊的地板就是不肯乖乖躺平，牆壁也歪歪斜斜的，走到半途，她決定先找個地方坐下再說。

到了查士丁尼房間外面，房門關著，燈光從門下的縫隙滲出來。她瞇起眼睛，儘管她想集中的是聽力。她聽見姊姊壓低了聲音在說話。

「安靜。」查士丁尼的聲音說，相當清楚。「我說了，別出聲。」

花娜屏住呼吸。靜悄悄的，只有輕微的沙沙聲，也許是抽噎。

「別動。妳到底想不想把這完成？」語氣相當嚴厲、霸道。花娜從沒聽過查士丁尼用這種口氣說話，她感覺好像又要吐了，於是回頭沿著走廊回到浴室。

過了幾小時，她們準備離開時，似乎一點問題都沒有了。他兩手摟著她，兩人親吻著。感覺沒什麼不同。到了早上——宿醉想吐的早上——花娜輕易便回想起走廊裡的那一刻，並且認定那只是她的幻想。

次日姊妹倆都去上學了，儘管蕾拉的眼睛有點浮腫，而花娜照鏡子時發現自己也一樣；儘管蕾拉的動作有些僵硬不自然，既然花娜渾身酸痛，她心想自己大概也一樣。有人在花娜的寄物櫃上寫了妓女兩個字，她卻不痛不癢。整個世界似乎亮閃閃的，就像查士丁尼那間燭光搖曳的起居室；她的耳朵悶悶的，彷彿裡頭灌滿了水。當他們在卸貨碼頭上吃午餐，查士丁尼又提起了蒙特婁。他所描繪他們五個人共築一個家，只爲自己負責、只爲自己而活的願景實在令人心動到了極點，像是那種讓人不想醒過來的美夢，可是感覺太像童話了。她不太相信到了週一她會在蒙特婁醒過來，就像她不相信虔誠的人會在週二下午上天堂，手術台上的病患會突然消失或者飛機會莫名其妙墜毀。

生物課，她桌上出現一根香蕉。

她把它拿起，感覺又涼又滑，令人反胃。她可以感覺背後那些期待的臉孔，正等著看她會如何反應，會怎麼做。她會不會哭？或者跑出教室？把香蕉丟在凱爾臉上？這天他沒穿字母外套。她希望那件衣服已被她毀了，希望上次的污漬永遠都洗不掉，而他的雙親又沒錢替他買新的。希望四十年後他在某個積滿灰塵的舊閣樓裡把它挖出來，回想輝煌的高中足球生涯時，會看見他名字繡字上的藍色污漬，然後痛恨她。這念頭讓她起了某種不光采的、出乎意料的快感。

可是這時候，花娜什麼也沒做，因爲她什麼也不能做。沒有夠犀利的反駁，沒有一刀斃命的反譏可說。世上的凱爾和卡莉永遠都會贏，人們永遠會愛死他們。查士丁尼曾經發誓他絕不允許二樓盥洗室的事情再度發生。**我以我們共飲的血發誓**，他說。貼著紗布和膠帶的傷口很癢，而且微微抽痛著。她努力照著他說的從那那裡汲取力量，感受那痛楚，認知到自己是特別、強壯而且擁有別人沒有的能耐。然而另外一種痛更令她難受。往後香蕉的事將會沒完沒了，二樓盥洗室的事將會一再重演。

當下，站在生物課教室裡，時候到了。這一刻她開始相信，她再也沒別的選擇，再也無法忍受。就算世界會變得閃動模糊，寂靜無聲，她，花娜，再也無法待在此時、此地。這裡再也容不下她了。

美術課上，瓊奇歐先生談著陰影畫法。想像著光源，然後在可能會投下影子的地方塗上暗色。他要他們從記憶中找一樣東西來畫，很容易設想各種角度方位的簡單物品。花娜選了當天早上她在蕾拉車子裡看見的，丟在底板上的紙咖啡杯。因爲除了刀子和香蕉她實在想不出別的東西了。

杰瑞德又把頭髮拉到前面蓋住眼睛。「賈斯丁・肯柏說，我以後不可以再和妳說話。」

紙杯是圓柱體，越接近杯底越窄。不對，太窄了，擦掉。擦掉擦掉擦掉。

「其實他眞正的說法是，離花娜遠一點，不然我割斷你的喉嚨。」

離花娜遠一點。杰瑞德也看了那段影音，他應該不需要人家說就會自動遠離她才對。塑膠杯蓋的錐形角度和杯身一樣，不過正好倒反。

「那時候，我眞正想找的其實是妳姊姊。我想向她要妳的電話。」

蓋子上的小洞，四角圓滑的長方形。「爲什麼？」

「因爲我很擔心妳，因爲我想確認妳沒事，尤其經過那件——」花娜聽見啪一聲，一小段石墨筆芯飛過桌面。「老天，」杰瑞德輕呼一聲，接著說：「對不起。」

「隨你怎麼說，」她說：「我不在乎。」

「不管在網路上貼文說我怎麼說妳的人是誰，他都在撒謊。」他說。

因爲，當然了，如果那是眞的，他就會承認的。

「花娜——」他口氣中帶著懇求的味道。「不要加入那伙人，不要變成聽話的怪胎。」

花娜沒說話。

「我知道最近大家對妳的態度不算頂好，可是那傢伙是大變態。他說得好像妳是他的財產，花娜。好像他是德古拉公爵而妳是他的吸血情婦。」

「你也開始用難聽的字眼叫我了嗎？」花娜柔聲說。

「不是，」杰瑞德惱怒地說：「吸血情婦是我從一本漫畫書看來的，在現實中我只聽一個人說過，就是妳姊。有人問她是不是肯柏的女友，她說，『我寧可當吸血情婦』。」

「只是玩笑。」

「她自稱是情婦呢，花娜。」

「你根本一點都不了解。你又不認識他，你什麼都不知道。」

「我想也是。」杰瑞德說。

在他們周遭，大伙兒又說又笑的，卻安靜得令人窒息。

最後他說：「既然肯柏的事妳不肯聽我勸，這件事妳大概也不會聽我的，不過，我認爲妳雙親應該把那段影音拿到警察局去。」

那段影音。她在想不知道他喜不喜歡。她在想，他觀看的時候會不會一邊想像那根香蕉是他的陽具，會不會想像他的手抓著她的後腦。

舔吧，用力吸吧，喜歡嗎，淫娃？

杰瑞德說：「我媽說，要是妳爸媽不肯拿去，她願意代勞。」

收集了一屋子宗教首飾的「叫我卡門」女士，甚至連提議要杰瑞德和花娜把可樂拿到樓上起居室喝的常識都沒有。當她兒子在地下室用腿頂開花娜的雙腿，手在她衣服裡摸索的時候，她只知道在樓上洗碗。「告訴你媽，這不關她的事。」

「她只是想幫妳，我也想幫妳。」

老爸也想幫她，幫她還有所有和她一樣的女孩，他準備把那段影音交給電視台，讓它一次又一次不斷地播放。「這也不關你的事。」

「花娜，」他說：「別讓他們這樣對妳。」

讓誰怎樣對她？下課鈴響，走廊上一片喧嘩混亂，推擠、笑鬧聲不斷，而所有這些打打鬧鬧、擠來擠去的人都看過那段影片，全部都看過。杰瑞德等了一分鐘，可是她什麼也沒說。她感覺得到她應該用言語來填補的尷尬空白，可是她無話可說，言語毫無意義。

放學後她陪父親去拿一批新的宣傳小冊子。他付帳時，印刷廠老闆那隻老巴吉度獵犬——牠還是小狗時花娜就認識牠了——從店內跑出來，用濕鼻子頂著花娜的手心。牠的眼睛濕黏黏的，走路時臀部似乎很不舒服。她彎身拍拍牠，牠的毛摸起來又粗又髒。

直到父親讓她帶著傳單在家門口下車，然後自己轉往小鎮另一頭的影印店，她的雙手都還殘留著狗的腥臭味。母親出門了，家裡很安靜。要不是蕾拉的書包丟在玄關地板上，她的車停在托比車子旁邊的車道上，花娜一定會以爲家裡沒人。她忍著手臂的酸痛，將笨重的傳單紙箱抱到半敞開的書房門口，用膝蓋把門頂開然後愣住。

蕾拉在裡頭。蕾拉和托比。托比坐在一把舊旋轉椅上，蕾拉跪在他面前的地板上。花娜只能看見她的背部，她的頭輕輕擺動，兩手放在膝蓋上。托比閉著眼睛，嘴唇濕潤而且張開。她可以看見他的舌頭在牙齒後面蠕動。

「老天，蕾拉，」花娜隱約聽見他說：「噢，老天，噢，要命。」

**喜歡嗎，淫娃**。

他兩手放在蕾拉頭髮上，不是抓著，而是摩挲、拍撫著。狗的腥臭味和香蕉味是那麼相似，而托比的臉逐漸發紅歪扭起來。最後他迸出一種介於呻吟和吶喊的聲音，然後張開眼睛。

他看見花娜，眼睛睜得更大。「啊，老天，」他又說：「該死。」

他將蕾拉推開，跌落椅子下，兩手慌亂抓著褲子，試圖遮掩他的身體。她早就看見了：他的那話兒，仍然有些腫脹，滑不溜丟的。不像查士丁尼雜誌裡那些男人舞弄的器官那麼膨脹碩大。他站在那裡，恐懼得臉色發白，從她旁邊衝出書房到了走廊。來不及繫上的腰帶在他腰間甩來甩去，花娜可以聽見環扣叮叮噹噹沿著走廊一路遠去。

蕾拉冷靜地往紙簍裡啐了一口，抹著嘴巴。她的口紅幾乎掉光了。她面無表情看著花娜。「什麼事？」什麼事。她怎麼可以，就這檔子事。在這裡，和托比。怎麼可以。花娜把箱子放下，雙手和臉頰熱得發燙，兩腿搖晃。

「他愛妳。」她說。

的聲音。

「誰，托比？」

花娜搖著頭。某種深不可測的情緒在蕾拉臉上閃過，讓她緊抿著嘴角，眉心緊皺。她的眼睛湧出淚水，然後，她也跟著從花娜身邊衝了出去。片刻後，越過隔音效果很差的車庫牆壁，她聽見蕾拉車子發動的聲音。

蕾拉沒回家晚餐，但花娜懶得撒謊。父親問姊姊在哪裡，她只說不知道。用餐當中，他越來越激動。之後，餐桌收拾了，餐盤也洗了，花娜在房間裡，心不在焉盯著歷史課本，突然聽見大門口有人敲門，接著托比的聲音，還有老爸的，兩人進了廚房。

躡手躡腳地，她沿著走廊溜到起居室然後出了大門。夜氣凝重得有如濕水泥。沿街所有住戶的窗簾都拉上了，門廊燈也都亮著。寥寥幾顆星子顫動得厲害，彷彿隨時都可能抖幾下然後消逝。

她從屋側繞過去，踩著柔軟的草坪到了廚房窗口。為了排放油煙和熱氣，母親總是讓這扇窗子敞開。她退到溫暖燈光照不到的暗處，看見爸媽和托比圍坐著餐桌，面前放著一盤餅乾。花娜遠遠地便可感受到那股緊繃的氣氛，從托比挺直背脊的樣子就能看出來。母親垂眼盯著自己的大腿，老爸凝視著拉門，那樣子似乎巴不得世界停止運轉，就跟花娜一樣。

「那只是一時的衝——衝動。」托比說。

短暫、令人窒息的沉默。

老爸口氣僵硬。「我想你最好走人。」

托比站了起來。花娜背貼著窗口下方的粗糙牆面。

「這是我第一次體會到家的溫暖。」托比似乎就要哭出來了。「和你們一家四口在一起。」

東西碎裂的聲音。花娜貼緊牆壁，很想消失不見。「滾！」母親大吼。「給我滾！」接著是托比的戰鬥靴通過屋子的沉重腳步聲。遠遠傳來甩門聲，接著引擎發動。

廚房裡，椅腳嘎一聲刮過地板，吊櫃門打開。花娜聽見小掃帚嗖搜刷動和清脆的叮噹聲，清理著碎掉的東西。

「抱歉。」母親說。接著老爸說：「是我母親的，我本來就不喜歡。」

腳步聲。又一陣叮噹聲。又有椅子移動。

「唉——」母親說，聲音拉長成激憤的喉音。「這孩子，她怎麼會做出這麼骯髒、可恥的事來？怎麼會找上托比？」

「因爲很容易，因爲她知道我們會有什麼感受。」老爸嘆著氣。「我們管不動她了，蜜雪兒。如果受傷害的只有我們，那也就算了，可是現在——」

停頓好一陣子。接著母親說：「你想送她去雷納瓦。」

「那裡不錯，信奉基督教。」

「你也聽說過那些營地的事，有好幾個孩子中暑死掉。」

「只是遠足，沒什麼。他們有遠足活動，而且有輔導員。他們也禱告的。」

母親輕笑幾聲，可是花娜感覺她的內心彷彿凝成了水泥。「我倒想瞧瞧有哪個輔導員有本事讓蕾拉禱告。」

「他們很專業，蜜雪兒。那是他們的工作。」

又是長長的沉默。當母親再度開口，她的口氣充滿無奈。「可是她得離家呢。」

「那就讓她回來，」老爸說：「想想花娜。」

椅子挪動，吊櫃打開。有人拿水杯倒水，然後喝著。

接著，母親說：「儘快，行嗎？免得我反悔。」

在寧靜平和的夜色中，世界開始湧動奔騰，亂了套。花娜握緊拳頭。她只想就地坐下來，兩手捂著耳朵，任那股寂靜將她淹沒。然而，她只能悄悄回到屋子裡，進了雙親的房間，拿起那裡的電話分機走到浴室，在浴缸邊緣坐下，由於兩手抖得厲害，幾乎沒辦法按鍵。當蕾拉的電話響起，花娜凝視著盥洗台上陳列的香水瓶：不同的形狀，不同的顏色。全都那麼優雅、美麗。一片充滿金色液體和甜美氣息的水晶汪洋。蕾拉就要到荒郊野外的營地去了，揹著沉重的背包，熱得脫水。蕾拉一定會死掉，而那些香水將仍然留在這裡，依舊閃耀。

「什麼事？」蕾拉說，語氣很不耐。她以爲是爸媽打的。

「是我，」花娜回說：「別回家。」

# ELEVEN · 11

週三晚上，派崔克上班前，邁可說他想到傑克餐廳喝啤酒，吃三明治，於是他們去了。就兄弟倆，非常難得。車禍事件之前，他們常一起出門，每週大概三、四次，有時也會帶老爸一起去，偶爾也會在外面遇見他。也沒有刻意安排，但就那麼巧。每當派崔克正在打撞球，或者看球賽轉播，不經意抬頭看向餐廳另一頭，老爸就在那裡，坐在吧台椅上。這晚，當他和邁可走進傑克餐廳，萊西亞一如往常大叫。「麻煩雙傑來了！」出於習慣，派崔克差點問她有沒看見老先生，接著突然明白了這陣子他爲什麼不太想來這家餐廳。

他認識的人當中會在週三晚上出門的不多，但還是有幾個：一起工作過的，還有唸書時就認識的。有的好奇看著他，要是剛好站在不說話會顯得尷尬的近距離，就招呼一聲，嗨，近來如何？「他們正常得很，老弟，」過了會兒邁可說：「怪的是你。你看他們的樣子就好像他們準備拿刀刺你的腦袋瓜。何不放輕鬆，或者乾脆大吼幾聲？」

也許邁可說得有道理。邁可喜歡人，大家也都喜歡他。老爸還沒把自己搞得一塌糊塗之前也是這樣。派崔克剛上高中時，邁可擅長的那些——運動，女孩，讓老師無奈翻白眼卻不至於生氣的小小違逆——顯得相當重要，有一陣子派崔克也試著培養那些技巧。可是不久便發現，那種能力不是光靠培養就能擁有的，他最好還是專注在自己拿手的領域，例如跑步或者畫諷刺漫畫。

此時他再度對邁可欽佩不已，他竟然能夠坐在吧台，沒事似的和萊西亞閒扯淡。即使當她一手叉腰，一本正經朝他們搖著一根手指，說：「等會兒你們兩個誰開車？因爲我得提早停止供酒給他。」派崔克聽出她話中的弦外之音，知道她假裝嚴厲其實是爲了不讓他們發現她其實眞的很嚴厲的同時，邁可也只是大笑。以前她從來不曾停止供酒給他們。就派崔克記憶所及，從來沒人這麼對他們，也許這多少害了他們。總之，這會兒她打算這麼做，而邁可只覺得好玩。

才過五分鐘他開始耍陰鬱，向派崔克抱怨，說凱洛又找到新藉口拒絕他的求歡。派崔克欽佩的對象變成了自己，竟然能夠一面坐在這裡，充滿同情地點頭，說些，**唉，老哥，誰知道呢**，之類的話，另一方面心裡又期待著今晚凱洛下班時邁可最好已經醉昏了，這樣她就可以到佐奈的店去看他。這麼說來，邁可或許不是這個家裡唯一喜歡裝傻的人。

「我有沒告訴過你，隔壁養狗的那傢伙竟然叫她蕩婦？」邁可說。

「有。」派崔克說，有點煩。邁可一直在兜圈子。同樣的話說了一遍又一遍。傑克酒吧沒有時鐘，但派崔克猜想繞一圈大約得花二十分鐘，甚至二十五分鐘。

「當著我的面說，當我是軟腳蝦。」儘管就派崔克的了解，邁可的確拿人家沒輒。「還雞婆的把房子的事告訴她。我本來就想告訴她的，我本來就想告訴你們兩個，只是還沒開口罷了。」邁可頓了一下。「你想她會不會因爲這樣才不想和我結婚？因爲我們被告？」

「不會的。」這是事實。「我想她不想結婚就只是因爲她不想結婚。」這也是眞的，雖說刻意隱瞞了部份事實。「況且，被告的又不是我們，被告的是老爸，我們只是被趕出房子。」那天下午，讓派崔克在電話裡枯等了十五分鐘之後，澤帕克家的律師向他作了詳細解釋。

「沒差。」邁可已開始喝第四瓶啤酒，派崔克還慢吞吞啜著第一瓶。「搶走我們的房子，搞不好是他們悽慘生活裡的興奮劑。」

「我敢說他們一定寧可拿我們的爛房子來交換他們的小兒子。」派崔克說。換作是他肯定是。

「我們的房子可不是爛房子。」

「少來了，邁可。」

「我是說眞的。你怎麼可以說這種話？你是在那房子裡長大的呢，老弟。眞是的，媽還是在那裡頭過世的。」

「媽是在醫院裡過世的。」

「沒差。」老天，派崔克開始討厭這兩個字了。「她是在那房子裡生病的，這總沒錯吧？她一直住在那裡頭，這總沒錯吧？我們在那裡頭度過不少開心的日子。」邁可仰頭灌下剩餘的啤酒，揮手示意櫃台後的萊西亞再給他一瓶。

「有嗎？說來聽聽。」

「像是烤肉。」

烤肉。嬸嬸們在廚房裡喝淡酒飲料，大發丈夫的牢騷，叔伯們在後院喝啤酒，大發工作上的牢騷，孩子們在屋外水龍頭底下灌水球然後往距離最近的人身上丟。時間越晚，大人們喝酒越來越沒節制，剩下的酒則被較大的孩子們拿到巷子裡喝完。至於他們的母親——連著好幾天忙著準備馬鈴薯沙拉和通心粉沙拉，一邊對靠得太近的人大吼，誰敢動冰箱裡的東西，她發誓一定要剁了他的手——到了客人走光後，早已累癱了而且異常火爆。不過，他還記得看見老爸在廚房裡攬著她的腰，有點滑頭地說著類似，**寶貝，妳**

辦的派對可真精彩哩，之類的話，她則帶著笑意回說，你這老醉鬼，去把後院收拾一下，等會兒我再處置你。

那一刻只存在派崔克腦子裡，從來就不在邊界街一五一號，將來當然更不可能。「那不過是棟房子啊，邁可。」

萊西亞端著邁可的啤酒過來。「你確定今晚不開車嗎，大個兒？」她說。邁可答說：「他開。」一手指著派崔克，儘管他已經連著好幾週沒開車了，而邁可也很清楚。等她離開，邁可傾身，用一根手指譴責地指著他。「那不只是一棟房子，那是我們的家，難道你都不在乎？難道你眞的一點都不難過？」他靠回椅背。「不過話說回來，要是你在乎，我們就不會在這裡了，對吧？」

派崔克注視著哥哥。「這話什麼意思？」儘管他心裡明白，他們兩個都明白。可是，如果派崔克非聽不可，那邁可就非說不可。如果他們非討論這事不可，那他們就得討論。

「你做都做了，我就這意思。如果你沒那麼做，也許——」邁可停頓，然後說：「也許老爸就不會去坐牢了。如果你還保有一份全職工作，我就不必爲了照顧你，把自己弄得身無分文，也許凱洛和我就能訂婚了，也許我們就能結婚，擁有自己的家。人本來就該這樣的，結婚成家等等。」

重點來了。「這些無法達成都是因爲我？」

邁可兩手一攤，肩膀一聳。「我說了，你做都做了。」

傑克酒吧很擁擠，屋裡十分燥熱；派崔克手裡的酒瓶，被他握了超過一小時，吸收了空氣中的熱氣和他的手溫，也是溫熱的。他右腳襪子的破洞彆扭地緊束著第四根腳趾尖。邁可紅銅色頭髮的太陽穴部位已開始退縮了，他發現，就跟老爸一樣。邁可也遺傳了老爸的長耳垂。派崔克很平靜。既不生氣，也不難過。

「如果我沒那麼做呢?」他說。

「咱們就繼續過日子,老弟。」

「那輛車呢?」

邁可眨著眼睛。「什麼意思?」

「我是說那輛別克。我們總不能把它放在那裡,把門關上,假裝它不存在,就好像說,車庫,什麼車庫?所以,怎麼處理?」

「把它清洗乾淨——」邁可的口氣有些含糊。「修理一下。」

派崔克搖頭。「我們一碰那輛車子,拿掉一顆牙齒,我們就成了幫兇了,老哥。然後連我們也得一起去坐牢。」然後所有人對他們的種種批評,邁可怎麼都不肯面對的那些批評,都將變成事實,一點都沒冤枉他們。

「當然,」邁可說:「要是被逮到的話。」

「你連看都不敢看那輛車子一眼。他們把它拖出車庫的時候,你閉著眼睛。你要我怎麼相信你有勇氣把那上頭的血跡洗掉,把保險槓上的頭髮刷掉?」

邁可下顎的強壯肌肉緊縮,抽動著。「你自以為比我們優秀,你一直都是如此。可是他比你好太多了,小混蛋。就因爲你,他不得不去坐牢,而我呢無時無刻不想把你狠狠揍一頓。肯定很有快感的,自私鬼。」

邁可的脾氣一向火爆。家裡牆壁的石膏板修補過的部份,很多是老爸造成的,但也有好幾處是邁可的傑作。邁可比派崔克來得高大壯碩,打起架來也比他行而且凶狠,可是他不怕。「動手啊。」他說。

長長的靜默,接著,派崔克有點難以置信地看見哥哥眼裡的淚光。要是邁可變成一個愛哭的醉鬼,那他可又多一項和老爸相像的地方了。「這陣子真的很不順。」邁可說。

「我知道。」派崔克說。然而當邁可說：「她到底怎麼了？」派崔克也只能無語。

次日晚上，邁可又想去了。他下班剛踏進家門，便用一根手指頭指著派崔克，像在射橡皮筋那樣將大拇指一彈。「走吧，老弟，沒有庫希馬諾家的人坐鎮，傑克酒吧就不像傑克酒吧了，可是我不想一個人喝酒。」說著便去沖澡。

正準備出門上晚餐班的凱洛看著他走遠，擔憂地攢著眉心。「我從沒見他這樣過。」

「我見過。」派崔克說，想起車禍發生後那悽慘的幾個月，當時邁可成天只知道發呆喝酒，不時爆發一陣激昂惡毒的咒罵。老爸的怒罵總是過一陣子就消散了，就好像身在瀰漫香煙味的房間，麻木了，得等到你出了房間，聞一下衣服才會察覺那有多難聞。邁可的怒罵比較像是磚頭砸破窗子：嘈嚷，嚇人，事後只覺得房間冷。

**去他們的，誰要他們讓小孩在街上玩？那家人活該。還在法庭上禱告咧。為什麼耶穌不下來救他，嗯？**

「要是他喝醉了而你又不在這裡撐著，不知道會發生什麼事。」凱洛說。

「真是的，凱洛，我累都累死了。」他差點沒衝口而出說，他已懶得再照顧壞脾氣的醉鬼了。他這輩子都在照顧壞脾氣的醉鬼。「昨晚他威脅說要揍我。」

「他不會動手的，」凱洛說：「去吧。就算爲了我，好嗎？」

於是他去了。週四是多數公司的發薪日，傑克酒吧擠爆了：一群群酒客狂笑熱舞著，彷彿沒有明天似的縱情享樂，那是一種當你日復一日過著單調生活，若不趁著當下找樂子就白活了的享樂方式。邁可和派崔克在吧台找到兩張高腳凳，向萊西亞點了兩瓶啤酒。坐下不到十分鐘，一個擠到吧台前點酒的酒醉女孩突然倒在派崔克身上。

「嗨！」她說。長著一副馬臉，矮了點，妝濃了點，但整體看來還算可愛。「和我跳支舞吧，帥哥。」

派崔克忍不住笑了，伸手將她扶起。「不了，謝謝。」

「別後悔。」她爽朗地說，接過萊西亞手中的螢光粉色飲料，消失在湧動的人群裡。

「你該答應的。」邁可說。

「不喜歡。」

「她替你吹喇叭的時候你又看不見她的臉。」邁可大笑。「傑克酒吧的女孩全一個樣，老弟。記不記得我們以前常叫這裡傑克手淫三P酒吧？」

「是啊，我記得。」接著，突來一股惡意的衝動，派崔克加了句。「喂，你就是在這兒遇見凱洛的吧？」

邁可低頭盯著酒瓶。「是啊。」

「當時想必你仔細看了她的長相。」派崔克說，邊說邊想自己到底哪根筋不對，不斷刺激邁可，幾乎像是想找他打架。這念頭一起，他立刻發現確實如此。他想要邁可揍他一頓。他想要揍回去。他不想繼續處在這種詭異的不知所措的停滯狀態，不想繼續聽邁可發牢騷，不想再看凱洛擔心受怕。同樣的情況又來了，沒有退路，只能往下跳。

邁可的表情變得陰沉。「情況不一樣。總之，別隨便拿她比較。」

「抱歉。」派崔克說，眞心感到歉意，不過是對凱洛，不是邁可。

音樂很響亮，有好一陣子他們幾乎不必開口。邁可大口灌下剩餘的啤酒，然後靠在吧台上。他掃瞄著人群，臉色相當愉悅。「你看見剛才那個喝醉的女孩沒？」

「怎麼？」

「有何不可？凱洛背著我和別人睡覺，你有你那個高中小女生，我們三個人就只有我沒搞頭。一起去吧？說不定她有個不會害你坐牢的朋友。」

從邁可的表情中，派崔克看見了挑釁和哀求，而且喪氣地發現，他一方面很想立刻回家去告訴凱洛，邁可背著她偷腥，同時又知道自己無意這麼做。「說眞的，我喝得差不多了，我想回去了。」

邁可點頭。「我只是不甘心一再失去，」他說：「我眞的好不甘心被耍。」

派崔克回家，看了一陣子電視——希望能分散一下心思，可是沒有用——然後沖了澡。當他把水關上，他聽見屋裡響著音樂，不是他放的音樂。《月之暗面》。凱洛喜歡傷感的獨立搖滾，邁可喜歡鄉村音樂和暢銷排行榜那類用來洩憤的大量生產的東西。音樂聲是從走廊傳來的。他的房間。

蕾拉。在屋子裡。在他房間裡。他手腳慌亂地穿上衣服，考慮把浴缸底下那罐雷達殺蟲劑帶著，結果還是毫無防備地上陣。

她叉著腿坐在床上，正在翻看一本他的恐怖電影雜誌。房裡有種親暱、屬於睡前的獨特氛圍，過了會兒他才明白，那是因爲她只開了一盞床頭小燈。昏暗的燈光將她烘托得十分迷人。當她抬頭看他，他幾乎可以看見藏在脂粉和染髮劑底下的，原來的那個她。

「我決定原諒你了。」她說。

他內心一股同情隱隱湧現。他把頭頂燈打開，房內頓時被手術室般的亮光淹沒。「擅自闖進我家，妳表現的方式還眞怪。」

「我沒闖進來，我是大大方方進來的。後門沒關。」她高舉著雜誌，上頭有個被肢解的女人，大動脈噴出血來，狂野的眼睛怒瞪著，慘不忍睹。「我得說，我很意外，以你的娛樂品味，一點血腥竟然也可以讓你興奮。」

「那不是血，是玉米糖漿。」

「隨便啦。知道嗎，我看見你跟你哥的女友在一起。」

他等著，警覺起來。

「星期一的事。我開車到處逛，心想繞到便利商店去看你在做什麼，確認一下你從樹林那兒順利回來了。結果我這雙好奇眼睛的前面出現了什麼呢？」她低頭看著雜誌，翻了幾頁。「我得說，你的動作眞快，週五才和我做過，週一晚上又和她做。我猜你沒告訴她吧。」

她口氣輕鬆，但他還是不放心。「我告訴她了。」

蕾拉那雙相機鏡片般的眼睛緊盯著他。「我來猜猜看。你們已經愛得難分難解，這點小插曲阻礙不了你們。別擔心，種馬，我不會告訴你哥你和他女友亂搞。」

老天。派崔克想都沒想過這問題會被端上檯面。他早就該看出來的。「爲什麼？」

她把雜誌一丟。「爲什麼需要理由？女孩子就不能幫朋友一點忙？」

「妳闖進我家就是爲了告訴我，妳不會打我小報告？」

「我說了，我不是闖進來的。」她低頭看著雙手，摳著指甲油，樣子像個被關禁閉的小孩。當她終於抬頭，她的表情充滿心機——令他惱火的老練的似笑非笑，低垂的睫毛——可是今晚這招不管用了，就像一頂捲曲得太厲害，一眼就被識破的假髮。「你一直沒替我取新名字。記得在SuperSpeedy商場那晚嗎？」

派崔克睜大眼睛。「妳在說笑吧？」

「絕非玩笑。」她站了起來。這天她穿著短裙、皮夾克，和一件嫌短了點的上衣。裙腰上方露出一小塊肌膚，他知道再往上就是那些看不見的傷口。她朝他走過去，停在大約一條手臂寬的距離。「替我取個新名字。」這話說得有點太快了，她似乎以爲他不需要考慮便會答應。「你替我取一個，我替你取一個，然後我們一起遠走高飛。我可以把車賣了，我們到墨西哥去，住在海邊。」

「不行。」

**「你討厭做自己，我也討厭做自己，那咱們就變成別人吧。」**她走近一步。「如果是因爲那些割傷，別擔心，會消褪的，傷口不太深。」

他怎麼會和她牽扯上的？「蕾拉——」

**「我不能繼續住在這裡，我想離開，我想解脫。**查士丁尼——」他察覺她說出這人的名字時眼神閃爍、舌頭輕舔嘴唇的樣子。「我已經把你的事告訴他了。你看。」

她撩起裙子，派崔克不想看，但又覺得不能不看。週五晚上他只看見四道傷疤，這時她的肋骨腔看來就像貓的磨爪棒，一道道新傷舊創交錯著，紅腫得厲害。她的手在那些傷口前抖動著，像是沒有勇氣去碰觸。

派崔克難受極了。她放下裙子。「每天都劃一刀。他說他要把你從我血液中除掉。」她的聲音顫抖沙啞。「我沒辦法要他停止，我說不出口。」

他朝她伸出雙手，可是不確定他想做什麼。樓下傳來輕微的聲響，有人努力想打開卡住的大門，接著是門鉸鏈咿呀一聲，然後是腳步聲。一時間兩人就那麼動也不動站在那裡，聽著樓下的木地板隨著兩個人在屋裡四處走動，吱吱嘎嘎響著：一個進了廚房，另一個走進起居室，沒交談半句。

蕾拉露出懇求，甚至哀求的表情。「你知道我晚上做了什麼事？」

他不知道，他也不想知道。

「我替我老爸的助理口交。他很弱，一個可悲的偽君子，可是——」

「那妳幹嘛那麼做？」

她的眼睛閃著淚光。「我也不知道。前一分鐘我們還在聊天，下一分鐘就做了，他還一邊讚美我好辣，然後——我也不知道怎麼開始的，我真的不知道。」她絕望的表情有如煙霧，瀰漫在空氣中，嗆得他難受。「我爸媽討厭我，學校生活一團亂，查士丁尼常傷害我，可是這世上只有他是愛我的，還有妹妹，而她——現在他有了她。所以我才想如果有另外一個人——」

「蕾拉，」他說：「妳得找人幫忙。」

她牽起他的一隻手，就像那天在車裡，他愣住了。可是她只是拿它貼著臉，閉上眼睛，接著又睜開。

「那就幫我，我們一起離開這裡，不管你要我做什麼我都願意，不管你要我變成誰。」

沖馬桶的聲音。他盡可能輕柔地將她推開。「不。」

她注視他的樣子像是被甩了一巴掌。「不？」

「不。」他說。

她瞇起眼睛。「那你打算怎麼做？變成流浪漢然後繼續和你哥的女友廝混？」她說這話時咬牙切齒地，而且近得他可以看見她牙齒上的口紅印和下眼眶的灰紫色斑點。「難道你們打算逃到墨西哥去？你們想賣誰的車子？」

「我也不知道。」他平靜地說。

「你們兩個，還有你哥，這事遲早會鬧大的。」她咧嘴露出牙齒。「也許我可以替你鬧大，我對於把東西搞大很有一套，再不然我直接去報警，這是你最害怕的，對吧？」

「要是妳這麼做——」他沒正面回答，努力保持口氣平靜，卻不知該怎麼接下去。他說不出她眞那麼做時會如何。他根本無法想像那狀況。「將會很慘。」

「那就阻止我啊。」她聲音裡的逞強完全是好萊塢式的，可是當他看著她，見到的只有沮喪絕望。他知道他應該害怕，內心也隱約感覺，但主要還是覺得可悲。「蕾拉，親愛的。」這是他第一次如此親暱地稱呼她。他沒那意思，但話就這麼溜出口。即使現在，即使她已經撕破臉了，她還能抽搐著嘴唇和眉毛，並且朝他走近一步。

他後退。她拉下臉來。「等等，」他說：「別動。」

樓下，電視機正播放喜劇頻道——某個單人搞笑演員站在一道磚牆前面——現場觀眾的笑聲讓屋內感覺更加陰冷。凱洛穿著餐廳制服坐在沙發上，翹著腿，氣呼呼的。冰桶關著，大概是空的。邁可在一旁的扶手椅坐著。他看來似乎少了什麼。派崔克花了幾秒才想出原因：沒有啤酒。邁可手上沒酒。

「嗨。」他招呼著。蕾拉在樓上，邁可和凱洛在起居室，那個馬臉女孩在酒吧——他不知道還有什麼好說的。

「你們聞到護手霜的味道沒？」搞笑演員說。這話是笑梗，只有現場觀眾聽了狂笑。

「嗨，」邁可說：「你看我像喝醉的樣子嗎？」

派崔克瞄一眼凱洛，她正面無表情盯著電視螢幕。所有門窗都關閉了。「不知道，我才剛來。」

「凱洛說我喝醉了不能開車。」邁可的語氣充滿輕蔑，可是派崔克想起邁可在傑克酒吧喝了不少啤酒，誰曉得他和馬臉女孩在一起時還喝了什麼。那都是不到兩小時之前的事。沒錯，邁可或許眞的已經醉到不能開車了，竟然還去接凱洛然後一路開回來。「不知道，我又不在場。」派崔克說，儘管話有點鯁在喉嚨。他得想個法子讓蕾拉離開這裡，同時又不會刺激她想要把他毀了。他原本還寄望凱洛能幫他，因爲她面對誤入歧途的青少女的經驗顯然比他豐富，可是看著她的臉，他知道不可能。

「要是我醉得不能開車，派崔克會發現的，」邁可說：「關於酒駕的事沒人比我弟更龜毛了。」

喀喀踩著靴子下樓的聲音傳來，派崔克一顆心往下沉。蕾拉走進起居室，一邊拉著裙子，好像才剛把它穿上，而他對她所有的浮濫同情，一點不剩地全部化爲千丈怒火。「眞好玩，親愛的，可是我得——噢，你們好！」她說，一副沒想到邁可和凱洛竟然在家的樣子。

邁可看著她。「嗨，妳想必就是派崔克的女友吧。」凱洛的外套放在沙發一頭。他伸手抓起衣服，丟到地上。「別走，坐下來，大家聊聊。」

「她得走了。」派崔克咬著牙說。

「我還有一點時間。」對自己滿意極了，蕾拉在距離凱洛兩呎不到的地方坐下。凱洛的表情有如黑洞，看都不肯看他一眼。

邁可似乎沒察覺。「要啤酒嗎？」

「當然。」蕾拉說。

「當然不要。」凱洛說。

蕾拉迅速、散漫地瞥了她一眼。「別掃興，凱洛。」邁可說。

「不是掃興，只是想把今晚的犯罪項目減到最低。」

「抱歉，」蕾拉說：「初次見面，我叫蕾拉。你一定是邁可，而——」她轉向凱洛，笑盈盈地。「妳是凱洛，對嗎？」

「很迷人，」凱洛說：「不過妳還是不能喝啤酒。」

「眞是，妳什麼時候變成老古板了？」邁可瞄了眼派崔克。「你是要坐下，還是打算像白癡一樣杵在那裡？」

「我打算像白癡一樣杵在這裡。」派崔克說。

蕾拉大笑。「爲什麼你弟弟急著趕我走，你認爲呢？」

邁可衝著她露出他那邁可式的友善笑容。「我也不清楚。」

「也許他擔心妳超過規定的宵禁時間回家，會害妳被禁足。」

「他很怕某人會惹上麻煩倒是眞的。」蕾拉說。夠了，派崔克就算拖著她的小腸也要把她趕出這房子。她一定看出他的心思，因爲她嘆口氣，站起來。「不過我想，他和凱洛說得沒錯，再繼續玩下去恐怕就要觸法了。」她起身，朝派崔克送了個飛吻，然後離去。

派崔克氣得無法動彈。

「難怪你一心只想飛奔回家。」邁可說。

「我不知道她在這裡，」派崔克說：「我們在傑克酒吧的時候她偷闖進來的。」

邁可大笑。「是啊，才怪，你這大騙子。不過怪不了你，雖說她未成年，可是挺辣的。」

派崔克聽見蕾拉在外頭啓動車子引擎，怦怦的重節奏音樂，想起她肋骨腔上的累累傷痕，眞想把自己劈成兩段，放火燒了自己。然後把她也燒了。

凱洛猛地站起，進了廚房。邁可說：「別理她，她一整晚都陰陽怪氣的。」派崔克含糊應了一聲，希望聽來像是附和，或者邁可想把它當成什麼都行。他聽見廚房裡的碗盤碰撞和櫃子門砰砰甩上的聲音。鄰居的狗又吠個不停，電視螢幕上的搞笑演員正繞著舞台大步蹦跳，弓著身子，手臂彎曲，手肘朝著天花板。派崔克耐心等了一段他希望算是合宜的時間，盯著電視機但沒專心看，然後用一種他希望聽來算得上輕鬆的口吻說：「家裡有吃的嗎？」然後進了廚房。

她站在爐子前面，低頭對著一只煎鍋，鍋底有一只在融化奶油裡漸漸凝固的雞蛋，一旁的流理台上放著兩片麵包、一片還沒打開的美式乳酪，和一罐甜杏果醬。凱洛幾乎吃什麼都要加甜杏果醬。鍋裡的蛋八成是她在怒火下煎成的。

起居室除了輕快的廣告配樂之外沒有一點聲音。他走到她背後——避開她把鏟子像武器般抓在手裡的那側——伸手繞到她的另一邊肩膀，近似摟著她的姿勢。

「那女孩是禍水，派崔克。」她沒看他，口氣透著酸楚。

他將臉貼著她的頭髮——洗髮精、熱奶油加上可能是龍蝦的淡淡海水鹹味——唯恐她會叫他去死，他就再沒機會這麼做了。「我沒邀她來家裡。」

「最好是。」她試著用鏟子把煎蛋翻過來。蛋不肯翻面，對半折疊著，像一輪油膩的半月。「可惡，眞討厭，我的煎蛋技術爛透了。想到你和她上床我就煩。」

「今晚什麼事都沒發生，如果妳氣的是這個。」

「我沒生你的氣。」

「那妳在氣什麼。」

「我什麼都氣。」

「凱洛，」他說：「這種日子我們還能撐多久？」

她沒回話。她不需要，鬆垂的下巴還有朝著耳朵弓起的肩膀已道盡一切。她拿起煎鍋，往另一個爐口鏗一聲放下，溢出的蛋黃汁立刻流滿了變硬的蛋白四周。

「我的蛋完蛋了。」她說。

她的聲音沙啞。派崔克輕輕拿過她手中的鏟子。「去坐下，我來。」淚水從凱洛的眼眶湧出。派崔克眞想把它抹去，可是她用兩隻拳頭胡亂擦掉，把鏟子搶回來。「算了。你上班要遲到了，快走吧。」

於是他上樓，換上彩色條紋制服襯衫，然後下樓來。邁可正把沙發上的幾個軟墊移走。「我有預感今晚我得睡這裡。要不要我送你一程？」

派崔克看著他。「你在說笑對吧？」

邁可用力把枕頭丟下。「告訴你吧，老弟，不管她怎麼說，我清醒得很。走吧，上我的貨車。」

派崔克沒心情爭辯，尤其今晚。上車後，邁可往前趴在方向盤上，兩手捂著眼睛好一陣子。等他坐直了，派崔克才發現，難以置信地，邁可哭了。「晚上你爲什麼讓我去找那女孩？」他說。「我到底怎麼了？我愛她，老弟，我好愛她，只是最近太不順了。」他抹著眼睛，然後啓動車子，倒車退出車道。

接下來是派崔克人生中最漫長的七分鐘。不一會兒——車子才到達邊界街的街尾——鐵錚錚的事實擺在眼前，邁可已經爛醉了。派崔克抓緊車門，一邊回想這輩子——當他清醒得還能分辨的時候——可曾坐過由一個醉成這德性的人開的車子。應該沒有。邁可開得太快了，好幾次忘了轉彎，撞上路邊砌石，車子開上了十字路口才停下來等紅燈，不然就直接闖過去。等他們上了雙線道高速公路，派崔克被中央分隔線在車輪底下咻咻飛過的景象嚇呆了。車子底盤太高了，他的視角有點偏，看不清情況有多嚴重。在這同時，邁可說個不停——**不曉得耶，老弟，也不知道她遇上了什麼麻煩，她不肯說，也許就因為這樣她才不肯結婚吧。我是無所謂，住在一起也行，可是她最近怪裡怪氣的**——派崔克則滿腦子想著怎麼會這樣，他怎麼會在這夜裡搭著這輛貨車，他如何可以避免這陣子大大小小的狀況。

當他們終於到達佐奈的店，邁可把貨車停下，相當驚險地緊靠著加油泵。派崔克打開車門，外頭的涼風迎面襲來。他正要下車，邁可說：「老弟，她信得過你，她常和你聊，對吧？要是她提到誰——要是她搞上了誰——你會告訴我，對嗎？」

「當然。」派崔克上不上下不下地卡在車門中間，一隻腳彆扭地懸在半空。「我得去上班了。」

「因爲我不認爲凱洛是那種人。」

「當然不是。」

邁可揉揉眼睛。「在酒吧的時候你爲什麼讓我去找那女孩，老弟？爲什麼不攔著我？」他的口氣充滿傷感、懇求，帶著抱怨的味道。感覺就像和老爸談話，而派崔克也用他一貫的態度回應。

「抱歉，我應該攔你的。」他機械地說，很沮喪自己輕易便落入息事寧人的舊模式，也對這樣輕易的沉溺感到害怕。

「沒有她，我就一無所有了。」接著趕緊加了句。「還有你。只有她和你。我愛你，小弟。」

派崔克勉強大笑一聲。「你眞是醉得可以。要不要我打電話找人來？我可以替你叫計程車，或者通知凱洛來接你。」

邁可當然不肯搭計程車，凱洛的車又壞了，派崔克只好看著他開車離去，心想他在回家途中不知會撞死誰，而且毫不懷疑這次肯定是他的錯。邁可有生命危險，派崔克竟然由著他去。

佐奈店裡的大夜班是最好的放空時間。

等到値班結束，他已經疲憊不堪。比爾來接班，問他想不想去抽根大麻，偏偏他腦袋夠亂了，不需要化學藥劑讓他更加飄飄然。他在陽光刺眼的大白天恍恍惚惚走回安靜的家。沙發上的凌亂毛毯和周邊散置的空啤酒罐告訴他，邁可確實在這裡睡了一晚。派崔克敲了敲凱洛的房門，沒有回應。他把房門打開一條縫，看見枕頭上披散著她的頭髮，決定讓她繼續睡。他告訴自己這是一種體貼，但其實只是怕麻煩。下了樓，他往沙發上沾滿啤酒味的毛毯堆裡一躺，希望能在她出門上班前醒過來。到時他們可以談談，想出個辦法。可是等他醒來，已經將近六點了。他睡了十個鐘頭，凱洛也出門了。派崔克沖了澡，默默換上衣服。這房子變了，所有家當都還在，感覺卻像空屋。

他眞希望凱洛出門前把他叫醒。他眞希望這天早上他把她叫醒了，希望自己沒有膽怯、疲倦到無法處理前一晚蕾拉的任性行爲、邁可在酒吧的小出軌，以及煎破的荷包蛋等事件留下的問題。她的頭髮散落在枕頭上的畫面令他心痛。要是他踢得到自己的屁股，他一定會那麼做的。

他沒辦法繼續這樣下去。眞的辦不到。

邁可拎著一只聞起來像辣雞翅的油膩紙袋回來。「吃吧。」他說，把袋子往咖啡桌一丟。「早上我宿醉到快死掉，出門上班時好像還醉醺醺的。」

派崔克沒什麼胃口。「喂，昨晚你和那女孩結果如何？」他問。不管如何，確認邁可有沒有對凱洛不忠總是件要緊的事。

「沒事。」邁可打開袋子。「我才要問呢，昨晚你的女友到底怎麼回事？她眞的闖進我們家？」

「是啊。而且她不是我女友。」

「這個有意思。」

「應該說是恐怖。」

「你很缺乏冒險精神。」邁可把一支雞翅對半扳開，將一半塞進嘴裡，吸吮著肉塊，然後把骨頭抽出來，丟回袋子。「我說，老弟，哪天我們被趕出這房子，你想不想自己找個住處？」

邁可的口氣輕鬆，可是從他用眼角瞄著派崔克的神情看來，這問題他已經醞釀很久了。「當然。」

「好極了。我只是覺得，也許凱洛和我應該有個自己的家。我在想要是只有我們兩個，情況或許會好一點。」

有那麼一瞬間派崔克眞怕自己會大笑出聲。

兩人吃了雞翅，看了一陣子電視，就像以前無數次他們其中一個爲女孩子的事鬧情緒的時候一樣。邁可不提凱洛，派崔克不提蕾拉。這讓派崔克漸漸進入一種落寞、熟悉的麻木狀態，儘管他討厭這樣，卻很難把這股麻木感甩掉。

八點，有人敲門。派崔克一眼便看出站在門廊上的男人是蕾拉的父親。臉部特徵太明顯了：蕾拉的下巴，臉型，圓潤的顴骨。他的衣著和停在路邊的車子看來都相當昂貴，面容卻十分憔悴。他的外貌比他的實際年齡年輕許多。他一手拿著一疊文件。

「我是傑夫・艾席爾，」他說：「我在找蕾拉。」

他們可以悠閒坐在家裡喝啤酒，然而外面的世界可沒停止運轉。派崔克聽見背後傳來邁可匆匆溜走的腳步聲。「她不在這裡。」派崔克說。

男人拿起文件。「她那輛車的ＧＰＳ追蹤記錄顯示，昨晚十點四十五分到十一點半之間她在這裡，所以你最好告訴我真相。」

「我沒撒謊。」從這傢伙沾了咖啡漬的襯衫和陰沉的憂慮表情看來，他最不想知道的恐怕就是真相。「昨晚她來過，可是這會兒不在。你要不要進來親自查看一下？」

「我要找我女兒。」艾席爾固執地說，可是當派崔克從門口讓開，他還是走了進去。派崔克拿啤酒給他，他搖頭說：「我不喝酒。」

「說得也是。你是牧師。」

艾席爾陷進沙發裡。他整個人給人一種鬆垮、凹陷的感覺。「我不是牧師。我是家庭教會宣教士。」

「喝水？」

艾席爾點頭。

派崔克回來時，看見男人正拿起桌上的有線電視帳單來看著。「你是邁可・庫希馬諾？」他說，語氣透著詫異。

「我是派崔克。」派崔克將水杯遞給他。「邁可是我哥哥。」

艾席爾打量著他。「原來你是派崔克。」

「我剛說了。」

「我有必要告訴你，」他說：「我和澤帕克一家人非常熟。」

派崔克在扶手椅坐下。「是嗎？」

「是你報的警。」

派崔克沒回應。

「你作了正確的決定。終究。」他說出終究兩個字時微微加重語氣，充滿篤定的響亮嗓音不容一絲懷疑，不管是對他或對任何人。派崔克可以理解，聽著這樣的聲音成長，難怪人老得快。

「終究。」他說。

「你怎麼會認識我女兒的？你比她年長許多。」

「有個晚上她走過來，說要和我交朋友，因爲我老爸害死了澤帕克家的孩子，」派崔克說：「之後她就一直纏著我。」

艾席爾一臉驚愕。「眞的？」

派崔克點頭。

「她爲什麼這麼做？」

「硬要我猜的話，我認爲因爲她知道會惹你生氣。」

艾席爾肩膀一塌。「哦。」堅定不移的口氣消失了。「我想也是。」他低頭看著文件，翻了幾頁，可是派崔克覺得他根本沒在看。「告訴我，」最後他說：「你什麼時候知道自己要那麼做的？」

「什麼，」派崔克說：「報警？」

艾席爾點頭。「那一定很——」他頓了下，又接著說：「那麼做心裡一定非常掙扎。你是什麼時候知道的？」

他是什麼時候知道的？當他看見那輛車的時候？也許更早。當他走進車庫時，就知道會看見什麼了。還是當他看見老爸坐在沙發上——正是艾席爾此刻坐的位子——抽泣的時候？好像也不對。或者是在他下班回家，父子三人碰頭，老爸說：**喂，小子們，咱們去喝一杯吧**，邁可和派崔克說，不，前晚的宿醉還沒退，他們要睡了，而老爸還是去了的那時候？

或者是當他們參加完母親的葬禮回到家的時候？

**你們各自找事情忙去，老子要去買醉了**。

他不想回答艾席爾的問題，可是——其實他一直都清楚。非他不可，除了他再沒有別人了。邁可到處把妹，邁可輕鬆得手，邁可總能找到最容易的方法然後達成目的。他有份爛工作，待遇差又沒有福利保障，周遭同事看見他就會想起他父親，可是想找新工作太難了。就像搬出去獨立生活，或者少喝點酒，或者整理車庫裡的紙箱，對他來說都太難了。除非有人督促，邁可從來不做辛苦的事。從這角度來看，凱洛和他可說是絕配：她長得很順眼，她會下廚，而且還能洗多得嚇人的衣服。她沒有親人，沒有朋友，沒有別的效忠對象。對邁可來說，她就像是從傑克三明治酒吧的啤酒龍頭自動流出來的，剛好填補了老爸去坐牢以後留下的空缺。邁可可以輕易適應她，就像輪子遇上輪軸然後快活地往前滾動，想也沒想究竟要滾到哪去，如果他們滾得動的話。

「你有沒有和我女兒發生關係？」艾席爾問。「這州的法定性自主年齡是十六歲，蕾拉是十七歲，我們或許不會告你敗壞風俗。我們——目前還有更嚴重的問題要面對。蕾拉她——」他突然停住。

派崔克想起蕾拉，想起她從好萊塢電影直接複製貼上的性愛技巧。蕾拉，他曾經前後兩次和她發生露骨的性行爲，卻無法想像她能從中得到任何歡愉，而且兩次事發後他都無比急切地要她離開，慚愧得無法正眼看她。蕾拉和她的紫色蕾絲胸罩，還有她讓朋友在她身上施加的可怕傷痕，棺材戒指，骷髏頭耳墜，對死亡的迷戀，還有前晚她閃著淚光的熱烈眼神。**我想離開，我想解脫，查士丁尼常傷害我，可是這世上只有他是愛我的。**「怎麼？」派崔克被自己的盤問口氣嚇一跳。「蕾拉怎麼了？」

「我一輩子嚴守戒律。你剛才也說了，她做出某些行爲只是爲了惹我生氣，即使那些行爲會毀了許多人的人生，包括她的人生。」他看著派崔克，露出疲憊的眼神。「我知道她對我很不滿。我只想知道情況到底有多嚴重。」

其實只要看一眼蕾拉的樣子，聽幾句從她嘴裡吐出的話，就能輕易明白的，他卻說得好像他什麼都看不見。「我得說，情況相當嚴重。」派崔克對他說，相當欣慰地看見這個人至少形式上震驚了一下。「你去森林空地找過沒？」

艾席爾點頭。「去過了，到處都找過了，所有她朋友家裡，我甚至還開車到匹茲堡去，開了一整晚的車。」他搖搖頭。「蕾拉太機伶了。」他說，充滿困惑和哀傷的口吻讓派崔克也不得不同情起來。

「希望你能找到她，」他說：「眞的。」

他離開前遞給派崔克的名片上寫著，**貞潔比紅寶石更珍貴，千萬珍惜府上少女。**

# TWELVE

# 12

週三晚上凱洛的車掛了。這次，全世界的電瓶充電線都沒辦法把它救活。妲西試了，蓋利試了，一個在酒吧灌了一整晚馬丁尼的醉鬼也試了。可是不管他們把她的喜美跨接到哪一輛車的電瓶，凱洛轉動鑰匙時，車子還是毫無反應。

有人說也許問題出在點火線圈，或者燃油泵，或者別的零件，可是凱洛完全沒聽進去。她呆坐在那輛廢車冷冷的方向盤前，這車子曾經帶她遠離瑪歌和匹洛斯維爾鎮，哥倫布市和雅典市，還有天曉得哪些別的城鎮，她已經記不清了。它一直是她的庇護所，她的避風港，她的朋友；它曾經在無數個停車場癡癡等她，就像別人唸小學時有母親在巴士站等他們。可是當它掛掉，她很詫異它對她一下子變得無足輕重了。

她把它留在停車場，然後搭妲西的便車回家。妲西說：「從我認識妳的第一天，那輛車就只會替妳惹麻煩。莎呦哪啦，破銅爛鐵，對吧？」

「對。」凱洛說，吃力地爬上庫希馬諾家那段異常陡峭又危險的門前階梯。她的雙腳、背部和肩膀齊聲叫喊著酸痛三部和聲。大門左右兩邊的牆上各有一道高窄的窗戶，都積了灰塵而且結了蛛網，不過透過其中一扇，她看見邁可在沙發上睡覺。應該說是醉倒了。這晚他和派崔克到傑克酒吧去了。這時候派崔克應該已經在佐奈的店裡，不過從咖啡桌旁打開的冰桶看來，邁可回家後又獨自續了一攤。他的靴子脫了，兩腳翹在沙發扶手上，襪底髒兮兮的。他的下巴鬆垂，透過牆壁她可以聽見他在打呼，還有電視機的罐頭笑聲。

抹去那一臉醉相，彈掉他襪子上的灰塵，他又是那個曾經和她在傑克酒吧舞池中開懷暢笑共舞的邁可。次晨發現她睡在車子裡，他非常憤慨，說，**太慘了吧妳**。某晚她做了個惡夢——不是那種哎喲我在往下墜的夢，而是關於瑪歌的，會讓人嚇出一身汗的夢——他拍撫著她的背，直到她不再發抖並且回頭繼續睡著。她還記得當時她有多麼慶幸能窩進他懷裡，多麼感激能擁有安穩強壯的依靠。

然而——仍然站在門廊上——她同時也記得她犯下出軌大錯的那個晚上（也許現在不能再這麼稱呼了，因爲之後同樣的錯誤又發生了五、六次之多），當時她就站在同一個位置，和現在一樣，透過骯髒的窗口看著屋內，望著躺在沙發上的派崔克，幾乎和邁可現在一模一樣，只是當時派崔克醒著。那晚的值班很不愉快，和今天的班差不多，也是渾身酸痛到不行。當時派崔克一直不露聲色，多數時候他的表情要不又酷又疏離，就是又酷又輕快，不然就只是酷，但是觀察著，始終用那雙深水般的栗棕色眼睛觀察著，讓人猜不透。可是那晚，在黑暗中，她端詳著他的臉，看見了充滿敏銳和智慧的無奈。如果說她對邁可樂觀和開朗的堅決懷著感激，她在派崔克身上看見的卻眞正令她心動。因爲邁可的樂觀太過固執，感覺越來越像是謊言，事實明明擺在眼前，卻任性地予以忽略，讓她覺得自己知道的只是皮毛。一切都只是表象，令她難以忍受。然而，她在派崔克身上看見的就是她內心的感受。於是她走進屋內，瞎扯著門鎖的事，然後看著他用手指吃披薩，心裡始終知道將會發生什麼事。不管是不是錯誤，不管是不是災難。

凱洛感覺自己像是乘著時間飛馳，分分秒秒都在擔心受怕。躺在派崔克枕頭上時，她無法放鬆，因爲萬一在上面留下頭髮，萬一邁可進來時發現了，深色的長髮，顯然不是他弟弟的？躺在自己的枕頭上時，她也無法放鬆，萬一邁可想要做愛，萬一和邁可做愛是正確的，萬一她該做的就是結束和派崔克之間的僵局，然後繼續過原來的生活？性愛和外帶餐和傑克三明治酒吧。就算她想那麼做，她是否辦得到，還是事情已經無法挽回？像她和派崔克那樣偷空搞曖昧是小孩子玩意兒。共用牙刷，付帳單，在邁可打鼾時戳戳他讓他翻身──這才是大人的生活，才是安穩度日，才是她一直以來想追求的。一個在你晚上睡覺之後，一直到次晨醒來都絲毫沒有改變的世界。她願意放棄多少東西，她在想，她願意失去多少東西，交換這份安穩？

換作是派崔克將會──守在那兒──留意、觀照著，由於焦慮而模糊了眼睛。然後她會想：也許，也許……可是她一向不都這樣，每次遇見一個男人，不總是想著也許，也許？她的心不總是被一段關係的可能性吸引，然後被乏味的家務磨得疲憊不堪？時間一久，派崔克會不會也變得和邁可有時候一樣笨拙老套，會不會哪天迷上車震、娃娃音或者性感護士服，一開始以爲無傷大雅，勉強遷就，結果演變成欲罷不能，逼得她想尖叫？

凱洛繞到後門，脫去鞋子，慢慢地、小心翼翼地打開紗門，以免發出雜音，悄悄溜到樓上進了臥房，在床上躺下，兩腿縮在胸前。她閉上眼睛，試著入睡，最後睡著了。有時在半夜，她可以感覺床微微動一下，是邁可爬上床，盡可能離她遠遠地躺在床墊的另一頭。

週四晚上，邁可又要派崔克陪他去喝酒。他顯然累壞了，但凱洛還是求他去。她告訴他，她很擔心要是邁可在傑克酒吧或哪裡喝醉了，而派崔克又不在場罩著，後果不堪設想。這是眞的，可是重點是，既然派崔克和邁可在一起喝酒，他們就都不在她身邊。她厭倦了老是混亂不安，左右爲難。在餐廳値晚班時，她開始想：如果她能把車修好，不如一走了之，把這爛攤子丟開。把派崔克歸類在錯的時間錯的地點遇到對的人，把邁可列入一長串男友名單。男友是她生命中的重點戲碼。學校生活一場糊塗，因為她經常是上學期唸這所學校，下個學期在別的學校，一年以後又回到原來的學校。可是男友則是一個接一個列隊而來，偶爾會重疊但從來沒重覆過。在邁可之前是史考特，史考特之前是安德魯，安德魯之前是大衛，就是她在哥倫布市漢堡酒吧工作認識的酒保；大衛之前還有羅比、馬修、史提、布萊恩，更早是布蘭特，她六年級時她家的房東。現在她懂得的所有男女間事，當時也就都懂了。有時布蘭特會買晚餐給她吃——裝在輕薄塑膠容器裡的波士頓市場連鎖餐廳的速食——或者在瑪歌鬧得太厲害時借沙發讓她睡。第一次之後他們就做愛了，而她也馬上當他是男友。**我們是不是要結婚？**有一次她問他，幻想著娃娃屋般的生活，有火雞晚餐、草坪灑水器和好多漂亮衣服，而不再住在當時他們住的那棟破舊、牆壁薄如紙的雙層公寓。有時他還得提醒她小聲點，免得她母親聽見他們玩得有多開心（其實也沒眞的多開心，她發出聲音完全是因為她以為做愛就該那樣）。她的問題惹來他一陣嘲弄，接著沉默下來。不久她們搬家了，她打電話給他，被他掛斷。

最近她發現自己常想起布蘭特，而且第一次感到氣憤。因為當年她十二歲，想要的只是一個安穩的窩，如今她二十五歲了，要的還是一樣的東西。人生不該這麼辛苦，要實現夢想不該那麼難。

那晚，打烊後，凱洛看見邁可在餐廳門口停車，既意外又不開心。她站在窗口，望著外面的街道。他看見她，按了兩下喇叭，她舉起一手來招呼。妲西從店內走出來，說：「看來妳不需要搭我的便車了。對了，妳什麼時候要把我的電話給他弟弟？」

「相信我，」凱洛說：「妳絕不會想和他弟弟扯上關係。」

邁可貨車的車廂瀰漫著啤酒味。「嗨。」她上車時，他說。

她勉強一笑。「嗨。」

「妳的樣子好美。」

「我邋遢得要命。」她說。「喂，這話沒有惡意，不過車子裡酒味好濃。你開車沒問題嗎？」

「當然。我和派崔克去了傑克酒吧，沒什麼。」

「是啊，我知道。所以我才問你。」

「我沒喝醉。妳以為我就只有一、兩瓶啤酒的酒量？」

「我可沒那麼說。」

「放心，沒問題的。」

凱洛不想吵架。「傑克酒吧如何？」

「很好。」他猶豫了一下。「人很多。」

凱洛腦子裡的警鈴輕輕響了一聲。「哦，因為是星期四晚上？」

「我們就是在星期四認識的，記得嗎？」

「當然。」

「妳知道我還記得什麼嗎？我記得那晚的星星好漂亮。」

警鈴響得更大聲了。邁可．庫希馬諾在正常情況下是不會注意星星的。況且他也說錯了。幸好她腦中關於和他在貨車平台上做愛的記憶相當模糊，可是她還記得他那摸起來很柔軟的棉質襯衫，從他為她鋪在平台上的外套透過來的金屬冰涼感，還有像條羽絨毯子懸在頭頂的烏雲。「那晚沒有星星。」

「當然有。」

「沒有，那陣子下了一整週的雨。」她清楚得很，因爲她每晚難受地縮在車子後座，聽著雨水有如無數不耐的手指敲打著車頂的鼕鼕聲，努力試著入睡。

「不可能，因爲妳跟我，我們還開心聊著星星，妳說——」他頓住，也許想起了當時和他在一起的女孩是誰。當他再度開口，口氣略顯侷促不安。「我想大概是我記錯了。」

「我想也是。」

接著話脫口而出。「但我就是這個樣子，約會過的其他女孩幾乎都不記得了，只有妳，凱洛——」

「怎麼？」

「妳也知道，這陣子我們之間有些小狀況。」

「我知道。」她說，警覺起來。

「總之，我想告訴妳——今天晚上在傑克酒吧，有個女孩，我實在醉得太厲害了。」他瞄她一眼。

「就和她廝混了一下。」

**太好了！**凱洛莫名地想要大叫。**因為我和你弟弟上床，這下我們扯平了。**她緊咬嘴唇忍著沒笑出來——儘管她內心的感覺，她不確定那是什麼，但絕不是想笑的衝動——接著說：「什麼意思，和她廝混了一下？」

「我吻了她，妳知道，就胡搞了一下。」說著又偷瞄一眼。他想看她是否生氣了？她生氣了嗎？「我沒和她做愛，如果妳在意的是這個。不過，老實說，我很想。我是說，我多少有那念頭。但我覺得那多半是因爲我們之間出了問題，而且，——妳看一下地上，在椅子底下。」

她彎身找了一下，把東西撿起。一只沒用過的保險套，不過包裝已經撕去一截，似乎是有人把它打開然後又決定不用。她摸得出包裝裡的硬環，在潤滑劑的包覆下滑來滑去。空洞無辜的東西，就像蓋利每天晚上丟棄的大堆空貽貝殼。

「我想我是故意把它留在那裡，好讓妳發現的，不過我現在告訴妳，」邁可說：「眞的就差那麼一點。」

拿著保險套坐在那裡——而且對這情況莫名地感到氣憤；你做也罷，不做也罷，她想，可是別拉著我玩這種無聊遊戲——她說：「你到底希望我有什麼反應？」

「不必有反應，我只是要妳聽我說。因爲我本來可以做的，可是我沒有，因爲我愛妳。我不在乎妳到底怎麼了，或者出了什麼狀況，或者有什麼我不知道的，還是怎樣。因爲無論如何我還是愛妳，永遠不會變。」

他這話又說得太快了，而且太懇切，像是演練過似的。凱洛明白這是什麼了：這是邁可·庫希馬諾版的愛的宣言。她忍不住大笑。

「妳爲什麼笑？」邁可很傷心的樣子。這也難怪。「妳在笑什麼？」

「笑你，」她說：「你才剛讓我看一個拆到一半的保險套，是你差點用在某個女孩身上的。我該怎麼樣，感動嗎？」

「我很誠實，不是嗎？多數男人可不會這樣，他們會偷偷做，事後再對妳撒謊。尤其自從——」

他停頓。一股不祥的沉寂瀰漫在車內。

「尤其自從什麼？」凱洛說，停止了大笑。

「妳知道的。」

「不，我不知道。」

「別逼我說。」

「不，」她又說：「如果你有話要說，就說吧。」她感覺自己有如一朵浪花升到了最高點，就要崩裂。到了家門口。他在車道上猛地停車——害她撞了一下車門——轉動鑰匙然後坐在突來的寂靜中。她看見他的下巴抽動著，兩隻拳頭緊抓方向盤。

「凱洛，」最後他用一種和故作冷靜的態度不太搭調的聲音說：「重點是，不管妳讓我受了多少委屈，我仍然愛妳。所以妳就別追問了。」

一絲鋒利的罪惡感刺痛她的心。她知道，這一刻，只要她伸手去碰他——肩膀，膝蓋——只要她溫柔深情地對他說話，即使只是呼喚他的名字——也就夠了。他將會原諒她的一切。就像他原諒派崔克那樣，起先她這麼認爲，然後想起稍早派崔克告訴她的，說邁可威脅要狠狠揍他，於是她明白，邁可不曾眞正原諒任何人。

「我想，」她說：「我得感謝你沒跟你在酒吧遇上的酒醉小妞上床。」

他放在方向盤上的手又抓緊，這次久久沒鬆開。「是啊，妳知道還有什麼原因讓我沒那麼做？因爲上一個我在酒吧搞上的女孩竟然是個蕩婦。」

「你這混蛋。」她說。

「我是對妳忠誠的混蛋。這點比妳強多了。」

他說著下了車，砰地甩上車門，進了屋子。把大門也用力甩上。

**這種日子我們還撐得了多久？後來，在派崔克那位穿著蠢靴子、一臉濃妝的暗黑小女友好不容易離開**

之後，他這麼問她。當時凱洛沒回答，因爲他們都清楚答案。

答案就是：撐不了太久了。

那晚邁可睡沙發。入睡時，凱洛想著，從前他們或許從未通過無法回頭的臨界點，今晚他們或許已經通過了。隨著這念頭而來的是一股詭異的寧靜、平和和停滯。就好像浪花還沒揚起，風已停歇。她在想別人是否也像她這樣，每個人生轉折都像乘在浪頭上漂流。她想應該不是。

她起床時，邁可在旁邊。坐在床沿，端著杯咖啡。房間裡瀰漫著苦澀的焦味。

「向妳陪罪，」他說：「我正拼命忍著不吐出來，所以，拿著吧？」

她坐直，接過杯子。窗外的天空一片灰，時間還早的樣子。咖啡喝起來和它的氣味一樣糟。

邁可看來相當失落。「我本來想帶妳去吃早餐的，彌補一下。」

「沒關係，」她說：「現在吃東西還太早。」

他彎下脖子，額頭靠在床墊上。當他開口說話，語氣有些含糊。「我眞是混帳。」

她突然對他起了哀憐的慈悲心。畢竟，他沒說錯，她的確背著他出軌了。「你只是宿醉罷了。」

「不，我是說昨晚。昨晚的事我很抱歉。」他扭過頭來看著她。「要是我聽別的男人對妳說那種話，一定會踹他一腳。我會讓他進醫院。」

「眞窩心。」

「說眞的，」他說：「對不起。」

他的眼皮泛紅浮腫，嘴角紋路深刻，樣子很不開心。她不該挖苦他的，她想著。邁可不是喜歡耍嘴皮的人，不像派崔克，不需要十八套劇本來表達一個慘字。當他難過、遺憾或生氣，他會直接說出來；當他遭受攻擊，他會反擊。他一點都不含蓄委婉，面對他不必拐彎抹角。

「我知道。」她柔聲說，伸手撫摸他的頭髮。她的大拇指指甲裂了，狗啃似的。她看著它滑過他的頭髮，奇怪指甲是什麼時候、又是怎麼會變成這樣的。

邁可坐起，滿臉渴切。「這樣好了，這個週末我們一起去度個小假，妳愛去哪裡都行，開車到匹茲堡都沒問題。咱們重新來過。」

她不這麼想。她不認為他們可以重新來過。可是她無法對他明說，起碼不是現在，不能在清晨五點半的時候。他臉色發綠，呻吟著，頭落回床墊上。

「我快死了。」他說。

「等你好點的時候我們再談。」她說。

「今晚？妳下班後？」

他會原諒她的。他無論如何不會原諒派崔克，可是會原諒她。「沒問題。」

他露出苦笑。「就這麼說定了。」

然後他出門去，她把難喝的焦苦咖啡倒掉，回頭繼續睡。她有些訝異事情進行得如此順利，彷彿連她腦子裡最原始的部份都知道她應付不了。現在沒辦法。在漫長上午的某個時間點，她被大門輕輕打開的聲音驚醒，知道那是派崔克——不可能是別人——但是她假裝沒聽見。她需要多點睡眠，多點時間；她需要仔細想想該怎麼做才好。

可是等她醒來，還是沒有答案。派崔克在沙發上睡著了，身上還穿著便利商店的彩色條紋上衣。他的樣子很邋遢，髒兮兮的。如果她是他的女友，她心想，她會叫他去剪頭髮刮鬍子，她會要他買幾件還沒過氣的樂團的T恤，她會要他去找份不必穿制服的工作。也可能她不會，因爲派崔克對這些一定很反感，而她又會痛恨起自己犯了老毛病，把自己的無聊人生當一回事，拿幾個俗氣的抱枕丟在上頭，就以爲自己過得很精采，就以爲自己很不得了。事實上她沒別的東西可給他。她甚至連爲了他和他哥哥分手都辦不到。於是她換上工作制服，靜靜地梳理頭髮——他睡得那麼沉，一次都沒醒來過——然後悄悄溜出門，讓他繼續睡。

今晚最後一桌客人是幾個在電腦公司工作的怪胎，全都穿著腰帶夾著手機的卡其長褲，來歡送某個傢伙離職。她知道他們是電腦公司員工，因爲其中有個傢伙整晚有一半時間站在廚房入口，對著手機嘶吼什麼系統導入、防毒之類的，而她知道他們是爲某人送別，因爲他們開口閉口都是這件事。事實上他們的嘴巴一刻都沒閑過：不知今晚菜單上有沒有雞肉，因爲他們其中有一位眞的很想吃雞胸肉和雞腿；沙拉裡頭的番茄是那一種，因爲另外一位只愛吃櫻桃番茄，沒完沒了。正陷入自從離開母親之後從未如此緊張不安的凱洛耐著性子撐到最後，這時有個傢伙——她猜大概就是離職的那位，她希望他最好也離開這國家——說：「妳表現得不錯，卡蘿琳。來杯雞尾酒吧？」

她露出服務生的職業笑容，正要說她在工作中不能喝酒，但是被打斷。「我準備雞，妳準備尾。」

「去吃屎吧你。」說出來眞爽快，她想。可是那傢伙臉色發青，抓起她手上的黑色皮革帳單夾，把裡頭信用卡收據中給她的小費項目塗掉。

「去找你們經理過來。」他說。

後來蓋利衝著她叫罵。「五百塊錢的帳單，凱洛，五百塊錢，這家電腦公司的人再也不會到我們餐廳來了。」

「眞教人難過得落淚啊。」

「我是說眞的，凱洛。妳遇上一個態度惡劣的客人，應該來告訴我。妳向我報告，我會把他們踢出去，再也不讓他們上門。」他伸出一根長了硬繭、刀傷累累的手指對著她。「可是妳不能叫人家去吃屎，妳不能讓其他客人聽見妳叫人家去吃屎。」他們在廚房裡，妲西在外頭擦拭餐桌。蓋利把一扇櫥櫃門砰地關上。「拜託，凱洛，妳到底怎麼了？把那包剩菜留了整晚？」

凱洛咬著牙。「因爲那是五百塊錢的大餐。」邊說著，她心裡明白那根本不成理由，而且她剛替自己的自尊貼了標價。

蓋利久久注視著凱洛，神情嚴肅。「下次記得先向我報告，好嗎？」最後他說。她只覺臉頰燒燙。直到回家，她都還在氣頭上。在如此焦躁、氣憤的心情下，她不想和邁可說話。她不想和任何人說話。因此她又從後門進了屋子，邊聽見起居室傳來深夜談話節目的嘈雜聲。意謂著這時已是午夜，或者快了。她溜上樓，順手關上房門，脫去鞋子和絲襪，躺下然後閉上眼睛。她眞希望有別的地方可去。無論哪裡都好。

有人在樓下四處走動。冰箱門打開，櫃子門關上。接著她聽見腳步聲上樓來。有人輕叩房門。門開了。

她把眼皮閉得更緊。

「寶貝？」邁可說：「妳還好吧？」

「很好。」她有點訝異自己的語氣是那麼自然。「進來吧。」

門嘩地打開，接著她聽見他把帶進來的啤酒瓶往床頭桌放下的玻璃噹啷聲。瓶裝啤酒：邁可把好東西拿出來了。莫名的恐懼湧上她心頭。她感覺床晃了一下，他的身體貼了過來，一手攬住她的腰。他滿嘴酒氣。「我聽見妳進屋子，為什麼走後門？」

「我想你可能正在睡。」

「沒，我在等妳。」他佈滿鬍渣的臉頰弄得她的頸子刺癢又不自在。「可惜妳沒看見晚上的好戲。」

凱洛睜開眼睛，向後一翻，仰頭看著他。她的胸口急遽起伏，充滿不安。「怎麼說？出了什麼事？」

「記得和派崔克約會的女孩？那個高中女生？」邁可撥開她臉上的亂髮，將它往後撫平。「她老爸上門來找她，拿著一堆GPS追蹤記錄證明她來過，妳相信嗎？」他的口氣明快，臉上的表情近乎雀躍。看不出他到底醉得多厲害。「他甚至直截了當問派崔克，有沒和他女兒上床。就在我們家客廳。」

她心裡越加忐忑了。「他怎麼說？」

邁可大笑。「什麼都沒說。派崔克怕死坐牢了，他自己也清楚。」他聳聳肩，加了句。「那傢伙說他不會提告，可是派崔克口風緊得很，這次總算學乖了。」

凱洛感覺胸口緊縮，因為她幾乎忘了呼吸，這會兒趕緊猛吸了口氣。「那很好。」

當凱洛朝他湊過去，他一手將她摟住。他邊說話邊透過裙子輕輕揉著她的臀部，可是她幾乎沒察覺，因為她一直在想派崔克的事。接著他開始把玩她襯衫下襬的鈕釦。「我們週末要去哪？」

「不知道。我可能得工作。」

「請一晚的假吧。妳從來不休息，餐廳老闆吃定妳了。」他的手指往她的胸部移動，撥弄著一顆釦子，接著上面那顆，直到來到她的胸口。「重新開始，記得嗎？我們要一起出門盡情玩。或許下星期我們就開始找房子，就像妳在傑克酒吧那晚說的。」

傑克酒吧。那天她好害怕他們會失去房子，感覺好像整個世界要瓦解了。當時還只發生過一次出軌意外，就那麼一次。她記得當時她幻想著火雞大餐，草坪灑水器，櫻桃酸糖球造型的抽屜鈕和同款花色的洗碗巾。

邁可說個不停。「派崔克說他自己找地方住沒問題。」

**我只想待在這裡**，那天她開車到 Citgo 加油站接他之後，他曾經這麼告訴她。**我哪裡都不想去**。他指的不是這房子。「是嗎？」

「我對他說他得搬家。」

她注視著他。「你說過你不會這麼做的。」

「爲了妳我會的，」他說：「爲了妳我什麼都願意做。妳是我遇過最美的女孩子，我被妳迷得神魂顚倒，就連現在也一樣。」邁可的手指一壓，底下的鈕扣蹦開。她低頭，看見她胸罩中央的小蝴蝶結和罩杯邊緣的蕾絲。他翻身壓著她。凱洛愣住了，不知該怎麼辦。他的嘴唇抵著她的，他的舌頭挺進到她嘴裡，他的膝蓋彎起，將她的雙腿頂開。她試著含蓄地傳達**現在不想**而不是**住手**的抗拒訊息，可是他醉得太厲害了無法領會。她的裙襬被撩高到大腿根，兩腿張開，他的勃起部位透過牛仔褲緊貼著她，壓得她發疼。她絲毫不感到興奮，只覺噁心。她光溜的雙腿裸露在外，他緊壓著她嘴唇的滿口熱氣讓她喘不過氣來。她想閃避，他的嘴老追著她。

這不過是幾秒間的事。

倘若她屈服，他們之間將回歸正常，就像脫臼的肩膀關節啪一聲卡回原位。還酸痛，但功能正常。只消五分鐘，可是這念頭——想到自己竟有這念頭的念頭——讓她咬緊牙，縮起拳頭和腳趾。她十二歲時，她不只一次，而是好多次讓布蘭特脫去她的衣服，因為在她飽受電視薰陶的觀念裡，這世界的運作方式就是，妳上床，然後戀愛，然後結婚，然後就會有人照顧妳，然後妳就安定了。謊言，全是謊言。她活得一點都不安定。她從來就沒安定過。

突然一陣狂怒，她背一挺，把他推開，他滾到一旁，吃驚地呻吟一聲。她使勁拉下裙子，閃得遠遠地。「不行。」她說，發現自己氣得聲音顫抖。

邁可一臉困惑。「爲什麼呢?我們就要有自己的家了，我以爲一切都沒問題了。」當她看著他的臉，看見的是那個始終如一的邁可。男孩的臉，學校年鑑上的臉，那種天生適合和運動器材一起上鏡頭的臉：抱著足球蹲跪著，握著球棒擺好打擊姿勢，舉著一條連著釣線的大死魚或者一隻眼神空茫、頸子下垂的鹿。他熱愛運動，運動清楚又明確，有規則可循。你得分，你贏球。

「因爲我不想要。」她說。

他惱火地一哼。「爛藉口。」

他沒那意思，她也知道，但怒火還是像嘔吐物一般湧出，她出手猛拍一下他的臂膀，力道大得她手掌刺痛。他一把抓住她的手腕，將她的手臂一扭，他們打了起來，眞的打了起來。他比她強壯太多，把她壓在床上，不顧她在底下扭動掙扎，將她的兩條手臂牢牢扣住。她腦子裡擠滿了累積多年而變得模糊不清的狂亂雜音、激憤和挫折；仰頭朝他吐出字句——甚至不能算是字句，而是像言語又像野獸低吼的聲音。她的頭髮跑進眼睛和嘴巴裡，再怎麼掙扎都沒用，他仍然在那裡，有如一棟建築穩穩壓著她。感覺就像攻打天花板，和一堵磚牆作戰。她的憤怒轉爲驚恐，而且搏鬥得更厲害，這輩子從未有過的激烈搏鬥，兩腿猛踢床墊，床頭板砰砰撞擊著牆壁。

邁可把她的兩條手臂緊緊夾在她身體兩側，將她架空在床上。「妳眞的是——不—可—理—喻！」他衝著她的臉大吼，隨著每個字將她往床上一次又一次重摔——不痛，可是那股衝擊大得讓她一陣暈眩，他背後的世界急速旋轉起來。隨著最後一次撞擊，他重新將她壓住，兩腿頂在她雙腿之間。她猛抽一口氣，嘴裡的髮絲被吸進了喉嚨，讓她喘不過氣來。空氣，她吸不到空氣。

在她上方，她看見他臉上浮現警覺的表情。「老天！」他用雙臂撐起身體，讓她的手臂能夠動彈。他的兩腿仍然抵在她雙腿之間，可是她總算能伸出雙手，把喉嚨裡的頭髮抓開，終於邊嗆著邊深深吸入一大口氣。「老天。」他也出手幫忙，將她臉上的亂髮輕輕撥開。「妳還好嗎，凱洛？親愛的？」

她開不了口。

「妳沒事吧？老天，我是不是弄痛了妳？妳能呼吸嗎？」

她點頭，將大口大口的空氣吸入胸腔，他在她上方猶豫著，焦慮地注視著她。他又把她的頭髮往後攏，一手滑過她的頭頂。「老天。」他又驚呼，然後把頭垂在她胸骨上，彷彿需要呵護的人是他。

「下去。」當她終於能開口說話，她說。

他抬起頭來看著她。「眞是糟透了。」

「下去。」

可是他沒動。「我沒有傷害妳的意思，對不起，我只是——說妳沒生氣，說妳沒事，好嗎？」

她內心那個慾求不滿的部份小聲說著，說吧，對他說沒關係——就這麼一次——可是當她看著他的臉，她看見那個漢堡酒吧的酒保，她看見房東布蘭特，她看見自己，每次由於絕望或希望而放棄時，眼神像瑪歌一樣的槁木死灰。不只是性的問題，比性重要得多。每個後車座，每條毯子，她烹煮的每一餐，她清洗過的每只馬桶。每次被客人捏臀部時忍著一聲不吭，每一隻她眼睜睜看著在沸水裡垂死掙扎的龍蝦。我準備雞，妳準備尾。**她想要的不過是個可以依賴的世界，可是每次她以為找到了，總會有人把它奪走，**把她排除在外或者將她廉價出讓，不然就是一聲不吭消失不見。她永遠學不乖，事情老是一再重演。她內心可悲軟弱的一小部份催促著要她留下，試著修補關係。**就說，親愛的，沒事的，**他就會放開她，然後她就能離開，再也不必這麼做。

可是其餘的部份知道事情沒那麼簡單。她勢必得要一再反覆地這麼做。

「告訴我他是誰，」他說：「告訴我這陣子妳到底和誰在一起。我一直在猜想，但就是想不出來。如果不是蓋利——或者妳在酒吧認識的某人——」

她空出來的那隻手緩緩移向床頭桌，抓住啤酒瓶，將它往他的腦袋砸了過去。瓶子裡的啤酒在床上濺出一道圓弧。他驚叫起來，滾到一邊，兩手緊抓著腦袋，不停地來回翻滾。她原本想給他重重一擊，可是在最後關頭縮手了，連瓶子都沒敲破。

「老天！」他痛得聲音含糊不清。「老天，妳這是做什麼？」

「我要你下去，但你就是不聽，」她說：「你從來不聽我說，從來沒人聽我說。」

他注視著她，啤酒從他的頭髮一滴滴淌下。「妳瘋了嗎？」

可是凱洛早就跳起來跑走了。她那輛停在市區公用停車場的車已經掛了，可是派崔克車子的鑰匙還放在她上次隨手丟下的玄關桌上，而且她的一雙涼鞋、她的外套和皮包就在門邊。她隱約感覺到邁可在追她，步伐有些踉蹌——由於酒醉或者剛才那一擊，她也不清楚——正靠在牆邊。他不停呼叫她的名字，一遍又一遍。「凱洛，等等，拜託妳——寶貝——」那感覺就像聽瑪歌對著牆壁裡想像中的精靈說話，就像他正對著某個不存在的人說話。

# THIRTEEN · 13

老爸一整夜都在外頭尋找蕾拉。家裡的電話響了又響，響了又響。母親跑到電腦前面，仔細檢查他們從蕾拉的GPS單位下載的行車記錄，巴望著能找到一些地址，一些電話號碼。他們不知道花娜曾經警告蕾拉關於訓練營的事，他們以爲她沒回家是因爲害怕她對托比做的事讓她遭到懲罰。老爸一發現她的車停在學校停車場，她的手機在儀表板上，便回家了。這時已將近凌晨一點，可是他來到花娜房間，把她叫醒，問她知不知道蕾拉在哪裡。花娜老實回答她不知道。

「花娜，」老爸的下眼眶垂著鬆弛的灰眼袋，襯衫前襟沾了點點咖啡漬。他坐在花娜床沿，母親站在門口。「我知道托比的事，我什麼都知道。妳再幫蕾拉守秘密也幫不了她了。」

可是花娜幫忙守的不單是蕾拉的秘密。他問她蕾拉是否常和人發生性關係，花娜只是默默搖頭，感覺像在撒謊。母親往房內跨進一步，喊了聲「傑夫」，可是他一逕緊盯著花娜，好像不認得她似的。她覺得他似乎一層層剝去她的衣服、皮膚、肌肉，穿透了骨骼直達她之所以是她的那東西。然而隨著這感覺而來的竟是一股令人難忍的羞恥。

接著老爸說，目前他無法相信她所說的任何話，然後他們離開了。直到深夜花娜仍然醒著。她的雙人床顯得無比巨大，毯子感覺又輕又薄，而她的眼睛不斷瞄向房門口。她想不起什麼時候曾經像這樣，躺在自己床上卻充滿不安，世上的一切錯誤似乎再也無法挽回。她試著禱告，可是這動作就和所有其他事情一樣，顯得廉價又毫無意義。每做一個動作，只是空蕩房間裡的一次回音。

次晨，他又帶著ＧＰＳ網站的最新列印資料出門了。「昨晚妳爸說那些話並沒有惡意，花娜。」送她去上學途中，母親在車子裡說。「他只是擔心妳姊姊，而且他也擔心妳，因爲前一陣子妳有不少時間和她在一起。」

「我曉得。」

「妳眞的不清楚她在哪裡？」

花娜搖頭。

「我相信妳。」然而母親的口吻聽來比較像在試圖說服自己而不是花娜。她把車開入停車坪，靠邊停下，告訴花娜放學後她會來接她。她淡淡笑著。「別擔心，親愛的，一切都會順順利利的。」

可是順利早已變成一種花娜不敢企望的遙遠境地了。第一堂上課鈴響前，她跑到卸貨碼頭，儘管她知道那裡沒人；在那兒吃了一顆蘋果，儘管她並不餓。除此之外她不知道該做什麼。她躺下，堅硬粗糙的水泥抵著她的背。遠遠地她聽見工業壓縮機隆隆響著，將空氣灌入建築物內；再過去是山丘下高速公路上的洶湧車流。花娜只覺麻痺，和整個世界隔絕開來。不全然是不舒服的感覺。就像去看牙醫時，他們用鉛毯把你蓋住，感覺又重又彆扭，笑氣的味道又很怪，但是當他們用毯子把你蓋住時，感覺就像擁抱，相當舒服。

代數課上，她低頭盯著課本裡的數字和符號，怎麼看都看不出個所以然。她連試都沒試，沒那必要。課程表的進度有一搭沒一搭的。上課告一段落，鈴聲響起，走廊裡鬧哄哄。突然間，一股強大的撞擊搖撼了整棟大樓，感覺像是一本停車場大小的書撞上了屋頂。窗戶玻璃板在木框裡顫動起來，幾個女生嚇得大聲尖叫。代數老師才剛喊出「我的天！」第二次撞擊又來，接著是第三、第四次。教室外面有一道門砰一聲甩上，有人發出驚叫，緊接著火災警報器嗚嗚大作。

柏格曼女士很困惑的樣子。「好了，各位，消防演習，我們走吧。」於是大家簇擁著進了走廊，空氣中有股怪味，類似燃燒紙張和火柴的味道，老師和學生個個不安地頻頻回頭張望。另外一位數學老師按住柏格曼女士的肩膀，對她耳語幾句。她一聽臉都白了。

她拍拍雙掌。「走吧，大家。」聲音變得尖銳而驚恐。「動作快，我們走吧。」

花娜跟著其他人一起被驅趕著通過停車場，穿過街道，分散著站在幾棟鄰近住宅的前院。遠遠傳來警笛聲，越來越近。教師們催促學生往前走的動作由於恐懼而變得僵硬。花娜從瓊奇歐先生身邊走過時，他抓住她的臂膀，眼神充滿驚恐。

「花娜，」他說：「蕾拉呢？她今天有沒有來上學？」

「沒有。」花娜說。

這位美術老師閉上眼睛，僵硬的身體稍稍放鬆了些。「謝謝老天，我一直沒看見她，我真擔心——」他停住。這時警笛聲大得耳朵都快震聾了，聲音從四面八方傳來。越過瓊奇歐先生的肩膀，她看見第一批鳴笛的車輛隆隆駛來：四輛消防車，一輛巨大的黑色箱型車，還有多得數不清的警車陸續趕到。瓊奇歐先生轉身，兩人站在那兒看著大群消防人員和警察下車，湧進了停車場。那輛黑色箱型車滿載著身穿笨重黑色制服，頭戴透明塑膠臉罩和鋼盔的警員。場面很像埃瑞克的電玩遊戲，很像發生了戰爭。

「瓊奇歐先生，」花娜說：「出了什麼事？」

他努力保持師長的威嚴和篤定，可是沒成功。他今天戴的領帶著滿滿印從嘴裡吐出老鼠尾巴的卡通貓圖案，上面還有*carpe diem*（拉丁文：及時行樂）的字樣。「寄物櫃裡發現幾顆炸彈，不過都非常小，」他迅速補充說：「警方只是來確認一下還有沒有更多。」

另外一輛閃著警示燈的車輛駛上了山頂。一輛救護車，接著又來一輛。其中一輛停在幾棟住宅外，那裡密密麻麻聚集了一群大人，包括校長薩里安科先生和大部份輔導員。救護車門打開，兩個藍衣醫護人員擠進那群人當中。「誰受傷了？」花娜問。

瓊奇歐先生沒正面回答，只說：「花娜，妳正在上什麼課？」

「代數，柏格曼女士的課。」另一輛救護車在較低處的停車場停下。在那裡，醫護人員被幾個身穿厚重制服的人攔下，似乎不肯讓他們進入。

「妳應該去站在她身邊，她一定很想知道妳沒事。」

花娜懷疑柏格曼女士能不能在年鑑裡認出她的照片，但她還是點點頭，走過去和同班同學站在一塊兒。他們安靜地散開來站著，邊小聲交談邊望著對街的教室大樓。柏格曼女士和其他數學老師站在一起，同樣細聲說話然後張望著。每個人都很害怕的樣子，花娜心想，儘管他們暫時沒事。可是沒有哪裡是眞正安全的。也許這是爲什麼花娜一點都不害怕。也許這是爲什麼當有隻手落在她肩頭，有人呼喊她的名字時，她沒有嚇一跳。

是克麗絲，一臉焦慮嚴肅。「過來。」

「我們要去哪裡？」街上那群人已經散開，她看見一名醫護人員扶著一個人登上救護車後車廂。是卡莉，她臉上染了紅色，淚痕斑斑，兩手裹著厚厚的繃帶。

「繞過去繼續走，」克麗絲說：「快點，別被人發現了。」

花娜照做，因爲沒人會發現。兩個女孩悄悄從最近一棟住宅後面繞過去，通過後院和一排樹木，到了另一個後院，進入一個所有房子都維護得極佳，所有窗戶的百葉窗都放下的高級住宅區。山丘那頭的警方無線電斷斷作響，可是不久之後連那聲音都消失了。

克麗絲開的是查士丁尼的車。她喘得很厲害，臉色發紫，藍色的頭髮被汗水浸成靛藍色。她的開車技術很不平穩，有時太快，有時又太慢而且謹愼過度。她好幾次飛快繞過轉角，接著又咒罵起來，好像那是車子的錯。到了埃瑞克家，另外三人——埃瑞克、查士丁尼和蕾拉——已經圍在電視機前，螢幕上正顯示直升機俯拍學校和週遭混亂現場的鏡頭。這時已經來了第二輛黑色箱型車和更多配備了鎮暴武器的警察。

「花娜！」蕾拉口氣愉悅地叫喚，並且擁抱花娜。她的味道像是用了別人的香皀。

「到底怎麼回事？」花娜問。

「那些混蛋得付出代價。」查士丁尼說。

「不過他們說有三個人受傷，表示有一個逃過了。」埃瑞克皺著眉頭。「搞不懂，那些東西明明裝設得很牢固的。」

花娜內心一陣恐懼，另一方面又有點想大笑，因爲這情況實在太荒謬了，不可能是眞的，可是她知道這絲毫不假。「我看見卡莉，」她說：「她手上包著繃帶。」

查士丁尼聳聳肩。「這倒不錯。」

「眞希望火燒大一點。」埃瑞克說。

這時一位塗著完美唇膏、頭髮僵硬的女記者正報告學校大樓還有多少空間等待搜索，以及他們總算將第三名，也是受傷最嚴重的學生送上救護車。所有傷勢都不至於有生命危險。花娜忍不住在心中暗暗希望，第三名負傷的學生是凱爾・杜布勞斯基。那股恐懼感更強烈了。

她朝坐在沙發上的姊姊挨近。「蕾拉。」

「別緊張，小花，」蕾拉說，眼睛緊盯著電視機螢幕，聲音卻相當平淡。「不會有事的，我保證。」

肯定有事，花娜清楚得很。不過，反正以前也從沒平靜過。「他們會做炸彈？」

「是啊，埃瑞克和查士丁尼，」蕾拉說：「為了妳。」

她的口氣沒有絲毫譴責的味道。才不是爲我，花娜默默想著。

時間已將近兩點。查士丁尼說清理學校得花好幾個小時，之後還得花更多時間才能把他們和埃瑞克連上關係，因爲他已經輟學很久了。他們暫時沒事，而且直到天黑都不會有事。他始終沒說出警方二字，但花娜還是感覺得到。

「天黑以後要做什麼？」克麗絲說。

「第二階段，」他說：「艾席爾姊妹。我覺得應該為花娜辦個隆重的歡迎儀式，妳認為？」

花娜不懂他是什麼意思。她不知道除了讓他拿刀割她、喝她的血之外還有什麼別的，不過她相信她應該不會再受任何傷害了。

「可是你剛才說姊妹。」克麗絲有些遲疑。

一陣冷冷的靜肅。在他旁邊沙發上坐著的蕾拉似乎一下子蜷縮成一團。

「沒錯，我想我們該討論一下蕾拉的事。」查士丁尼像在品嚐美味似的緩緩說出她的名字。「蕾拉脫離了我們。她失去了信心。經過這麼長的時間，你會以爲她早就知道世人是如何對待像我們這樣的人，可是有時候你還是得一次又一次吸取教訓，才能眞正明白。」

「等等，」克麗絲說，接著埃瑞克說：「她做了什麼？」

「她讓那種人把她污染了。」查士丁尼說。

又一陣沉默。接著，「你是說，搞她？」埃瑞克說，然後轉頭對著蕾拉。「賤貨。」

蕾拉坐直了些，瞪著埃瑞克，她內心殘存的勇氣自我護衛著。「是啊，你最痛恨我和別人搞了，只有跟你才行。」

「我搞妳的時候妳也是賤貨一個。」

花娜沒提托比的事。她討厭埃瑞克用的那些字眼，討厭死了。

「蕾拉，安靜。」查士丁尼平靜地說。蕾拉立刻閉上嘴巴，再度緊縮著身體。他轉向埃瑞克。「你有理由生氣，可是不管有沒有用，是她自己來找我，坦白了一切。這星期她一定是吃盡了苦頭。她如果不想回來，現在就不會在這裡了。別誤會我的意思，她的確背叛了你，我，還有我們所有人。可是現在她想請求我們讓她回來。」

「我沒聽見她說，」埃瑞克說：「都是你在說。」

查士丁尼口氣冰冷。「那是一樣的意思。」

「是誰？」克麗絲問。

蕾拉不安扭動著。「一個在加油站打工的衰神。」

加油站。她們每天早上去買咖啡的那個加油站？蕾拉從沒見過蕾拉在那裡跟誰攀談。

「衰到了極點，讓妳忍不住想和他上床。」克麗絲說，充滿挖苦和傷感。

「不是那樣的。」這下蕾拉似乎真的被刺痛了。「克麗絲，我發誓，他很——當我和他在一起的時候

——」她停頓，兩手像抽筋似的扭絞著。「當我和他在一起，我可以假裝自己和他一樣，假裝自己很正常。」她的目光掃瞄著屋內，在每個人身上短暫停留，包括埃瑞克，搜尋著同情，或甚至庇護。「我不正常，我和他們不一樣。我和你們一樣，我屬於這裡。」

「妳總算明白了。」查士丁尼說。

她點頭。非常迅速，唯恐機會溜走似的。

「從現在開始，妳必須忠貞不二。」

同樣迅速、急切的點頭。花娜從沒見過蕾拉這個樣子，膽怯又諂媚。她嚇住了。

查士丁尼笑笑。「就像我常說的，人總是在痛苦中得到愉悅，在順從中得到力量，在犯錯中得到智慧。現在蕾拉已經變聰明了點，我想這應該是她最後一次犯錯。如果我們給她機會，她一定會全心全意來證明她的忠誠。」

「也許我這人就愛嘲諷，」埃瑞克說：「不過我忍不住想，要不是你急著想搞她的話，會不會這麼輕易就原諒她。」

查士丁尼瞇起眼睛，臉色一沉，但聲音一如平常地冷靜。「每次我看著她，我看見那人的臉。每次我碰她，我就摸到他油膩的皮膚。她的味道、氣息完全就像穢物。你究竟以爲這對我有多容易？」

埃瑞克沒答腔。蕾拉臉上早已淚水斑斑。「這世上所有愛我的人都在這屋子裡，」她說：「我知道我闖了禍，我知道事情很嚴重，我也知道，以後你們任何人再碰我的時候，都會擔心我會不會被他感染了什麼。可是我沒別的地方可去。要是你們不肯原諒我，我還不如死掉算了。」她淡淡說著，彷彿那是理所當然的事，接著又沉默下來。

查士丁尼點著頭。

花娜不明白究竟怎麼回事。「蕾拉。」她說，可是姊姊只是看著她，沒應聲。

克麗絲傷感地長嘆一聲。「我們當然原諒妳，我們愛妳啊，」她說：「我們希望妳回來。」

埃瑞克翻了個白眼。「妳只是哈她，報告完畢。」

「好啦，」查士丁尼說：「就這麼說定了。」然後尷尬的氣氛一下子消散，留下的只有花娜心裡那股不安和蕾拉臉頰上的睫毛膏污痕。蕾拉迅速把它擦掉，之後就眞的不留一絲痕跡了。

查士丁尼拿出一瓶紅酒，他們邊喝邊等待天黑。花娜和其他人喝得同樣起勁。就算她喝醉，應該也已經無所謂了。查士丁尼又對他們提起蒙特婁，他們將要買的維多利亞式老房子。他們將會一起把房子整修好，讓它成爲一個充滿愛和自由的安樂窩。各路人馬將會湧到，他們將過得無比快活。花娜任由酒精和言語沖刷著她，心裡一點都不相信這些事會成眞。她只相信時間將漸漸流逝，然後某人——也許是克麗絲——將會說她想回家。或者警方將會找到他們。她不確定他們從輟學名單中找出可能是誰放的炸彈，需要像查士丁尼說的花那麼多時間。到那時候，花娜心想，他們大概全都會陷入極大的麻煩。

「不會有事的，」蕾拉一定會這麼說：「一切都會順順利利的。」

眞的到了蒙特婁，花娜再也不必擔心老爸會看見那段影音了。她再也不必把傳單塞進印著蕾拉照片的檔案夾，再也不必枯坐在餅乾水果酒禮拜聚會裡擔任招待，再也不必看見安柏莉．柯斯塔。不再踏進學校一步，不再聽見卡莉的聲音。

卡莉。她在想卡莉是不是正忍受著極大的痛苦。很糟糕，但她希望如此。

時鐘上的數字平穩地，幾近神奇地跳動著。母親在高中學校門口等她的時間早就過了。外頭沒有車輛，沒有防爆小組，沒有警燈和警笛；也許查士丁尼說對了。八點，九點，十點。接著他說時候到了。他和克麗絲、埃瑞克三人關在埃瑞克房間裡，蕾拉坐在沙發上靜靜地抽煙，一根接一根。等他們終於開門讓艾席爾姊妹進入，蕾拉起身走了進去，仍然沉默不語，花娜尾隨著她。

埃瑞克的房間——很乾淨。乾淨點了。地板清掃過，還鋪了條毯子。燈全關了，整個房間點滿了蠟燭，形狀和氣味都像是查士丁尼家的。溫暖跳動的火焰感覺很親切，蠟油的味道是那麼超脫凡俗。

查士丁尼坐在毯子中央，閉著眼睛。其他人圍著他坐成一圈。花娜看著窗外——天色已完全暗下，可以看見星星——眼睛卻忍不住頻頻飄向查士丁尼喉嚨的白色地帶，還有他皮膚底下浮突的肌腱。

他終於說：「前幾天，我在路邊看見一頭死鹿。身體僵硬，四條腿伸向半空。其他車子都直接開過去，但我停了下來。我看著牠，看見牠毛皮上的血跡，蒼蠅在牠嘴裡爬來爬去。我聞得到牠正在腐化，回歸塵土。牠就像一首詩歌，涵蓋了世間的一切，生與死，衰敗與色彩等等一切現象，所有生命經驗的總和。那感覺就像吸了全世界最棒的迷幻藥，讓我想要活下去，想要盡情去體驗一切：抗爭，做愛，吃，大笑大哭，唱歌，一切一切。」

他停下。一片安靜。

「那些懦夫一個也沒停下，怕得不敢看，因爲眞相可能是醜陋的。可是我們不怕，我們接受血和糞土，美和苦難，並且利用這些來讓自己更堅強。我們要力量，我們就得到力量。我們要自由，我們就去爭取自由。我們要向所有虧待我們的人報復，我們就去做了。」

他轉向蕾拉，嘴型異常嚴峻。「蕾拉，妳對我們撒謊，這是不對的，但我也有幾分爲妳感到驕傲。妳發現妳想要的東西，妳也去爭取了。如果妳不是孤軍奮戰，妳應該可以佔有他，可是反過來，他佔有了妳，我可以從妳眼裡看見他。我們可以從他手中把妳救回來，我們可以幫助妳解脫，如果這是妳要的。」

蕾拉哽咽著，像是剛哭過的聲音。「是的。」她說，然後，看他還在等著，她又說：「拜託。」

有好一陣子，他定定注視著她。整個房間感覺彷彿連牆壁都在等待。然後他轉向花娜。

「還有妳。**我已經數不清有多少人佔有過妳了**。妳雙親，賤人卡莉．布琳克，狼男孩——全都在妳心裡，啃噬著妳，把妳瓜分。只要他們繼續在那裡，妳就沒辦法得到自由，妳永遠沒辦法眞正做妳自己，永遠沒辦法解脫。」他的聲音激起了熱情。「**我們也能幫助妳解脫。等妳自由了，蕾拉也自由了，我們將緊緊結合成一股強大的力量，把鎖住我們的鏈子打破**。當明天的太陽升起，我們將擁有終極的力量，再也沒人可以阻擋我們。」

困在他迷霧般的言語中，花娜點了點頭。他張開手掌，花娜看見那把儀式小刀在他掌心閃爍。

「花娜先來。」他說。

她伸出手臂，他要她躺下。她照做了，先是仰頭看著天花板，接著望著窗外夜空。星星有如銀色螢火蟲，在黑暗中顯得親切生動。克麗絲按住她的一隻手，蕾拉按住另一隻。埃瑞克在她頭部後方跪著，花娜看不見他。有些基督徒也會喝番木鼈鹼的，或者把響尾蛇披掛在身上；當驚惶在她心裡湧現，花娜這麼想著，試圖安撫自己。有些人會坐視不管看著他們的孩子發燒死掉，因爲他們相信那是上帝的旨意。這只不過有些疼痛，不至於有生命危險。她很強悍的，她是鈦金屬。查士丁尼讓她看著他用酒精棉花給刀子消毒。然後他撩起她的上衣，讓她的肋骨露出。花娜從來不曾在別人面前露出肚子，她連兩件式泳裝都沒穿過。房裡感覺有些濕冷。

他撫摸著她的肋腔，輕壓皮肉來找出肋骨的邊緣。她從不曾像這樣清楚意識到自己的骨骼。接著他低伏在她身上，近得她可以感覺到他髮絲的觸感，然後他親吻她尾端肋骨上方的皮膚。她感覺到他的舌頭，當他縮回舌頭，她感覺到他的吻，以及風吹過他留下的唾液的冰涼感。她起了哆嗦。

接著他用刀割她。她激烈地抓著蕾拉的手。相較之下，她臂膀上被劃的那一刀根本不算什麼。刀刃像烙印一樣滑過她的肋腔，她聽見自己叫了出來，整個身體有如高壓電線，而他刻下的那道切口便是這條電線的芯。克麗絲抓著花娜的手臂，埃瑞克緊壓她的兩邊肩膀將她鎮住，查士丁尼再次按著她的傷口，讓血液更快速地湧出。這過程一點都沒讓她有力量強大的感覺，而只覺得驚恐、被壓制。她聽見自己哭得像隻小狗；他又按一次，她感覺一道溫熱的血柱溜下她的腹側。

「堅強點。」他說。接著他俯身對著她的肋腔，花娜再度感覺到他的舌頭，他的嘴唇，這次停在那裡，蠕動著。

不是親吻。又一股新的痛楚，而這痛楚有如一條河，流動著，漫延著。花娜這輩子從未感受過像這樣，不是閃一下馬上止住的痛，而是流連不去的痛，深入五臟六腑直到整個人緊縮成一團的痛。他在吸吮著她，將她的血汲抽出來，一口接一口。恍惚中，她意識到一些事：一隻手摩挲著她的臉頰。星星。燃燒蠟燭的死亡氣息。

還有她自己。她的肉體。她自己的心跳。

「還不夠嗎？」她聽見蕾拉說，聲音緊張而且異常遙遠，接著埃瑞克說：「閉嘴，婊子。」

最後，她感覺查士丁尼的舌頭往下移動，舔著之前湧出的第一滴血。她想大概結束了吧，可是他的手指仍然按著她的肋腔。「埃瑞克，」他說：「換你了。」

一陣停頓。花娜感覺埃瑞克放在她肩膀上的雙手突然縮緊了。她睜開眼睛，可是只看見埃瑞克的鼻孔和嘴巴，他的嘴像在喘氣那樣張開。可是她感覺得到他的眼神，看得見他的舌頭彈出，舔了下上嘴唇然後縮回。

「等一下。」蕾拉說，緊握花娜的手。「一次一個，我們都是一次一個——」

「今晚例外。快，埃瑞克。」查士丁尼的命令口吻讓花娜隱約回想起貼著她臉頰的粗糙走廊地毯，還有黏在她喉嚨內壁的苦澀啤酒味。**安靜，別亂動**。他和埃瑞克互換位子。埃瑞克的雙手強硬且毫不留情地按住花娜的肋腔，他的嘴唇也比較粗糙。痛楚又起而且不斷擴大，這次整個世界消褪成一片濃重的灰霧。他吸血時邊用牙齒磨擦著傷口，輕咬著它的邊緣。又一波劇痛穿透灰霧而來，花娜聽見自己發出尖叫。

埃瑞克大笑，他的聲音狂躁，幾乎像是喝醉了。「別怕，」查士丁尼說：「只是疼痛。」

花娜四周的人影又挪移起來。這次是克麗絲來到她身邊。她的舌頭在傷口上輕輕顫動著，她那冰涼的手幾乎沒有按壓，可是痛楚還是一陣陣湧上。**所有關於疼痛的形容都錯了。疼痛既不歡快不刺激，也不炙熱。痛就是痛。它無處不在，無所不是。**在這同時，她感覺查士丁尼兩手按著她的肩膀，聽見蕾拉對她耳語，要她撐下去，就要結束了，他們就快完成了。

查士丁尼沒讓蕾拉吸血。她和花娜已經互換過血了，他說。克麗絲結束後，大夥扶花娜坐起。有人拿來一片消毒紗布，蕾拉拿它敷著傷口，花娜不停抽噎，查士丁尼則用小刀在自己臂膀多肉的部位劃了一刀。花娜的腹側抽痛著，全身發疼。她渾身冒著冷汗，卻熱得難受。

「喝吧。」他說，語氣溫和，將臂膀湊近她嘴邊。「喝吧，然後就結束了。」

全世界只剩他，還有血，還有痛楚。於是花娜喝了。

他們讓她喝更多紅酒，很多很多。她怎麼也無法把嘴裡的血腥味除掉。之後她像蕨類那樣蜷縮著躺在埃瑞克床上。她不停發抖，被一條臭兮兮的毯子包裹著。

蕾拉的聲音，在她耳邊輕輕柔柔地。「眼睛繼續閉著，別看。」

但她還是意識到查士丁尼正在吸蕾拉的血——清楚看見姊姊肋腔上不只有一道刀痕，而且查士丁尼對待艾席爾家姊姊的方式也不像對待妹妹那麼溫柔，兩隻手在毫不留情地又挖又掐時也很少有撫摸輕壓的動作。蕾拉沒哭，可是她不停地扭動呻吟。查士丁尼結束時，往垃圾筒啐了一口。

「老天，妳的血還帶著他的味道。」他說。

接著他按住蕾拉，讓克麗絲和埃瑞克喝她的血。

在臥房裡，蕾拉替花娜處理傷口。她體內的酒精正燃燒蒸發著，留下一股淡淡的、空洞的恐懼。她注意到蕾拉小心翼翼讓軀幹保持挺直，無法扭身或彎腰，這也才突然明白，以前她看過的同樣的僵直姿勢是怎麼回事。

蕾拉在櫃子裡翻找，拿出一管Neosporin消炎藥膏。「不是說他喜歡傷害我們，」她在顫抖的手指上擠出一小坨油質的軟膏，說：「可是世人給我們的傷害會更大，因此我們得學著承受。」她把軟膏抹在花娜體側的傷口上。裂開的皮膚一陣灼痛，讓花娜猛抽一口氣。

「對不起。」蕾拉把紗布蓋回傷口。接著她脫去自己的上衣，花娜看了又倒抽一口冷氣。姊姊的肋腔簡直皮開肉綻，除了新的刀傷還看得出有舊的，有的已經結了硬痂，有些新傷的血凝結了又裂開。看著它們讓花娜難受得想吐。

蕾拉將藥膏塗上自己的傷口，連眉頭也沒皺一下，可是她眼裡含著淚水，對著花娜露出的微笑也是閃爍含糊的。埃瑞克房裡的幾盞螢光燈閃動著，在冷白的光線下蕾拉的身體顯得那麼蒼白病態。當她把上衣穿回，花娜暗暗鬆了口氣。

「妳讓他這樣對妳。」花娜說。

「這有點像——治療。」蕾拉的聲音太高亢又太快。「他曾經說，我的血味道像巧克力。他還說，我們每做一次，他對我的感覺就又恢復了一點，就像以前。妳知道，和我在一起的那傢伙，他老爸就是害死萊恩・澤帕克的那個人。」

蕾拉說的話都不是外國話或者她聽不懂的，可是她說的那些事實在是說不通，花娜頭昏昏的怎麼也無法理解。「埃瑞克咬我。」她說。

她點點頭。「他老是這樣。妳如果不喜歡，以後就別再和他分享了。我也不喜歡，除非查士丁尼要我做。」

花娜突然明白了。「所以妳才和他上床？因為查士丁尼要妳那麼做？」

「我說過，這事很深奧。」

然而蕾拉不肯正眼看她。花娜好想吐，腹側又痛起來。「我想回家。」聽見自己的聲音，她才發現她說了這話。

「妳已經回家了。」蕾拉說。

她們來到起居室。查士丁尼正在外頭，和埃瑞克把一些東西搬上車。花娜鬆了口氣。他看她的眼神變了，可是她不太喜歡。還是充滿關愛、智慧和溫柔——事實上帶點基督的味道，就好像他仔細研究了某一幅著名的基督畫像，然後對著鏡子練習祂的表情——可是骨子裡是一種得意洋洋的心態，就好像花娜是他贏得的一項獎賞。眼睛泛紅的克麗絲躺在沙發上。她說話時連看都懶得看花娜一眼。「啊，蕾拉親愛的，過來，快來我這裡。」儘管不到一小時前克麗絲才吸過蕾拉的血——當時兩個男孩架住她，查士丁尼還一邊催促，**來吧，克麗絲，她歸妳了，吸吧**——蕾拉還是過去，倒在克麗絲懷裡，把臉埋進她的頸窩。克麗絲輕撫她的頭髮，臉上充滿戰慄、狂喜的表情。

花娜趁機溜進埃瑞克老爸的臥房，在起了毛球、充滿靜電的床褥上縮成一團。她的腹側好痛。蕾拉替她貼的用來固定紗布的膠帶剝離了而且刺得她發癢，加上她滿嘴都是血腥味。總覺得什麼都不對勁。她不該到這兒來的，她不屬於這裡。她閉上眼睛，想像自己在別處。

她聽見開門聲。「噢。」埃瑞克的聲音，有點意外的樣子。「我不知道妳在這裡。」

「沒關係。」花娜說，沒睜開眼睛。

衣櫥門嘎一聲打開，東西翻動的聲音。

「妳還好嗎？」他的聲音更近了。她睜開眼睛，看見他站在床邊。一顆骷髏頭從他敞開的法蘭絨襯衫底下衝著她露出獰笑，他手腕上的手銬閃閃發光，可是他長滿面皰的紫紅臉龐流露出同情，而且和克麗絲不一樣，他正眼看著她，似乎真的關心她。

「好痛。」花娜說，聲音細弱。

「**痛是正常的。**」他把抱著的東西放下——那是一只黑色長盒子，有點像夏令營輔導員有時會帶去的那種軟邊吉他盒，可是形狀不一樣——捲起法蘭絨襯衫袖子，露出一整排沿著他手臂內側爬行，一直越過手銬的銀色雙重鎖的平行疤痕來讓她看。他說，聲音依然親切。「**如果妳連肚子上被劃一刀都受不了，要**

拿什麼去面對更嚴酷的考驗？」

他們老是這麼說，他們這群人。就好像痛苦可以抵消痛苦。埃瑞克把袖子拉下。「炸彈爆炸的時候是什麼情形？聲音大不大？大樓有沒有搖晃？」

花娜點點頭。

「有沒有很多煙霧？大家是不是嚇到屁滾尿流？我敢說一定是。」埃瑞克一臉熱切的表情，眉毛在期盼中高高挑起。

「大家怕死了，應該有煙霧吧，我也不清楚，不是很多。」她好奇埃瑞克的父親在哪裡，好奇他多久沒回家了。

埃瑞克充滿渴望地說：「唉，真希望我也在場，真希望我把整個學校炸個精光，我一直想這麼做。不過，我們炸傷了那賤貨的手指頭，還有到處宣傳說他上了妳的那傢伙，我們把他傷得很慘。所以還算不錯。」

杰瑞德？花娜畏怯了一下，身體縮得更緊了。埃瑞克嘴角一揚。

「怎麼，妳開始覺得我惹人厭了？妳姊也覺得我很討人厭。」他彎身湊近她。花娜聞到酒精和香煙的味道。她轉過頭，把連埋進枕頭裡，可是她逃不掉。「可是我上她的時候，她亢奮得都哭了呢。」

花娜打起哆嗦。埃瑞克大笑。「可憐的小女生，等到——」

「埃瑞克。」查士丁尼站在房門內，臉色嚴峻。「你在做什麼？」

埃瑞克迅速站起。「沒什麼。」

「別來煩她。把這東西拿出去，和另一個一起放在車上。」埃瑞克抱起那只不是裝著吉他的黑盒子，朝花娜露出令人不快的嘻笑然後走開。他一離開，查士丁尼的嚴厲表情立刻消失。他在床邊蹲下，臉上的表情幾近憐憫。「他嚇著妳了？」

花娜還在發抖。「今天杰瑞德受傷了嗎？」

「埃瑞克告訴妳的？」花娜點頭。查士丁尼聳聳肩。「我保證，正在照顧狼男孩的人比起曾經照顧過妳的人不知道多了多少。」他伸手，撫摸她的頭髮。花娜希望他別那麼做。她不希望再有人來碰她，不管是他或任何人。「他那樣對妳，妳幹嘛還在乎呢？」

花娜突然想起杰瑞德，坐在美術教室桌子前，一副忿忿不平、不開心的樣子。「也許他沒對我做什麼，」她說：「也許那則貼文是別人假造的。」

「也許吧，那又如何？就算他以前沒做過傷害妳的事，但遲早還是會的。寫那則貼文的人算是幫了妳一個大忙。」**她再度聽出他口氣裡那種自大自滿的味道。是查士丁尼讓她發現那則訊息的**，他告訴了她那是什麼意思。那是一個匿名網站，那則貼文說不定是他寫的。那些貼文的任何一則——或者全部——都可能是他寫的。是他嗎？明知道凱爾和卡莉會看見，明知道那會讓他們欣喜若狂？

她不知道。她永遠都不會知道。可是那則貼文感覺起來很像查士丁尼，卻一點都不像杰瑞德。可憐的杰瑞德，現在人在哪呢？醫院？加護病房？是被她害的？不對，那些炸彈不是她做的，不是她放置的。她根本不曉得。是被查士丁尼害的。

「我要回家。」她說。

「妳只是受了驚嚇。今晚妳吃了太多苦頭。」他對她露出的笑仍然是智慧、親切的查士丁尼式的微笑，可是她突然感覺他笑得很令人惱火。時間已將近午夜，她的腦袋由於酒精陣陣抽痛，腹側——她讓人家劃了一刀，流血流得像木刻版畫上的中世紀瘟疫病患的部位——也痛得厲害。爸媽不可信任，托比也不可信任，**花娜這輩子第一次發現，家再也不是這世上安穩的歸宿**，但感覺起來還是比這裡安全。她的宇宙就像艾雪的繪畫一樣，整個顛倒過來，樓梯不通向任何地方，門打開卻是一堵牆，沒有什麼是牢靠的。此時此刻查士丁尼的眼神，他說話的口氣：太熟悉了。又一次，別人試圖來告訴她，她在想什麼，她有什麼感覺，她要什麼。

突然間——眞的是瞬間的事，就像戴上3D眼鏡，原本扭曲的影像突然變得清晰——親切溫和和智慧淡化了，變得透明。在那底下，她看見心機和享樂。就好像他是個被寵壞的孩子，而他們——他們四個——是任由他耍弄、恣意毀壞的玩偶。從來就沒人像這樣傷害她。從來就沒人像這樣侵犯她，一刀刀地割她，**傷害她**。還有蕾拉——他對蕾拉做的那些——

她對他的痛恨超過對任何人。凱爾，卡莉，任何人。

「我們出去吧，」查士丁尼說：「外面有吃剩的披薩。」

披薩。花娜坐起。「我不要吃披薩，我要回家。」

他注視她好一陣子。她感覺那雙邋遢貓的眼睛灼灼盯著她，試圖將她四分五裂。最後他嘆了口氣，說：「跟我來吧。」平靜又惆悵的模樣。她知道她應該覺得尷尬又落寞，她應該爲了讓他失望而心碎不已。然而，她只感覺心中一把怒火竄起。他伸出一隻手，她沒接受。她的腹側就像被人用一把劍刺穿了似的，但她還是靠自己站了起來，僵直地跟著他到了起居室，發現其他人都在那兒等著。克麗絲和蕾拉高踞在沙發邊緣，埃瑞克不耐煩地站在拉門邊。蕾拉急切地看著花娜，花娜注意到姊姊緊咬的嘴唇和泛黑的眼袋。查士丁尼愛妳的時候妳就會變成那樣。

又一股憤怒湧上。是蕾拉讓這一切發生的。她先是讓它發生在自己身上，接著又讓它發生在花娜身上，直到現在她仍然任由它繼續發生。

「要走了嗎？」克麗絲說：「我以爲我們要出發了。」

「快了。」查士丁尼一手攬著花娜的肩膀。她不喜歡他碰她，但還是忍著，只求能離開這裡，只求有人送她回家。「還有幾件事我們得先處理一下。這就像生病的時候，如果太早停用抗生素，就會再度染上病菌。不能只是把它趕走，必須把它殺死。」說著將花娜摟得更緊。「**逃離這世界是沒有用的，它遲早會找上我們。**」

「所以你有什麼打算？」蕾拉的口氣充滿不安，她的皮膚是粘土的顏色。

「首先，我們要殺了那個污染了妳的血、試圖毀掉妳的人渣，」他說：「然後我們要殺掉妳們的雙親。」

花娜尖叫起來。她的整顆心也跟著她一起尖叫。她試圖甩開查士丁尼的手，可是他把她抓得死緊。他淡淡瞥了眼埃瑞克。「埃瑞克，幫我一下好嗎？」

埃瑞克抓住她的臂膀，手指掐進她肉裡，讓她無法掙脫。蕾拉的眼睛——像是幽靈臉上的兩個黑池子——在埃瑞克、查士丁尼和花娜之間來回掃視，兩隻手痙攣著，彷彿它們想動可是被她壓著。

「等等，」她說：「不要。」

「妳內心那個腐敗的部份將會永遠存在，蕾拉。要除掉他對妳的影響力，唯一方法就是殺了他。妳雙親也是同樣的情況。」查士丁尼的口氣冷靜又理性。「況且，妳對我說過不下千百次，妳希望他們死掉，我只是幫妳達成心願罷了，我甚至可以替妳省點事。妳必須動手除掉的就只有那個人渣，埃瑞克和我會替妳料理妳的雙親。」

蕾拉的聲音顫抖。「我那麼說不是當眞的。」

查士丁尼笑笑。「妳當然是。他們不愛妳，蕾拉。妳是一個錯誤，妳自己也清楚，一個落空的計畫。他們打算把妳送到野外訓練營去，等妳回來時不是死了就是殘缺不全——我懷疑他們是否在乎妳的死活。只要妳別在那裡丟人現眼就行了，因爲他們只在乎這個。要是妳逃跑，他們會去把妳追捕回來。妳自己也清楚，只要他們還活著，妳就不可能得到自由。」他接著將天使般的微笑轉向花娜。「況且，妳已經不需要他們了，妳們兩個都一樣。現在我們就是妳們的家人。」

花娜在埃瑞克掌控下扭動著，急切地想逃往後門，以及外頭大片黑暗的自由空間，可是臭氣薰人的埃瑞克將她的臂膀牢牢扣住。他力氣還眞大。她一掙扎，他便將她整個人抬起然後押在牆上。她一尖叫，他便伸手捂住她的嘴，將她往堅硬的乾牆上推擠。

「放開她！」她聽見蕾拉大叫，但同時又看見克麗絲拉住姊姊，在她耳邊喃喃說著什麼。

查士丁尼輕嘆一聲。「埃瑞克，」他說：「你的手銬鑰匙在哪？」

埃瑞克將花娜銬在他房裡一台沒開機的電暖器上。她一路猛打狂踢，就在他把鎖扣上之前，她狠狠踢中他的大腿中央，她的靴跟著實咬進他的肌肉，痛得他大叫，可是他仍然將她抓得牢牢地。等手銬上了鎖，他立刻空出一隻手來，想給她一拳。

查士丁尼制止了他。「住手。她很困惑，但她是我們的人。」

「這賤人踢了我一腳。」埃瑞克說。

「因爲她害怕。去清點一下車上的東西，我來和她談。」

埃瑞克氣呼呼的，但還是走了。他離開後，查士丁尼在她身邊蹲下。「抱歉，我知道妳嚇壞了，但這是爲了妳好，妳只要信任我就是了。」

他伸手按著她的肩膀，她拼命往後退。電暖器上積滿了砂塵。「別怕，花娜。」他說，懊惱的口氣。「我不會對妳動粗，我不會強暴妳。只有卡莉、凱爾和妳父親才會對妳使用暴力。」他看見她的表情。「噢，拜託，難道妳從來沒想過，妳老爸爲什麼生怕妳們姊妹倆迷上性這東西？反正這些年來他一直在對妳們的大腦施暴，這只不過是遲早的事。」

「我父親從來不會把我銬在電暖器上。」花娜說。

「當然有過，問題就在這裡。他確實曾經把妳銬在電暖器上，心理上的，而妳竟然沒察覺。」他搖頭。「聽著，耐心點，盡量放輕鬆，好嗎？再過幾小時這事能完全解決。我們就可以出發到蒙特婁去，一星期後妳將會感激我。」他彎身湊近她，她試圖退得更遠，可是已經沒地方可退了。他親吻她的臉頰。「我眞的好愛妳，花娜。只管信任我就是了。」

花娜哭了起來。「蕾拉呢？我姊姊呢？」

他伸手，在她肋腔上找到他劃下的刀痕，使勁壓下。一股劇痛猛地竄過全身，花娜張大嘴巴，發出野獸般尖銳、淒厲的哀號。

「好好感受，」他悄聲說：「這是真的，這就是人生，對它敞開心胸吧，一旦妳接納了它，所有黑暗將會豁然明亮。」

她蠕動著身體，兩隻手臂在背後不自在地扭絞著，兩腳在髒地毯上亂踢。也許他想做出溫和親切的表情，可是這會兒她看透了，她看見了享樂，冷酷。

「妳體內有我的血，」他說：「我們就這麼結爲一體。」

他說著用勁一壓，花娜尖叫起來。

# FOURTEEN · 14

派崔克要凱洛這晚到店裡一趟。他不知道他們之間會如何，也不知道會有什麼結果，但是他非見她一面不可。和蕾拉父親的會面讓他陷入慌亂和憤怒，他必須告訴凱洛，讓她知道他們有多麼困惑沮喪。包括蕾拉，她父親，派崔克自己。他需要她來安慰自己。那晚在車子裡，她曾經對他說他很棒，他很想再聽一次。

可是當她眞的來了——就在那名每晚都會進來買刮刮樂彩券和Snickers巧克力棒的警察離開後幾分鐘——等門鈴叮噹響起而她出現在門口時，那股如釋重負的感覺竟然立刻消失。她的樣子不太對勁。她平常爲了上班梳理的整齊髮結竄出亂毛，黑裙子底下的腿光溜溜的。還不到十月，可是沒穿襪子想必一定很冷。她的眼睛瞪得大大的，臉頰蒼白。

他走出櫃台。「妳還好吧？」

「我開了你的車來，在外面。」她的聲音相當高亢怪異。「還有，我用啤酒瓶敲了你哥哥的頭，不過他沒事，我應該沒傷到他。」

當初老爸縮在沙發上發抖、呻吟，在派崔克意識中閃過的字句是，**這次你又幹了什麼好事，又惹出什麼麻煩來要我替你收拾了**，可是在腦子裡的私密角落，他幾乎不敢承認它存在的心理領域裡，他眞正想法是，**我實在對你、對這一切厭煩透頂了**。然而，當他發現凱洛似乎對他哥哥——他的老朋友，他唯一能依靠的親人——做出糟糕的事的瞬間，他竟然只是發狂地想著能逃到哪裡去，該把她藏在哪裡。當中的差異令他害怕。他知道當初他報警來帶走父親是正確的事。他不願設想自己只是因為受夠了替一個可悲的老醉鬼收爛攤子。

「我想我們應該是分手了。」凱洛說。

他會不會把她藏起來？他會不會把車子賣了然後和她逃到墨西哥？派崔克深吸一口氣。「告訴我究竟怎麼回事。」

「我們吵了一架，他說我瘋了。」她注視著他，眼睛爆突，充滿無奈。「不過，我並不是為了這理由打他。」

「那是為了什麼？」

「因為如果我不打他，就得繼續和他在一起，而我不想繼續和他在一起。也許他說得對，也許我真的瘋了，」她說：「同樣的蠢事我做了一次又一次，結局都一樣，但我還是不斷重蹈覆轍。」

「妳沒瘋。」派崔克說。

「我原本想卯足力氣敲他，可是最後關頭我退縮了。我退縮是因為我怕要是太用力，他說不定再也不肯要我。但我根本就不想和他在一起。」

他兩手放在她緊繃、抖個不停的肩膀上。「凱洛，沒事的。」

「沒事才怪，事情可大了。」

「妳說了他沒事。」

她大笑，尖利、沉痛的笑聲。「他沒事，我有。」

「沒事的。」他又說，伸出雙臂擁抱她。就在他感覺她開始發抖的同時，他知道他正站在十字路口。一邊是邁可，邊界街，老爸，母親，多年來隨著他長大成人一點點堆砌起來的一磚一瓦。另一邊是凱洛，加上一大片空白的未知。他還是可以回家去，讓邁可以爲她偷他的車逃走了，然後努力振作。看凱洛緊抓著他的樣子，緊張得手指不停顫抖的樣子，他在想：她會不會也正思考著同樣的事。這裡沒什麼值得她留戀。她可以離開，解脫，重新開始。

她身上有股餐廳的味道。海水，汗水，香水。他親吻她眉毛的彎角、太陽穴和顴骨之間的皮膚。

店門上方的門鈴響了。派崔克和凱洛仍然緊擁，可是當他們同時轉頭，邁可就站在門口，手裡握著一支小時候的鋁製球棒，睜大眼睛看著他們。

「你？」邁可注視著派崔克。「是你？」

「那是說著玩的，」三個女孩擠在查士丁尼車子的後座，蕾拉小聲對花娜說：「他們不會眞的動手。」可是花娜的兩隻手腕仍然被銬在前面，她感覺蕾拉篤定的口氣比較像是一廂情願而不是眞心相信。

「閉嘴，」埃瑞克在前座說：「不准講話。」

握著方向盤的查士丁尼說：「埃瑞克。」

車子從鎭中心穿過。花娜坐在克麗絲和蕾拉之間。路上還有別的車子，要是她坐在車窗邊，她會找機會猛敲窗子，用深紅色口紅在窗玻璃上寫Help求救。可是蕾拉的樣子就像是被下了藥或者被敲得半昏迷了。她只是低頭盯著放在腿上的雙手，像破娃娃一般軟綿綿。

也許那就是她的狀態吧，破損了。花娜多少能理解一個人怎麼會變成那樣。想起之前查士丁尼在埃瑞克房間用力捏擠她傷口的皮肉，看著她忍著腹側的刺痛拼命想掙脫時的那種眼神。後來克麗絲聽見她的叫聲，進來摟著她，說她們之間血濃於水。花娜退縮時，她的表情像是受辱。這都是爲了妳好，她說，模仿著查士丁尼的口氣。但即使在劇痛中，花娜仍然看出克麗絲眼裡閃過的恐懼。要是連克麗絲——死忠的克麗絲——都感到恐懼，那麼當蕾拉說這事只是鬧著玩的，花娜當然不相信她。一點都不信。

在這小空間裡，在這車子裡，遊戲規則有些不同。在花娜看來，變化可說是瞬間的事，可是蕾拉就像鍋子裡的龍蝦，絲毫沒察覺水有多燙，沒察覺情況有多危險。也可能她早就察覺到了，但無論如何，她沒有任何動作。

車子進入加油站。查士丁尼把車停在停車場的盡頭，避開商店窗口透出來的光線。上次花娜到這兒來是她染髮那天。當時她一心只想感染一絲絲蕾拉和查士丁尼的酷勁，和他們的勇氣。停車場內還有兩部車，一輛破舊的藍色小型車和一輛高底盤的拉風大貨車。她胡亂想像了一下那兩名駕駛人或許能救她。可是查士丁尼的後車廂放著兩支霰彈槍，她猜想埃瑞克也有一支，照這情形看別想有人來救援了。

查士丁尼在前座轉身，看著蕾拉。「妳應該用霰彈槍。袖珍手槍是比較輕巧，可是霰彈槍比較保險。妳只要站在他面前，扣下扳機，然後妳就解脫了。」

「查士丁尼，」蕾拉用哀求的語氣說：「拜託，這太荒謬了。想和他分手不需要殺掉他，他不在我心裡，他甚至不在他自己心裡。」

他的口氣堅定不搖。「他的力量大到足以讓妳對我們撒謊。他的力量大到足以讓妳和他上床。」

花娜感覺蕾拉的身體往後縮。姊姊什麼都沒說。

查士丁尼嘆口氣。「妳有幾個選擇，蕾拉。我們一起下車，妳和我。我們到後車廂去拿槍，然後一起進去，妳開槍射殺他。我會一直陪著妳，妳絕不會落單。然後就結束了。便利商店一天到晚被搶，沒人會多想的。」

「那裡頭有別人。」埃瑞克說。

「算他倒楣。」查士丁尼說。

邁可一手高舉著球棒。「我帶了這個，」他說：「因爲我知道她會直接跑去找她的相好，我要把他們的頭敲碎。」他緊盯著派崔克，一臉困惑。「告訴我不是你，老弟，告訴我事情不是這樣。」

凱洛一把將派崔克推開。「你眞是討人厭。」她對邁可說。高亢不自然的音調不見了，聲音變得尖銳而活潑。「我不過是來問他可不可以把車子賣給我，就這麼簡單。他看見我難過的樣子，就抱我一下。告他啊，他不該隨便對人表現同情心。」

邁可看著他。「眞是這樣？」

她努力想給他一條生路。派崔克聽得出她聲音裡的焦慮，從她弓起的肩膀就可以看出。當她將他往後推，他感覺她的手指在他肩上逗留了那麼一下子。這一刻他仍然感覺得到她的手，那麼光滑柔軟。

可是世上沒有一半的真相。只有真相，還有你打算如何處置它。接下來才有能不能忍受的問題，這時那另一半眞相才會出現，因爲你可以選擇迷迷糊糊活下去，還是半死不活地直到你死去。

他嘆了口氣。「不。很抱歉，不是。」

在他身邊，凱洛顫抖著長吁一口。彷彿洩了氣。

「有其他選擇嗎？」蕾拉問。

查士丁尼瞄了眼花娜。「讓花娜動手。」

「不。」花娜說，蕾拉同時說：「她不行，她不會肯的。」

「如果殺了他能保住她其他親人的性命，我想她會的。」他看著花娜。「不是嗎，花娜？」

花娜嚇壞了。「我不可能殺人的。」

「什麼其他的親人？」蕾拉說。

「像是妳們的雙親。因爲，要是花娜能殺掉妳那位店員朋友，就表示你們父母的洗腦沒有我想像中徹底。畢竟要是殺掉一個跟你毫無瓜葛的陌生人——如果她眞做得到的話——要比殺掉一個妳抱怨了一整週，讓你覺得骯髒、可恥的人，要困難得多。」

「讓我來，」埃瑞克說：「我會殺了他，我辦得到。」

「不行，這不一樣。」查士丁尼露出拿捏得恰到好處的心碎表情。「別以爲我喜歡，蕾拉。我不喜歡。我愛妳勝過一切，這點妳很清楚。可是我們選擇的人生——並不輕鬆。要是妳沒有勇氣追求，光有愛是不夠的。我們不能冒險讓妳加入我們，所以妳必須殺了他，向我證明我沒有錯看了妳，證明妳有足夠勇氣去做該做的事。或者，妳也可以旁觀花娜動手，這樣的話，妳們兩個必須展現不一樣的勇氣——當然，對她來說是殺掉他的勇氣，但同時妳也必須冒著她勇氣比妳強大的風險，不只這次，而是從此以後。我想，殺掉陌生人應該會讓花娜產生十分有趣的變化，妳不認爲？」他看著花娜。「在這之後，妳說不定會發現妳很希望妳父母死掉，一旦妳發現殺人竟然那麼容易。」

「不。」花娜說。

他沒說話。

「這算哪門子選擇。」蕾拉說，聲音低得有如耳語。

查士丁尼和埃瑞克互使了下眼色。查士丁尼嘆口氣。「如果妳肯接受，還有第三種選擇。是昨晚的夢給我的靈感。我們在林間空地裡，我們所有人，輪流喝妳的血。和今晚一樣，只不過是同時。」他停頓下來。他聲音裡的哀傷極具說服力，花娜不禁茫然想著，查士丁尼會不會眞有幾分難過。

「在夢裡，」他說：「我在妳心跳停止的時候和妳做愛。那感覺眞美，我哭著醒來呢。」

「我告訴你她不肯和我結婚的時候，」邁可緩緩說：「你沒有驚訝的樣子，你一點都不意外。」他用力握著球棒，緊得派崔克可以看見他手指關節泛白。「你有沒有和她上床？」那雙定定鎖住派崔克的眼睛充滿絕望。說你沒有，那表情像是乞求。

「有。」派崔克說。

凱洛發出一種細微的、懊惱的聲音，幾乎像是呻吟。邁可舉在身體前方的球棒有如被微風推送著，一陣飄搖。「爲什麼？」

派崔克暗暗驚嘆脫身的機會不斷出現，就像本壘板前的好球連連。即使現在他都還可以說，因為她自己投懷送抱，老哥，她在夜裡跑進我房間，她騙了你，她不是好女人。

可是類似的對話以前就發生過。那次，當邁可說，為什麼，老弟？派崔克回答，因為總得有人去做。

「因為我想那麼做，」他說：「因為我愛她。」

凱洛畏縮了一下。派崔克看著邁可，發現他早已淚水盈眶。

當邁可再度開口，他的聲音有些含糊。「我照顧了你一輩子啊，忘恩負義的東西。從老媽死後，甚至在你對老爸做了那種事以後。當我終於爲自己找到——找到快樂——」

「我沒對老爸做什麼。」派崔克說。

「鬼扯。」

不對。他背叛了邁可，他接受這罪名；這是他的錯，他願意承受（因爲他確實愛她，即使現在，當她站在兩兄弟之間，睜大眼睛來回看著他們；因爲愛上她是他這輩子最幸福的事）。可是另一項指控就不同了。萊恩・澤帕克的事，老爸的事，不是他的責任。「他撞死了那孩子，他明明知道，可是他的車連停都沒停。」

「已經無所謂了。」可是邁可的下巴緊繃，球棒抖動著。

派崔克朝他走近一步。「你一直沒看那輛車子，它在我們的車庫放了一整晚，而你連看都沒看一眼。」

「無所謂了！」邁可大吼，聲音劃過沉悶的空氣。他頸子上青筋爆突。

派崔克徐徐說出。「車子的散熱格柵上卡了一顆小孩牙齒，邁可。一顆好小好小的斷掉的牙齒，就像珍珠一樣。」

查士丁尼說：「那和死掉不一樣，蕾拉，妳將會永遠留在我們身體裡。」

蕾拉臉上充滿絕望。花娜想著她一直以來深信的永生，想像著在查士丁尼血管裡的邪惡紅色河谷中度過永生。**如果說地獄是沒有上帝的世界，那麼活在查士丁尼世界中的人生就是地獄**。可是當蕾拉看著查士丁尼，她的嘴唇微張，儘管她很害怕的樣子，但花娜感覺其中似乎混合著無助和順從。蕾拉困住了，她看不到出路，看不見除了他以外的人生。如果他告訴她，在林間空地上流血至死是她該做的事——

「我去，」花娜說：「我去殺他。」

克麗絲倒抽一口氣。「好耶。」埃瑞克說，口氣充滿佩服。

蕾拉抓住她的手。「小花——」

「可是我父母不行。」花娜被自己的聲音嚇一跳，那麼強勢，那麼篤定。「不准你去惹我爸媽，這是我的條件。」

查士丁尼笑笑。「我說過，之後妳的想法或許又不同了。」

「不。」蕾拉說，她的指甲陷進花娜的手，話從她嘴裡嘩嘩流出。「不，我來殺他。反正我從沒愛過他，我愛的一直是你。讓我來，我要去。」

「太遲了。」查士丁尼拉起行李廂控制把手。「妳已經做了抉擇，花娜也做了她的抉擇。」

「她和我不一樣，」蕾拉說：「她是好女孩，這會毀了她的。」

「克麗絲，讓花娜下車。」他說。

花娜溜下車，手銬讓她動作十分彆扭，而且不確定當她踏上地面時會不會腿一軟倒了下去。查士丁尼在一旁協助，像帶小孩那樣扶著她的手肘，她跟著他走向車尾，解開她的手銬，從行李廂拿出花娜之前看過，讓她聯想起吉他盒的箱子。

「他是店裡的員工，所以應該穿著制服。這東西的噴射範圍很廣，只要對準他射擊就行，一下子就結束了。」他拉開箱子的拉鍊，拿出霰彈槍。加油泵上方的燈光給深黝的長槍管蒙上一層爬蟲類的光澤。花娜幾乎期待牠纏住他的手臂然後溜上他的肩膀。他教她如何握槍，該把雙手放在哪裡。無止盡的空間在他們周遭延伸開來，可是她沒逃跑。

她在他臉上搜尋那個曾經借她書，在卸貨碼頭上爲她彈奏音樂的查士丁尼。「別逼我這麼做。」她說。

他伸手，碰觸她手腕上由於戴過手銬依然疼痛的部位。她迅速避開，他似乎沒注意或者不在意。「手銬的事很抱歉，我原本沒打算這麼做。不過已經解開了，不是嗎？我們不需要它了，我們彼此信任，對吧？」

花娜沒說話。

他瞄了下商店，道路，然後回頭看她。「我向妳保證，只要妳好好把它完成，事情一結束我們就進車子然後離開鎮上。」

「你會放過我爸媽。」她說，有些懷疑。

「如果這是妳要的。」

「這當然是我要的。」

「那妳就要錯東西了。他們根本不在乎妳。」

「店裡其他人怎麼辦？」

「他們同樣不在乎妳。」他說。她又說：「別逼我這麼做。」

「我沒逼妳做任何事。妳了解整個情況，並且作出抉擇。了不起的抉擇。」他伸出雙臂擁著她。夾在他們之間修長冷酷的槍桿硬梆梆抵著她的身體。這次擁抱的氣味和之前他給過她的所有擁抱一樣，感覺完全一樣，他那高瘦的身體緊壓著她，細長結實的手臂緊緊環抱著她。她自以爲認識的那個查士丁尼原來是個謊言。花娜眞想死，眞希望她能死掉。

他對她說他以她爲榮，然後把槍枝放到她手中。他說她得帶著它進去。

邁可把球棒高舉在肩膀上方，像是正在等待一個內側低球。倒不是說他眞的懂。邁可對棒球向來不屑一顧。棒球是派崔克的事，派崔克和老爸的。還有恐怖電影、金屬音樂之類的。他怎麼會在這緊要關頭想起這些呢？「你跟我，小派，」邁可說：「咱們出去外面，我要做我老早就想做的事，再狠狠踢你兩腳。」他頰上的淚水已乾，眼睛始終緊盯派崔克。

「這決鬥不公平，」派崔克說：「你有球棒。」他雙拳緊握，兩隻手臂等著大幹一場。給這事作個了結，給他的人生作個了結。這不是邁可的錯，可是他就在那兒，而且準備好了。派崔克也準備好了。

「這本來就不是公平的決鬥，」邁可口氣平靜地說：「這是你該得的教訓。」

凱洛一把搶下邁可手中的球棒，往地上一丟，球棒撞上亞麻地磚，發出空洞的鋁金屬聲。那一向是讓派崔克聯想起晴朗天氣、在塵埃中翻滾奮戰一整天的聲音。「是嗎？」她說：「然後呢？」

邁可瞪著她，兩手懸在半空，彷彿東西已被奪走的訊息還沒傳到大腦。「什麼意思？」

「你把他帶到外面，你把他狠狠揍一頓，然後呢？回家去，看一會兒電視，喝點啤酒？不痛不癢，然後他就得到教訓了？」派崔克從沒看過她這樣子，氣呼呼的，說話咬牙切齒。「我又該得到什麼教訓？如果說派崔克活該被你用球棒打一頓，那我呢？我背著你亂來，邁可，和我上床過的男人多到數不清。我又該得到什麼教訓？」

雙手依然騰空，邁可說：「我從沒傷害過妳，在我們交往的當中一次都沒有過。」

回家去，看電視，喝啤酒。派崔克多麼希望事情可以這麼輕鬆帶過。可是當凱洛說，「僅僅沒受過傷害是不夠的，」她的聲音充滿倦意、頹喪和傷感，他知道回家去或許比較容易，但也只是死路一條罷了。他內心的某些部份早已經死了。在他自己看來，他的生活和蕾拉、凱洛一樣，甚至像邁可一般是一片焦土，儘管邁可永遠都不會明白這點。那些死去的部份每年每天變得越來越沉重，越難以負荷。至於殘留的部份，有些已經結痂或腐爛，有些牽引他認識了蕾拉，或者讓他能夠在那孩子的血逐漸在別克車上乾涸的同時，還可以和父親一起坐在客廳裡喝啤酒；可是仍然有一部份是好的。一定是這樣，否則凱洛不會為了他放棄一切，他也不會為了她放棄一切。

派崔克突然明白：他正準備為了她放棄一切。

「對不起。」她說。他不確定她是在對誰說。

「這事沒有答案，邁可。」派崔克說。他很意外這時他感覺到的不是憤怒，而是認命，或許再加上一絲絲哀傷。「你想揍我一頓，沒問題。可是這改變不了什麼，除了毀掉你的手指關節和我的臉以外，沒半點好處。」

「至少能讓你學乖。」邁可說。派崔克說：「這次行不通的。」

凱洛閉上眼睛。

邁可的眼神固執又冷酷。「算了，你們這兩個爛人。」

店門噹一聲打開。三人同時轉頭。

站在門口，就在身高參考貼紙[16]旁邊的，是兩個青少年，一個男孩和一個女孩。男孩個子很高，灰黃的臉頰上坑坑疤疤的，留了青嫩稀疏的小鬍子，染黑的頭髮有如烏鴉羽毛，軟軟垂在臉頰兩邊。他旁邊的女孩染了很不自然的深酒紅色頭髮，臉色是病態的蒼白。

男孩那雙怪異的藍眼珠朝邁可和凱洛瞄了幾眼，然後停在派崔克身上。

「那個，」查士丁尼說：「看見沒？」

他們面前的兩個男人當中有一個穿著彩色條紋襯衫，就是剛才查士丁尼告訴她的商店制服。他的深色頭髮又長又亂，臉型細窄而且很像白鼬。花娜只隱約意識到店裡另外還有一個男人，和一個女人。她幾乎只看見她要殺掉的那個人。她從沒見過他。在車裡，想到要殺掉他感覺很恐怖，因爲殺人是不對的，可是那時的他只是個念頭，一個因爲和她姊姊上床而害他們陷入這困境的概念。可是這時，站在她面前的是個活生生的人。**他老爸就是害死萊恩・澤帕克的那個人**，蕾拉這麼說過，當時花娜還無法領會那話的意思，現在她理解了。一切依然沒變。

她不希望這事發生。但它還是得發生。

沒人阻擋得了，沒人救得了她。

花娜舉起槍。

「搞什麼鬼。」邁可輕蔑地說，但派崔克明白這是怎麼回事。這個活像隻病懨懨小老鼠、和那支霰彈槍一比顯得無比瘦小的女孩，看來似乎滑稽得不可能有殺傷力。可是他越看她越覺得眼熟；她的樣子，還

16 Height strip：貼在便利商店門框上的身高量尺，用來在發生搶案時協助警方掌握嫌犯外貌。

有她旁邊那傢伙。接著幾個點連接起來，派崔克明白了。這男孩是惡魔，逼得那個恐懼的女孩不得不站在他身邊，舉著槍——

蕾拉的妹妹。他看見那支顫抖的霰彈槍，和她眼裡的驚恐，知道這當中的危險人物不是她。他做了什麼呢，派崔克難過地想著，他害他們陷入了什麼樣的險境？他眞希望他們兩個不在這裡。他眞希望凱洛不在這裡，遠離蕾拉那位驚恐的小妹，遠離那個變態狂，遠離他。

「閉嘴，邁可。」他說。

「花娜。」變態狂說。派崔克聽出他聲音裡的警告、鼓勵和命令意味，突然，他發現任何希望已經不重要了。槍在女孩手裡，可是女孩在變態狂手裡。如果他叫她扣扳機，派崔克就沒命了。萊恩・澤帕克死後那個漫長難熬的夜晚將成爲本地報紙上喧騰一時的話題，而和凱洛在一起的那個月光皎潔的晚上，早晨的陽光——那些將化爲烏有，彷彿從未發生過。女孩掌控著槍，變態狂掌控著女孩，再也由不得他作決定，再也沒得選擇，再也沒有背叛。他的人生不再掌握在他手裡。多年來派崔克一直有這樣的感覺，此刻終於成眞——鐵錚錚的事實——他了解到以前他錯得有多離譜，虛擲了多少時間。

「花娜。」變態狂又說。

花娜渴切地想著雙親。這時或許在家吧。守在電話旁邊，喝著花草茶。也許還有幾名禮拜聚會的成員在場，當他們需要幫助的時候在一旁支援，苦候著他們兩個任性女兒的消息。倘若查士丁尼遵守約定，儘管好像不太可靠——如果她完成這件事然後搭車離開，爸媽就能繼續喝他們的茶，然後徹夜禱告直到清晨，然後某人會說，**噢，蜜雪兒，妳好像很累了，去睡一下吧**。

如果查士丁尼不遵守約定，天亮時家裡所有人都將沒命。

她到底做了什麼，她難過地想著。她怎麼會走到這一步？

就算查士丁尼遵守約定，就算殺了這個人代表她的雙親將會安然活著，難道就沒問題了？她知道這時家裡的狀況，因爲萊恩死後她在澤帕克家看過了，她父親整晚陪著丹尼和蕊秋，而當時這個人在——幹嘛？看電視？喝啤酒？他不是好人。她的雙親是好人。爸媽努力在幫助別人，他們努力想讓這世界變得更好。

可是，這個穿彩色條紋襯衫的男人看來不像壞人。他看起來像個怕得要命的人，像個不快樂的人。他在冒冷汗，目光在查士丁尼和他旁邊那個女人（花娜終於看見她，發現她的模樣也很狼狽）之間來回游移，最後落在花娜身上。

他的五官有種聰慧的氣質。要不是那麼瘦，他應該是個帥哥。

「我知道妳是誰，」他對她說：「我認識妳姊姊，千萬別做傻事。」

派崔克說話時，變態狂用一種全然無視的態度看著他，於是派崔克知道，在這個變態狂的世界裡，他、邁可和凱洛根本不存在。他們連個屁都不是。糟透的皮膚，愚蠢的髮型，冷酷的眼神：一個人得有多空虛，多飢渴，才會把這傢伙的言行當一回事，任他胡作非爲？

「你不了解。」女孩說，聲音弱得派崔克幾乎聽不見。槍管搖晃著。

變態狂挨近她。「花娜，想想我們的約定。」

她的嘴唇顫抖，眼眶充滿淚水，又遲疑了片刻。

接著她再度舉起槍枝。

如果派崔克就這麼死去——穿著這身便利商店的制服，聽著老鷹合唱團的音樂，他的一生，和他母親的一生，連同所有煙燻椰子脆片和潤髮乳和奶油和海水的氣味，將全部濃縮成一段畫質粗糙的便利超商槍擊死亡事件監控錄影——如果這就是他離開的方式，而這個拼命顫抖、嚇壞了的女孩就是他死前看見的最後一幕，那他實在太不甘心了。如果他要死，他也要看著凱洛死。把她的絲絲縷縷燒錄到腦子裡：她的眼睛，她的下巴，肩膀塌垂的樣子，還有她那美麗的頭髮，她那亂糟糟的心。

她的目光和他相遇。

門鈴又響起。

「不。」蕾拉說。她臉色泛紅，斑斑點點的，佈滿一道道污痕，不肯正眼看派崔克。她舉起雙手捧著變態狂的臉，讓他的頭轉向她。「別逼她這麼做，她辦不到的，讓我來吧。我闖的禍，我自己來收拾。」

她的說話口氣派崔克從未聽過，當時她懇求他幫她。可是這已經不是懇求，而是乞求了。她兩手撫摸著變態狂的蠟黃臉頰、頭髮和胸口，派崔克難以置信地發現，她仍然愛著那混帳。

從來沒人給她機會。他眞後悔當時沒對她好一點。

他回頭對著凱洛。

希望有如燭光在花娜心中跳動——如果說有誰能說動查士丁尼，那肯定是蕾拉了——可是火焰才燃起就熄滅了。因爲查士丁尼低頭看著姊姊的表情只有哀傷和失望。「妳的機會已經過了。」他的口氣彷彿眞的感到痛心。「蕾拉，蕾拉，妳應該待在車上的。」

「我沒辦法待在車上，」蕾拉說：「她是我妹妹。」

「這下她得殺掉他們三個了。」他充滿遺憾地說。

花娜的心彷彿就要停了，萬物的界線變得模糊，查士丁尼的臉卻依然清晰。驚駭之餘，她硬著頭皮問。「可是你剛才說——」

說話時，她幾乎不自覺地轉身，把槍口對著查士丁尼。他高舉雙手作出求和的姿勢，可是花娜看見他眼睛一翻，瞄了下監視器。

這時她又明白了。

查士丁尼非常清楚監視器在哪裡。他知道錄影畫面會如何：花娜把槍對著他，他高舉著雙手——他臉上細微的譴責表情應該不會出現在鏡頭上，這點他也清楚。蕾拉進來之前，他除了叫她的名字之外什麼都沒說，**而想想我們的約定**，這話又可以作各種解釋。這是一場秀。花娜在鏡頭前殺了人，確定。證明花娜殺人，確定。證明他教唆她殺人，不。查士丁尼想告訴世人一個故事，就是花娜獨力殺了那些人。一旦她動了手，他便可以完完全全而且永遠地掌控她。他將可以動不動就說殺了那些人的是她，不是他；說她是殺人兇手，她唯一的指望就是靠他保護。她甚至可以聽見他說，**是妳自己要那麼做的，如果妳不想做就不會動手了**。

他會一再重覆這些話，而且不會有人告訴她那是錯的。過了一陣子，連她都會開始相信。

邁可衝向前，一把抓住凱洛的臂膀，拉著她通過日常用品貨架的通道，朝緊急出口跑去。他聽見防火門鐵栓鏗一聲拉開，和門鉸鏈的聲音，然後他們便走了，走得眞是時候。倘若他們的立場反過來，倘若是邁可被人用槍指著，他也會——他也會——他不知道。他從來也不知道自己會打電話報警來逮老爸，或者和哥哥的女友上床。說真的，除非事到臨頭，你不會知道自己會怎麼做，而邁可這次真的做對了。

有那麼會兒，他很想跟著他們後面跑，可是——蕾拉。

這也是他從來沒料到的。

查士丁尼說，要是花娜殺了那個人，他便可以饒過她的雙親，可是她很懷疑。就像他可以要他們喝彼此的血，就像他可以要他們把她銬在電暖器上，他當然也可以要他們殺人，包括自己的親人。他可以要他們做任何事。她知道這一切永遠都不夠，無論他們付出多少或者受多少苦，都滿足不了他。他永遠有新花招可以用在他們身上，而且他一定會那麼做。一次又一次沒完沒了。

蕾拉看著她，花娜在姊姊慢紅的眼睛裡看見同樣的領悟。她手臂上的槍無比沉重，肌肉陣陣酸疼。她想起剛才在車上，兩手被銬在身體前方，想著要是她坐在車窗邊，她一定會想盡辦法逃出去，她一定會想盡辦法爭取自由。

「快動手，花娜，」查士丁尼說：「已經無法回頭了。殺了他，這事就結束了。」

另外那兩人跑了，不知道在哪裡。為什麼這個人不跑呢，她想，為什麼他不跟著他們一起溜掉？查士丁尼的眼睛緊盯著她，而不是她要殺的那個人，也不是跑掉的那兩個人。他們一點都不重要。他只在意她。

她想起萊恩．澤帕克，她想起她雙親，她的老師們；凱爾．杜布勞斯基、卡莉．布琳克；嘉達先生，瓊奇歐先生，柏格曼女士，凱瑟小姐和薩里安科校長。她認識的每個人，她看過的每個人。她想起杰瑞德，她想起姊姊。

殺人者註定要滅亡。殺人是自尋死路。

她舉起槍枝。她從來不曾開過槍，不過查士丁尼暗示說，只要是站在槍口前面的倒楣鬼都逃不過，因此她把槍口對著他的臉，對準那雙暹邏貓眼睛的中央。

在他背後，蕾拉驚駭得臉都扭曲了。「小花，不要。」

他睜大眼睛，但他的表情好奇的成份居多，並不害怕。「妳眞以爲妳辦得到，花娜？」他柔聲說。

「我可以試看看。」她說。

但是她還沒試，蕾拉已經咚一聲跪倒在地，在他背後的地板上扒抓著，最後舉著一支球棒站起。球棒？花娜心想著，隱隱約約覺得困惑。接著，只聽見蕾拉一聲尖叫——狂野，幾乎不像人類的聲音——舉起球棒，往查士丁尼的腦袋敲下。

他往前倒在花娜身上。槍鏗啷一聲掉落，可是他沉重的軀體將她撞倒在地上，壓得她無法動彈。他的味道，血的味道，充滿她的鼻腔，他那蒼鷺般的瘦長身軀緊壓在她身上，他的外套有如蛛網將她纏住。她的靴子在地板上滑來滑去，她拼命掙扎，刨抓攀爬著，同時感覺某種溫熱的東西流下她的臉。她終於掙脫開來。

蕾拉還在尖叫。這會兒叫喊著他的名字。

變態狂靜止不動了。透明的液體從他耳朵滲出。被蕾拉丟開的球棒上沾了血，地板上也積了一大灘。不知爲何，蕾拉趴倒在他動也不動的身上，痛哭著。她妹妹臉上濺了血，眼神茫然，雙手雙腳在越來越濕黏的地板上滑動，拼命朝糖果貨架的通道爬過去。

派崔克衝向蕾拉，兩手放在她肩上，心想起碼先把她從地上拉開再說——可是這時，店門在同樣夢幻般的鈴聲中打開，這次進來兩個他從沒見過的人，一個光頭男孩和一個藍頭髮的矮胖女孩。光頭男孩滿臉狂怒，衝著仍然趴在變態狂遺體上不停抽泣的蕾拉叫喊。「臭婊子！妳幹了什麼好事？妳幹了什麼？」

他也帶了霰彈槍。派崔克才剛開始覺得厭膩，不解這些青少年爲何裝備如此齊全，那男孩已經把槍口對著蕾拉。一團唾沫泡泡在他嘴唇間鼓起然後啵地破裂。

藍髮女孩猛拉他的臂膀。「埃瑞克！住手！」

光頭男孩一把將她推開，力道大得讓她跌出了店門外。他像藍波那樣大聲嚎叫，彷彿這只是電影。他把槍口對準蕾拉，這次他眞的發射了。

一陣灼痛在派崔克手臂上擴散，蕾拉應聲倒在他身上。他伸手想扶住她。這時她妹妹尖叫起來，他沒看見她出了什麼事，因爲就在這時，又一記槍聲響起。

有人用熱水敷他的身體左側。他眼前是髒兮兮又刮痕累累的咖啡吧踢腳板。有個冰冷堅硬的東西貼著他的臉頰。一支粉紅色攪拌棒躺在距離他鼻尖幾吋遠的地板上。冷硬的東西原來是地板。有人大喊他的名字，聽起來像凱洛，可是他知道不可能，因爲她已經跑了。他正想著要是她就好了，他眼前突然白茫茫一片，靜了下來——

# FIFTEEN · 15

他又開始工作了。園藝工人。誰曉得到了冬天他會換成什麼工作，但至少他目前有份收入。儘管有隻手臂不太聽使喚，他還是能操作乘坐式割草機或者小型除草機，至於其他雜務——修剪樹籬之類的——就稍微容易點了，只要老闆們肯讓他做。有時他也會主動要求；他負擔不起該有的昂貴物理復健治療，不過他認爲拿著樹籬剪子幹活的效果也是一樣的。監工們可憐他，通常會讓他做看看，其實心裡並不喜歡。對他們來說責任風險太大了。他發現，每次他拿起剪子，其他工人總是一下子跑光，到工地的其他地方去找事情做。這不能怪他們。

他的左邊肩膀、鎖骨和上胳膊幾乎是靠金屬連結在一起的。在大熱天的正午，他常覺得身體裡裡外外熱滾滾的。在涼爽的晚上，例如現在，體外的灼熱感消失了，但體內還是熱，身體的其他部位也爲了彌補受損肌肉的功能而酸痛不已。當他搭著滿載工人的卡車回辦公室，總是腳一踏上地面便痛得皺眉。只能咬牙忍著。現在就算稀鬆平常的事也會痛個半死。就這樣了，沒必要大驚小怪。

他還是開原來的車子。就在那兒，他發現她在等他，就像將近一年前他發現她姊姊在便利商店後方的停車場等他一樣。和她姊姊不同，她沒有一副好像車子主人的樣子靠著車身。她就只是站在車旁，有點不自在，好像怕佔據了太多空間似的。

他一眼就認出她來，在距離她幾呎的地方停了下來。一時間氣氛有些凝重，兩人默默地對望，等著對方先開口說話。兩人從沒正式交談過，上次他們見面時，大部份時間她都拿槍指著他。他不知道該對她說什麼，他也不想知道她有什麼話想對他說。她臉上眼熟的部份讓他不忍看，因爲那讓他想起她姊姊，但無論如何他很慶幸自己內心裡還是很高興見到她，或至少知道她——沒事。那個光頭男孩也對她開了槍，可是沒打中。這點派崔克本來就知道了，可是他不只一次想著，不知她後來的狀況如何。

她的頭髮比之前短了許多，而且似乎改染成比較不醒目的中褐色，印象中攙雜著銀色挑染的深紫紅色長髮已不復見。她穿著牛仔褲和簡單的T恤，看來成熟了點。感覺就好像他記憶中那個驚恐的暗黑少女已經從地表上被抹去，取而代之的是這個表現得一點都不想惹人注目或者混入人群，甚至全然退縮的新女孩。彷彿她唯一想傳達的就是，**你要我穿得像樣，穿給你看，但別來煩我**。

這讓他覺得悲哀。她放棄了。而且看樣子她可能還不到開車的年齡。接著他發現她手腕上有一枚刺青，一圈淡淡的藤蔓之類的圖案，稍稍放心了點。

「我父親的助理開車送我來的，他在等我。」她指了一下。派崔克看見停車場那頭有一輛沒熄火的貨車，裡頭有個人影。「我請他幫忙找你，他答應不告訴我爸，但我覺得他還是會說。萬一他說了，你可能會接到電話。」

「妳老爸不希望妳來，也有他的道理。」

「我老爸無論做什麼都有他的一番道理。」說也奇怪，她的聲音不帶一絲感情。「他把我送去訓練營，我才剛回來。」

派崔克想說話，但有什麼鯁住他的喉嚨。

「不算太糟啦，那裡有馬，結果我還滿喜歡馬的。以前我從來沒發現。我老爸幾乎不敢看我眼，我媽好一點。他們搬進新房子了。」

「蕾拉。」他說。兩個字哽塞糾結了半天才吐出。就是它，讓他說話老是結結巴巴。這會兒，它懸宕在他們之間，兩人久久沒說半句話。蕾拉死了。那個病態狂死了。那個光頭男孩和藍髮女孩也死了，被哈里斯堡外的巡邏州警開槍擊斃的。**那晚出發準備去殺死派崔克的五名孩子當中只有一名生還。一個孩子，還有他。**

**「你在乎她嗎？」她說。**

**他猶豫了一下，然後說了實話。「不是她想要的那種在乎。」**

**「那你為什麼和她上床？」**

**「因為人常會做蠢事。」**這是在規避責任，她知道，他也知道她知道。她短暫閉上眼睛，接著又睜開，眼神充滿沮喪絕望。突然間，他眞想好好善待這女孩，眞想比那些自以爲一片善意卻害她落得這副樣子的人表現得好一點。仔細想想，其中一個或許就是他。「因爲我那時候很生氣，」他說：「生氣又難過。我以爲那或許會讓我好過一點，我也知道她不會拒絕。我知道那麼做是錯的，可是我決定不去管它。我認定了這世上沒人在乎我，既然這樣我又幹嘛在乎？」話匣子一開，他再也停不下來，滔滔不絕地說：「她來向我求助，我沒幫她。當時我很慚愧自己做了錯事，只想把她趕走。要是能重來——」

「你和你哥爲什麼等了那麼久才報警？」她說。

他詫異地看著她。「他是我們的父親，我們唯一的親人，我們只能盡力做到最好。」

她點點頭。「槍在我手裡。我拿著槍，結果我是唯一沒中槍的人。我老爸說——所有人都說——那是上帝的安排。可是我覺得，上帝如果眞的慈悲，祂應該會讓我死。」

她這話說得平靜，不帶感情。這是第一次她讓他想起蕾拉。一時間令他難以接受。「祂沒那麼做。妳還活著。」

「我知道。」她說。又一陣靜默，接著她問他手臂是不是很痛，他說很痛可是他應付得來。她點點頭，對他說她得走了。他祝她好運。

這晚，當凱洛回到公寓，看見他煩亂的樣子，要他說出事情經過。然後她說：「知道嗎，派崔克，你也還活著。」

因爲那晚在店裡的就是她。那晚，還有接下來的每一晚。他說：「好啦，我在努力。」然後將她摟進懷裡。

# 致謝

和所有作品一樣，本書得以付梓，有賴諸多人士的協助、影響與支持。人數眾多，無法一一答謝，只能盡力列舉幾位。

茱莉・貝拉，一如往常，在我寫作本書的五年期間再度證明她的堅決擁護、耐心和明智；以及札克・魏格曼，在出版階段展現出無比洞察力和熱情。感謝皇冠出版公司（Crown Publishers）所有相關人士給予的鼓舞與鼎力支持，包括我從未謀面的幾位，在此致上我最深摯的謝意。

愛莉莎・亞伯和亞曼達・艾爾在本書的未成熟階段便閱讀過，蘿倫・葛洛茲坦讀了兩遍，歐文・金恩（Owen King）讀了不下七十遍，每一位都是敏銳、忠實且難纏到極點的讀者，也全都給了我無比寶貴的協助。賓州格林斯堡拜登（Belden）法律事務所的羅伯・約翰斯頓花了數小時向我細述微妙的賓州ＤＵＩ（酒後駕駛）法律條文，還有蘿絲瑪莉・弗雷茲、布萊恩・懷特、海瑟・莫克和奈特・韓斯利（等人）給予我有關槍械的解說。若有不當之處，純屬作者之誤。

此外還要向布莉特妮・史戴特蘭、伊莉莎白・荷魏茲、史蒂夫與泰比・金（Steve/Tabby King）表達無以名狀的感激，他們全都在我亟需幫助時慷慨伸出援手，有時細膩得難以察覺。但在所有人當中，最大的功臣要數歐文・金，前面已略為提及，但要在此重伸我最大最真誠的感激之意。他或許是全宇宙最具耐心，最寬厚仁慈的人。沒有他，一切不可能成眞，尤其是那件無比甜蜜幸福的事，我們截至目前做過最棒的一件事。

藍小說 223

# 血親——Save Yourself

作　者——凱莉．布雷菲
譯　者——王瑞徽
主　編——嘉世強
美術編輯——陳文德
責任企劃——張燕宜
內頁設計——李宜芝
董事長
總經理——趙政岷
總編輯——余宜芳
出版者——時報文化出版企業股份有限公司
10803台北市和平西路三段二四〇號三樓
發行專線——(〇二)二三〇六—六八四二
讀者服務專線——〇八〇〇—二三一—七〇五
(〇二)二三〇四—七一〇三
讀者服務傳真——(〇二)二三〇四—六八五八
郵撥——一九三四四七二四 時報文化出版公司
信箱——台北郵政七九～九九信箱
時報悅讀網——www.readingtimes.com.tw
電子郵件信箱——liter@readingtimes.com.tw
法律顧問——理律法律事務所 陳長文律師、李念祖律師
印　刷——勁達印刷有限公司
初版一刷——二〇一五年五月一日
定　價——新台幣三五〇元



國家圖書館出版品預行編目 (CIP) 資料

血親 / 凱莉 . 布雷菲著 ; 王瑞徽譯 . -- 初版 . --
臺北市 : 時報文化 , 2015.04
面 ;　公分 . -- ( 藍小說 ; 223)
譯自 : Save yourself
ISBN 978-957-13-6259-5( 平裝 )

874.57　　　104006155

ISBN 978-957-13-6259-5（平裝）
Printed in Taiwan